暗　药　师

童　亮 / 作品

百花洲文艺出版社
BAIHUAZHOU LITERATURE AND ART PRESS

图书在版编目（CIP）数据

暗药师 / 童亮著. -- 南昌 : 百花洲文艺出版社,
2018.9

ISBN 978-7-5500-2961-3

Ⅰ. ①暗… Ⅱ. ①童… Ⅲ. ①长篇小说 - 中国 - 当代
Ⅳ. ①I247.5

中国版本图书馆CIP数据核字(2018)第196387号

暗药师

童亮 著

出 版 人　姚雪雪
责任编辑　袁　蓉
特约编辑　魏　佳
封面设计　小　T
出版发行　百花洲文艺出版社
社　　址　南昌市红谷滩新区世贸路898号博能中心1期A座20楼
邮　　编　330038
经　　销　全国新华书店
印　　刷　环球东方（北京）印务有限公司
开　　本　880mm×1230mm　1/32　印张　8.75
版　　次　2018年9月第1版第1次印刷
字　　数　200千
书　　号　ISBN 978-7-5500-2961-3
定　　价　42.00元

赣版权登字05-2018-341

邮购联系　0791-86895108
网　　址　http://www.bhzwy.com
图书若有印装错误，影响阅读，可向承印厂联系调换。

目录

CONTENTS

第一章
吃 药

马染尘在悦来饭馆吃饭的时候，听到邻桌两个猥琐男人正在偷偷讨论刚刚进来的女人。

那女人很有几分姿色，这已经让饭馆里的所有男食客纷纷侧目了。但在这战乱的年代，一个很有几分姿色的女人孤身一人来到饭馆吃饭，并且身上背着一大包行李，口音听起来不是本地人，这就更加让人好奇了。

那女人点了一碗清汤面，慢条斯理地吃着。

可是马染尘的心思不在那个女人身上，而在旁边这两个男人身上。

别的男人见色起心，在这种大庭广众之下，顶多说一些淫言秽语，在嘴上占个便宜，但是这两个男人的对话让马染尘打了一个激灵。

马染尘瞥了一眼邻桌，那两个男人一个脸上有道刀疤，一个食指少了半截。

刀疤脸垂涎欲滴地看着正在吃清汤面的女人，低声说道："兄弟，这个女人可是百里挑一的！你看她背着一大包东西，肯定是出远门，在这里无亲无故。等她吃完出去，我们就跟在后面，到了人少的地方下手！”

马染尘心想，这是要谋财还是谋色？

断指男夹了一片清炒的白菜叶，说道：“妈拉个巴子，十多天没有沾荤了，天天吃白菜萝卜，这次可得开开荤！”

马染尘还是没有听明白。开荤在这个地方有两种意思，一是吃肉，一是床笫之欢。这断指男说他十多天没有沾荤，可能是身上没钱，十多天没有吃到肉了，也可能是十多天没有碰过女人了。

如果仅仅听到这些话，他也就不会觉得奇怪，不会关注这两个猥琐男人了。可是接下来的话让他后脊背一阵凉意。

刀疤脸听了断指男的话，笑了笑，脸上的刀疤如蚯蚓一般扭动起来。他将手指伸到嘴里抠了抠牙缝里的菜叶，说道：“何止是开开荤，这女人身上的肉肯定味道好得很！你看那脸，又白又嫩，像豆腐一般。你看那手，又细又长，像小葱一样。”

断指男扭头看了看那女人，迷茫道：“大哥，照你这么说，她就是小葱拌豆腐？”

刀疤脸一筷子敲在断指男的板寸头上，发出“嘣”的一声响，仿佛敲木鱼一般。

“你他妈傻啊？小葱拌豆腐不还是素菜么？还开个屁荤哪？”刀疤脸骂道。

断指男双手捂头，疼得嘴角抽搐。

刀疤脸将筷子往桌上一放，以命令的口吻说道：“待会儿吃她的时候，你可要把她的脸和手指留给我。”

断指男被打得害怕了，急忙用力地点头。

听到这里，马染尘浑身一颤，额头冒出汗来。这两人原来既不是谋财，也不是谋色，而是要把她吃了！

刀疤脸摆出一副恨铁不成钢的样子，继续说道："我说了多少遍，吃要有吃相。"

断指男立即坐得端正，拿好筷子。

"每次你都饿狗一样，胡乱啃一番，选好的吃，又不把骨头啃干净，既浪费又容易引人怀疑。要不是现在世道乱，你早就被枪毙一百次了！"刀疤脸将声音压得更低。

但马染尘还是一字不漏地听了进去。

断指男用断指挠挠脸，露出羞愧难当的表情。

关于吃人的事情，以前并不是没有发生过。马染尘以前翻看闲书的时候看到历史上有记载，每当有严重粮荒的时候，民间常有"易子而食"的现象发生。也有两个村子的人一起出去要饭，结果只有一个村子的人回来的现象发生，其实另一个村子的人是被回来的人在路上吃掉了。

那都是极端的例子，现在虽然战争频发，粮食紧张，但是要吃一碗饭填饱肚子还不算太难，还不到非得吃人不可的地步。

马染尘看了看那两个人的目光，觉得那两个人并不是在开玩笑。

他们的目光仿佛是两头饿狼发出来的，而不是正常那种色眯眯的。马染尘擅长察言观色，他确定这两个人的目光里散发出来的是食欲，而不是肉欲。就仿佛这两个人看到的不是一个姑娘，而是一盘菜。

这盘菜还在嗞溜溜地将清汤面唆进嘴里，完全没有注意到这边的饿狼。

马染尘早上出门的时候，他那个当药铺老板的朋友就嘱咐了无数遍，叫他遇事能躲则躲，不要多管闲事，免得引火上身。

那朋友说，现在的长沙城里鱼龙混杂，神仙鬼魅都穿行在街上，你不知道哪个是神仙，哪个是鬼魅，一不小心就会把自己牵扯进去。

马染尘刚从京城回来，在朋友这里借住些时日。他说，我在京城都知道这些规矩，在这里还不知道不成？

朋友摆手道，京城天子脚下，虽然现在没了天子，但谁是什么人，碰得碰不得，清清楚楚，清水池子一般。如今这长沙城是什么地方？浑水一潭！你摸不清深浅！

马染尘倒不怕什么深浅，但是他在朋友的药铺里住，万一惹了事，连累的是朋友，这会让他心有不安。所以他事事小心，这几日也看到城里确实不平静，时不时还有枪声响起。

不过眼前此事不同。

倘若这两个人说说过嘴瘾的话，甚至上前去摸摸那个姑娘的脸，他都能假装没看见，绝不插手。

但是他们是要人性命，还不是简单的要人性命，却是要吃掉她！

这样残忍的事情，他怎么可能视而不见听而不闻？

当下马染尘就决定了。他要跟随这两个人，不让他们得手，必须看到这位姑娘安安全全地离开了，他才罢手。

于是，他匆匆忙忙吃完了饭，付了钱，然后走到外面的街道上，站在一个卖小糖人的摊位旁，假装饶有兴致地看那皱纹满面的老头捏糖人。

捏糖人的老头技艺娴熟，吸引了一群小孩子围观。他一边捏出糖人的手脚脑袋一边往糖人里面吹气，使得糖人鼓起来，迅速变得立体。

马染尘看着渐渐鼓胀起来的小糖人，忽然想起家中老父亲曾经说过的话。

老父亲说，人有一副皮囊，里面最初是空的，生病了就吃药，久了就像药罐子一样。有的药师只研究用药来救人，有的药师却把人当药罐子来炼药。那些拿人来炼药的药师，有一个不为人知的称呼，叫做“暗药师”。

老父亲说，长沙城里制药发家的范大财主就碰到过这种事儿。

范大财主的女儿生来体弱多病，全靠各种药维持。为此，范大财主请了一个会熬药的年轻人专门给他的女儿熬各种药。十多年过去，女儿长到了十八岁，却突然和那个给她熬了十多年药的人一起失踪了。当时很多人认为范大财主的千金爱上了那个人，因为怕范大财主反对而私奔了。可是 一个月后，一封书信寄到了范大财主家，书信是熬药的人所写。

那人在信上说，这十多年范大小姐一直没有好起来，是因为他换了汤药，他以范大小姐的身体为药罐，炼了十多年的药，终于将范大小姐本身炼成了一味千年难得的药。为了感谢这十多年范家对他的照顾，他用完药之后会将范大小姐的骨灰寄回来，不过骨灰不能再作药用，那只是用完之后的药渣。

范大财主这才知道，那个熬药的人是暗药师。大概一年之后，范家收到一盒骨灰，骨灰盒打开的时候，范家大院里弥漫着浓烈的中药味儿。

那中药味儿久久不散。

范大财主闻到药味就心如刀绞，大哭大喊。为了缓解思念与痛苦，范大财主最后不得不搬了家。

老头向第二个小糖人肚子里吹气的时候，那个被刀疤脸和断指男盯上的姑娘从悦来饭馆走出来了。

这个时节天气有点冷，姑娘白皙的脸上冻出了一点红色，仿佛一朵将开未开的花骨朵。看年纪，也就十八岁左右。

马染尘忍不住咽了一口口水。

这个无意识的动作让他自己大为吃惊。才吃完一餐饱饭，看到她突然有一种还饿的感觉！

难道我也想吃她？他被自己的想法吓了一跳。

他记得史书上记载有人把人肉叫做“想肉”，意思是吃了还想吃，像抽大烟一样使人难以断绝念想。

想到这里，马染尘急忙收起天马行空的思绪，他在心里再三告诫自己——我是要救她的，不是来吃她的！

马染尘认为刚才冒出那些想法都是因为受了刀疤脸和断指男的影响。

也怪这姑娘确实长得“秀色可餐”！

马染尘忍不住暗暗赞叹古人用“秀色可餐”这个词来形容女人好看真是太贴切了！

他又想起范大小姐的往事，不禁猜测起来——那个熬药的人最后到底是吃了范大小姐，还是把范大小姐熬了汤？

他的思绪像一匹脱了缰的马，在脑海里胡乱奔跑，怎么拽都拽不住。

很快，刀疤脸和断指男也从饭馆里出来了。断指男的嘴角还粘着一颗饭粒儿。

他们左看右看，然后鬼鬼祟祟地跟在了那个没有一点心机的姑娘后面，保持不近不远的距离。

螳螂捕蝉，黄雀在后。马染尘悄悄离开小糖人摊位，紧跟在刀疤脸和断指男后面。

刚跟上的时候，马染尘还心怀侥幸，想着这位姑娘可能走进一个热闹的旅店，或许旅店里还住着她的亲人。这样的话，刀疤脸和断指男就没有办法下手了。

可是事与愿违，这姑娘的路越走越偏僻，地方越来越冷清，人越来越少。马染尘恨不能上前喊一声，可是这种事情无凭无据的，那姑娘说不定还以为是他自己心怀叵测呢。

这姑娘拐了一个弯，走进了一个巷道里。

刀疤脸和断指男在拐弯处站了片刻，应该是担心直接跟进去会被姑娘发觉，然后朝巷道里瞄了瞄，轻手轻脚地跟了进去。

等到马染尘走到那个巷道口的时候，他才发现这个巷道简直就是天然陷阱。巷道两边是高高的青砖墙，宽不过能并行四个人的样子，却长得很。这必定是两个大户人家深宅大院之间的分隔。不然墙不会那么高，巷道不会那么深，连个偏门后门都没有。

马染尘心里埋怨道，好好的阳关大道你不走，偏要走到这么偏僻的地方来！

他急忙撤了一步，背靠在墙角。

他不敢冒然跟进去，万一刀疤脸或者断指男回头一看，他都没有可以藏匿的地方。

就在他犹豫不定的时候，巷道里突然响起了喊声。

那喊声短而急，刚出声就被制止了。

马染尘听到喊声，立即伸头去看巷道里发生了什么。

这一看让他吃了一惊。他见刀疤脸已经将女人扛在了肩膀上，女人就像一袋大米一样垂吊在他的肩头，手和脑袋晃晃悠悠。断指男则高兴地搓着手，一脸难以自制的兴奋。

他们的速度是如此之快，他们的手法是如此诡异，以至于马染尘根本不知道刚才发生了什么。

不过想想也是，倘若他们没有一点常人所不能及的能力，怎么敢在光天化日之下抢人？

马染尘心中慌乱，脚下发软，但还是挡在了巷道口，声音发颤地问道："你们给我站住！"

话刚说完，马染尘就感觉头晕目眩。

他在心里对自己说道，怕归怕，但不至于吓得要晕厥过去吧？

刀疤脸和断指男的脸上露出相似的怪异的笑容。

马染尘两只眼皮沉重得像挂了秤砣一样，不可抗拒地闭上了。接着，他的腿如同棉花做的一样承受不起身体的重量，噗通一声跌倒在地。

迷迷糊糊中，他感觉到嘴里有一股腥甜的味道。他知道，自己在跌倒的时候肯定磕破了嘴皮，血已经染上牙齿了。

他对自己失望不已。本来是要救人的，怎么自己先倒下了？

然后，他感觉到一个人将他抱了起来，然后用力一甩，扛在了肩膀上。他的肚子被那人肩膀上的骨头硌得生疼。不猜也知道，扛起他的人必定是那断指男。

虽然脑袋迷迷糊糊，但他的意识还在。他感到恐惧。这两个人是吃人的人，这下自己连同那个姑娘一起被他们黑了，是不是自己也会像那个姑娘一样被他们扛到什么地方去吃掉？

他终于知道刀疤脸和断指男为什么会露出那么怪异的笑容了。那是对他不自量力的蔑视。

很快，他听到身边有人来人往的声音。他期待有人将刀疤脸和断指男阻拦下来，救下那位姑娘和他自己。

“哎，哎，让一让，有人受伤了，要送到医院去！让一让啦，让一让啦！”断指男一边走一边喊道。

马染尘能感受到断指男的脚步，每次断指男脚步落地的时候，他的肚子就被硌一下。他能感觉到断指男发出声音时胸腔的震动。这人看起来瘦瘦弱弱，貌不惊人，但由此可以感觉到他中气十足，是有一些功夫底子的。

马染尘暗暗后悔，自己真是小瞧了这两个人。

听到断指男这么一喊，马染尘的心又凉了几分。

倘若断指男一声不发，或许还有旁人见了会生疑。他主动发声的话，旁人便都以为他是要送病人进医院了，谁还会拦住需要急救的人？

此时马染尘才明白，这两个人不但有些功夫，还精明狡猾得很。除此之外，他们俩也应该是用药的行家。刚才那个姑娘没有反抗，自己也瘫软如稀泥一般，肯定是中了迷药。他们的手法太快，快到肉眼难以发觉。

相形之下，自己真是如同待宰的羔羊一样幼稚愚蠢得可笑！

何止是待宰的羔羊？简直是一块待食的羊肉！

过了一会儿，马染尘听到有人在喊："小糖人啦！小糖人啦！小糖人可以看，还可以吃！看一看啦！瞧一瞧啦！"

吆喝完了，又响起咚咚咚的敲铜鼓的声音。

马染尘判断刀疤脸和断指男在往回走，并且已经走回到刚才他站过的小糖人摊位附近了。

他心想，或许奋力挣扎一下，卖小糖人的老头就会认出他来，于是心中一急。这一急，却引起了药效，他脑袋里"嗡"了一声，然后就什么都不知道了。

再次醒来的时候，他看到一双黑得发亮的眼睛正非常近距离地盯着他。

他吓得哆嗦了一下，这才发觉自己的手脚是被捆住了的，嘴巴也被一块带着酸涩味儿的破布堵住了。四周昏暗，不知身在何处。

"唔……"他努力发出声音，可是声音被破布挡住了。

他以为自己再也醒不过来了，这下发现自己还活着，竟然心中掠过一丝惊喜。

接着，他闻到了一股淡淡的中药香味儿。

那双黑得发亮的眼睛依然很近地看着他，偶尔眨一下。那双眼睛平静得很，没有什么恶意，如同家里养的小猫一般。这让马染尘稍稍安心。

很快，他的眼睛适应了昏暗的环境，看得比刚才清楚了一些。

他看清楚了，那双眼睛并不是小猫的眼睛，而是人的眼睛。那不是别人，正是在悦来饭馆遇见的姑娘。

她也被捆住了，动弹不得，所以眼睛一直这么近地看着他。

“唔唔唔……”马染尘向她示意，徒劳地蹬了几下腿。

那姑娘比他平静多了，呆呆地看着他挣扎。

过了一会儿，那姑娘摇了摇头，示意这么挣扎是没有用的，然后努力翘了一下头，朝马染尘的身后望去。

马染尘看到那姑娘的眼睛里有红色的火光，急忙扭头要往身后看。可是他扭头没有那么容易。他的手和脚之间还连了一根绳子，那绳子系在了一根碗口粗细的柱子上。因此，他要翻身十分困难。

好在那绳子没有系得太紧，接连蹬了几下之后，马染尘终于能侧一下身，再努力扭转脑袋，这才勉强看到映照到那姑娘眼睛里的火光。

烧火的地方不只有火，还有一个铜鼎。铜鼎架在火堆之上。为了使铜鼎更好地受热，铜鼎的足下垫了青砖。在铜鼎旁边，坐着两个人。

不用猜就知道，一人是刀疤脸，一人是断指男。

马染尘顿时再次绝望。这样给铜鼎加热，定是用铜鼎煮水，煮水的目的自然不是为了洗澡，而是为了杀人。

他又想起范大财主的往事，忍不住想象范大小姐临死前的景象，她是不是也曾面对一锅咕嘟咕嘟翻滚的开水？

“开了没有？”断指男的声音响起，急不可耐的样子。

“急什么急？我把他们俩都捆好了，他们就是等下锅的粽子！”刀疤脸说道。

“太久没吃了，想得慌啊！”断指男丝毫不掩饰。

马染尘听得心惊肉跳。

铜鼎下面的火焰摇曳，在断指男和刀疤脸的身后，一双拳头大小的眼睛随着火光明灭而忽隐忽现。

那双眼睛瞪圆了，满含怒意。

马染尘刚看到那双眼睛的时候心生恐惧，以为是什么怪物，但很快他发现那是菩萨的眼睛，进而知道这里是一处荒废的庙宇了。

这两个人要在怒目的菩萨面前吃人！

马染尘感到脖子酸痛，于是一松懈，躺回了地面。

那双平静的眼睛又回到了他近前，两人面面相觑。

“唔……”他试图跟这姑娘商量一下怎么逃脱目前的险境，可是嘴里的布条隔断了他们两人沟通的途径。

这姑娘还是平静地看着他，平静得让他难以理解。

他心想，这个姑娘不会是个傻子吧？到现在还不怕吗？

于是，他盯着姑娘的脸看，看她细微的表情，想从她脸上找到可以证明她是傻子的蛛丝马迹。

盯着看了一会儿，他的嘴里不住地淌口水，抑制不住。他越看越想在她脸上咬一口。这种想法让他感到羞耻。

很快他感觉到了这种想法并不是来自男女之间的欲望，而是纯粹源自食欲。因为他接下来脑海里浮现的并不是男女之欢，而是鲜血淋漓地咀嚼着一块软肉。

“你想吃我？”一个声音如窃窃私语般在他耳边响起。

马染尘吃了一惊，明明她的嘴巴也被布条堵住了，她怎么还能说话？

“我会腹语。”她又发出声音。

马染尘点点头，然后露出一个抱歉的笑容。

“你不用觉得不好意思，很多人看到了我都会产生吃我的想法，但是只有吃过人肉的人才会真的对我下手。”

马染尘觉得匪夷所思。这个姑娘是不是因为吓傻了才说这些古怪的话？

“我知道你不相信。你有没有闻到一股淡淡的药香？”她问道。

马染尘点点头，然后吸了吸鼻子。

“要不是这个药香让你早点醒过来，那你就要等到他们把你吃完，吐了骨头，你才会知道你是被人给吃掉了。当然，前提是你被吃掉之后还能看得见。”她皱了皱眉。

马染尘从鼻子里哼了一声。这姑娘看来是真的傻。眼见自己就要被人下锅了，居然说出这些没边际的话来。

“你碰到我算是走好运。我就是专门对付这些人的。”

马染尘闭上眼睛，懒得听她说这些瞎话。

“你还是不相信我？你听说过暗药师吗？”她又问道。

马染尘睁开眼睛。

“看来你是听说过了。”她勉强露出一点难得的笑意，“我就是专门对付暗药师的白药师。所谓好事不出门，坏事传千里。白药师极少人知道，暗药师倒是许多人知道。”

姑娘的话说到这里，似乎有板有眼了。

马染尘顿时心生一线希望。

“暗药师以人炼药，炼药如同熬药，需要时间。时日一到，暗药师便将人吃掉。白药师则会寻机给被暗药师盯上的人服用破坏炼药过程的丹药，救下人命，让暗药师无法得逞。当然了，这两个人还算不得暗药师，只是迷恋人肉而已，但是许多暗药师都曾是像他们一样一步一步踏上黑暗之路的。”

马染尘心头刚刚生起的希望之火又熄灭了。

就算存在白药师一说，可你现在被人五花大绑困在这偏僻荒废的庙宇里，外面的铜鼎里水已经烧得滚烫，人为刀俎你我为鱼肉，就算你是白药师还有什么用？你是泥菩萨过江，自身难保！你还不如那干瞪眼的泥菩萨！

“看来你还是不信我。”姑娘继续用腹语说道，“看在你是为了救我而被绑在这里的份上，我会顺便救下你的。”

马染尘先用力地咬了一口嘴里的布条，然后将嘴巴张到最大，再以舌头用力地顶嘴里的布条。马染尘的舌头灵活得很，小时候一位陌生老人教过他在嘴里用舌头将短草藤打结，还教他被绳子绑住的时候如何作手势，然后怎么从捆绑的绳子里逃脱出来。那陌生老人后来还出现过几次，但是马染尘一直不知道他是谁。

此时他忽然记起这件事，把嘴里的布条当做草藤，虽然不能将布条打结，但他想着或许能让布条收紧一些，收紧的布条再用舌头一顶，或许就可以吐出来了。

没想到这一顶，布条居然从嘴里出来了。

或许他们堵布条的时候就没有塞太紧。

布条带着酸腐味儿，也不知道刀疤脸断指男从哪里弄来的。马染尘吐出布条之后，连呸了好几口。

姑娘见他吐出布条，急忙看了看刀疤脸那边。其实她根本不用担心，马染尘是背对他们的，这些小动作不可能被他们看到。

“姑娘，不是我不信你，你自己说白药师是专门破坏暗药师吃人肉的，可是你……”马染尘忍不住咽了一口口水，连着嘴里剩余的酸腐味儿一起吞进了肚子里。“可是你看起来就很美味，让我这种不是暗药师的人看了都想咬一口……呃……我说的不是那种咬……是那种咬……”

“我懂……”姑娘发出羞涩的声音。

“懂就好。我不是那种人。”马染尘说道。

“哪种人？”姑娘张大了眼睛问道。

“就是那种人。你也应该懂的呀？”

姑娘摇头。

“哎……算了算了，随便你怎么想。我的意思呢，是你如果真的是白药师，那就应该是暗药师或者想吃人的人看见了就怕的那种人，怎么会是看了就勾起人欲望的这样的人呢？”马染尘一边说一边又将她上上下下打量了一番，不禁口水从嘴角流出。他从来没有这样馋过。这让他面对面前的姑娘时更加感到难堪。

姑娘的眼睛张得更大了。“勾起人欲望？”她迷惑不解地问道。

马染尘一愣，急忙解释：“不，不不不，我不是那个意思。”

姑娘更加迷惑了：“不是那个意思？”

“当然不是那个意思！”他每张开口，口水就顺着嘴角流出来。他感到自己怎么解释都不对，尤其是口水，简直就是强有力的反证。

“你到底是什么意思啊？”

“姑娘你说啊，钟馗捉鬼，那他得丑得让鬼都怕吧？”

“你是说我应该长得很丑才是白药师？”

“你……你确实长得太好看了些。”马染尘淌着口水说道。

“你刚才不是说我长得很好吃的样子吗？怎么又变成好看了？”姑娘嘴角一斜，眉毛一挑。

“你就是一道菜！”

“我怎么又变成菜了？”

“你……你……你就是一道色香味俱全的菜！”

那姑娘忍不住一笑。

马染尘哪里有心思看她笑，他又费力地扭头朝刀疤脸和断指男那边看去。铜鼎下的火烧得旺盛，柴火发出噼噼啪啪的爆裂声。刀疤脸正在添柴，断指男兜着衣服不停地给柴火扇风，尽力让铜鼎里的水早些烧开。

柴火有些潮湿，烧得烟雾缭绕。这倒让后面瞪着眼珠的菩萨有了几分腾云驾雾的气势，似乎要飞升而去。

马染尘心中叹息，这道色香味俱全的菜就要下锅了。

“想想你说得没有错，我就是一道菜。”姑娘说道。

马染尘回过头来，苦笑道：“你终于不说胡话了。”

“你用钟馗捉鬼做例子，我用诱饵钓鱼做例子。你想想，要钓到鱼是不是需要诱饵？”

他点头。

“我不是钟馗，但我是诱饵。在我们白药师的行话里，我这种人叫做‘药引’。这个‘药引’跟配药的药引没有联系，仅仅是‘引出暗药师’的意思。也有人把我叫做‘钓鱼者’，引出了暗药师，就说是‘钓到了鱼’。暗药师都隐藏得很深，很难从一般人中找出来。因此，白药师要借助‘药引’把隐藏的暗药师引出来。我之所以看起来让人想吃，就是为了从茫茫人海中引出吃人的人。”姑娘露出得意的神色。

马染尘嘲讽道：“是的。智慧的药引小姐！伟大的钓鱼者！你成功地钓到了鱼，眼下就要成功地被鱼吃掉了！”

姑娘不在意他的冷嘲热讽，鼻子里哼出一声，轻松说道：“俗话说，螳螂捕蝉，黄雀在后。”

“你是黄雀还是螳螂？哦，你以为他们是吃人的人，你是白药师，你就是螳螂啦？你就是黄雀啦？”

“我是蝉！”姑娘腹语的声音大了许多，她意识到自己的声音太大，说完急忙翘起头来看了一眼刀疤男的方向，害怕他们听到。

柴火因为潮湿而发出噼里啪啦的炸裂声，刀疤脸和断指男被烟火熏得咳嗽不已，哪里能听到他们说话？

“蝉？哦！这么说还说明你有点自知之明。那你说得挺对的，你是蝉。”马染尘扭过头去看那铜鼎旁边的两个人，“他们就是两只螳螂。”

姑娘笑了笑，说道：“黄雀应该快来了。”

“黄雀？”

马染尘话音未落，大殿里忽然响起一片噪杂的鸟雀啼叫声。那鸟雀声极其尖锐，马染尘感到耳膜刺痛，仿佛针扎。马染尘心想，莫非这就是姑娘所说的黄雀？

那姑娘也闭目咬唇，痛苦不堪。

他忍住痛疼，往大殿里看去，却不见有鸟雀的影子。

正在添柴加火的刀疤脸顿时惶恐不已，抬头朝头顶上的大梁上看去，仿佛是暴露在旷野上的老鼠听到了高空中鹰的叫声。从那起伏错杂的声音听来，高空中的鹰不止一只，而是一大群。那只老鼠左顾右盼，分明知道已经无路可逃，却不敢朝任何一个方向迈步，只能在原地抖抖瑟瑟。

“完了！完了！这是吸血雀的声音！”刀疤脸绝望地喊道。

“吸血雀？”断指男似乎不清楚发生了什么，原本不太恐慌。但听刀疤脸这么一说，他立即跟被碰了一下的蚂蚱一样惊恐地弹跳起来。“是……是那种专吸人血的鸟雀？”

“对！这就是吸血雀的声音！自从那次事情之后，我常常在噩梦里听到它的声音！我脸上的疤就是那次留下的！”刀疤脸声音发颤。

马染尘不知道刀疤脸说的“那次事情”是什么事情，但是能让吃人都不怕的人感到害怕的事情，一定是令人毛骨悚然的恐怖之事。

不过他不担心。虽然从来没有见过吸血的鸟雀，但是他十分肯定这些鸟雀不会吸他的血。这些鸟雀必定是面前这位姑娘所说的“黄雀”。

他恍然大悟。这姑娘没有骗他，更没有说胡话。她看起来很好吃，就是为了诱出吃过“想肉”且不能断了念想的人。没有吃过人肉的他尚且垂涎三尺，吃过的人哪能抵住这般诱惑？诱出目标人物之后，便应了姑娘说的“螳螂捕蝉黄雀在后”那句话，刀疤脸和断指男就是那螳螂，只想着吃肉，没招防身后还跟了“黄雀”。

果不其然，大殿里忽然响起扑楞扑楞的鸟雀拍翅膀的声音，一大群鸟雀忽然从大梁上飞了下来，密集如林间枝头的山雀，又如夏夜茅房里的蚊子，不计其数。

以迅雷不及掩耳之势，鸟雀落在刀疤脸和断指男的身上，仿佛一张从天而降的网将他们两人裹住。

猝不及防的刀疤脸和断指男马上发出令人头皮发麻的痛苦尖叫声！

很快，尖叫声停止了。

鸟雀们一飞而起，躲进了大梁之上的阴影里。

刀疤脸和断指男还在那里，保持着站立的姿势，却一动不动。

不过几秒时间而已，马染尘看出他们两人的身形比刚才消瘦了许多。

马染尘回头看了看那姑娘。

姑娘的神色让他意外。她居然没有半点等来救兵的喜悦，却是瞠目结舌状，恐惧得浑身发颤。刚才的平静荡然无存。

“你不是知道黄雀在后吗？你怕什么？”马染尘小声问道。

“不！来的是药贼。不是我们的人！”她用力地摇头。

“药贼？药贼又是什么人？”马染尘丈二和尚摸不着头脑。

她的目光留在吸血雀消失的大梁上。“药贼，顾名思义是偷药的贼人的意思。古有嫦娥偷了灵药奔月登仙，也有孙猴子偷吃金丹炼成不坏之身。暗药师中有一部分人认为以人炼药还是太难，尤其等待时间太久，配药还不能被打断或混乱，故而自己放弃，转而觊觎别的暗药师，一如贼人，自己不劳作积累，专做劫人钱财的勾当。我想这个药贼是错把烧火的那两人当做下饭菜了。”

马染尘仍有疑惑：“那两人被药贼吃了？”

姑娘点头。

“可是我只见吸血雀，不见你说的药贼露面啊。”

“这炼药的人虽少，但炼药的方式各不相同，如同人间有修道，有问佛，有习武，亦是各不相同。其中差别，不是一时半会儿说得完的。”姑娘看了他一眼，“如果药贼没发现我们，以后或许有机会给你说说其中门道。”

“发现了的话呢？”马染尘问道。

“药贼都是狡猾且心狠手辣之辈，做事没有底线。一旦发现我们，我们也会像那两人一样被吸血雀吸干血，成为两具僵尸。”姑娘泄气道。

马染尘明白了，刀疤脸和断指男之所以还站在那里，是因为血液短时间里被吸干，姿势还来不及改变，所以保持站立，好像他们两人还没来得及反应自己已经死去了一样。

“既然来的不是黄雀，那……那……那黄雀呢？”马染尘心怀最后一线希望。如果“黄雀”此时偷袭药贼，自己还是有很大希望得救的。

姑娘的眼神里充满了绝望。

“黄雀已经死了。药贼精明狡猾，定是先发现了黄雀。既然有黄雀，附近必定有被跟踪的暗药师，并且是已经得手暴露的暗药师。为了抢夺暗药师的所得，药贼必先杀了黄雀，再从暗药师那里虎口夺食。所以……黄雀不会出现了。”

微弱的最后一线希望之光被吹灭了。他浑身一凉。

“这么说来，螳螂捕蝉黄雀在后，却不知黄雀背后还有猎人？”他喃喃细语道。

姑娘沉默不语。

“可是……药贼怎么还不出来？”他问道。

姑娘腹语道：“药贼比狐狸还狡猾。他可能猜到这里还有人，怕遭暗算，所以迟迟不显身。他们是白药师和暗药师都恨之入骨的人，黑白两道都容不下他，行事自然步步小心。”

不一会儿，一个黑影从大梁上落了下来。虽然马染尘一眼就看出那是人影，但那黑影落下时非常轻盈，如同一只大鸟，并伴随着呼呼的风声。

原来那人衣服如蝙蝠一般，两腋下多了一块鼓风的布。

那人先看了看刀疤脸和断指男两具僵尸，然后朝马染尘这边看了过来。

马染尘一惊。这药贼居然是一位翩翩少年！

马染尘想躲已然来不及了。

那少年见了马染尘，露出一丝得意的笑，仰起头对大梁说道：“我就说这里不止两个人，你偏不信。这铜鼎里的胡椒味儿这么浓，必定是为了煮人。人不在鼎里，就必定在别处。”

倏忽一声，大梁上又落下一个人来。那人的姿态更加轻盈，落地无声。

“怪我经验不够。幸亏哥哥在旁指点。”那声音却是女声，如雨后鸟儿的啼叫一般清脆好听。

她顺着那人的目光朝马染尘这边看了过来。她的面容便暴露在马染尘的目光之下。那是一张尖瘦的脸，嘴唇薄如一线，眼睛长如柳叶，让马染尘觉得竟然有一种诡异的美。她的头发很长，简单一束，几乎拖地而行。

“有道是害人之心……咳咳……有道是防人之心不可无，你涉世未深，时时要记得处处防人。我们是白药师暗药师都恨得牙痒痒的人，一旦被他们发现，绝不会手下留情。”那少年说道。

从面容上看，那少年不过十七八岁。这长发女孩叫少年为哥哥，年龄自然更小。

两个药贼年纪这么小就能轻易置刀疤脸和断指男于死地，这让马染尘大为诧异。倘若遇到年长的药贼，那岂不是更加没有活路？

长发女孩瞥了一眼马染尘和药引姑娘，说道：“他们两人被捆住了，对我们并无威胁，要不我们假装没看见他们，放了他们吧？”

“你……”少年吹眉瞪眼。

长发女孩打断他，继续说道：“刚才杀死的两人一看就不是正宗的暗药师，应该是以前吃过想肉，一时又犯了想肉的瘾，才随便绑了两个活人来解馋。这样的活人，从未经过暗药师的配药炼化，我们要了也没有用，不如放了。”

马染尘听了这话，激动不已。要不是身子被捆住，他此时早就爬起来给那大慈大悲的女神仙磕头谢恩了。

那少年嘴角一歪，抽出一丝笑意，说道：“妹妹呀，你是不是傻？你知道外面人怎么称呼我们吗？他们叫我们药贼！药贼！是贼你知道吗？做贼的最怕什么？最怕被人看到脸！最怕被人记住！最怕被人认出来！你我现在已经被他们看到了，你还要放走他们？”

长发女孩生怕少年不答应，着急道：“他们是普通人，看到了无所谓。何必赶尽杀绝！”

那少年道：“妹妹，你知不知道刚才我们在外面杀死的人是‘黄雀’？”

长发女孩一愣。

“白药师与暗药师之间有一句常用的话，叫做螳螂捕蝉，黄雀在后。白药师以一人引出暗药师，再以一人伏击暗药师。引诱者便如蝉，被引出的暗药师便如螳螂，伏击者便如黄雀。因此，他们二人中必定有一个是蝉！也就是药引！”

长发女孩一惊。

“因此，他们不是普通人，他们中有一个是白药师！是与我们不共戴天的人！放走了他，我们俩可就暴露了。从此我们就不会再有安身之处！甚至仙爷的身份也会暴露！”那少年脸皮下肌肉抽搐，杀气腾腾。

长发女孩沉默了片刻，然后疾步来到马染尘和姑娘身边，淡然道："你们两个谁是药引？既然是白道上的人，就请速速承认，不要连累无辜之人。倘若承认，无辜之人尚能活命，不然你们两个都活不了。"

"我！我！我是药引！"

发出喊声的是马染尘。

药引姑娘听到马染尘的喊声，始料不及，一脸茫然地看着他，不知道跟药引八竿子打不着的他为什么抢着承认自己就是药引。很快她又似乎想到了什么，忽然露出一丝羞涩，白嫩的脸颊上抹了胭脂一般。那红色是如此显眼，以至于即使在昏暗的情况下仍能看到。

药引姑娘见他两眼放光，如山中饿狼，却也不躲不避，毅然决然地回视他。似乎哪怕此时饿狼扑过来，以急躁的爪子撕开她的衣裳，以湿黏的舌头舔舐她的皮囊，以锋利的牙齿啃噬她的骨头，她都会臣服，她都不会作任何反抗。

两人对视瞬间，反倒是马染尘慌了，急忙挪开视线。

铜鼎旁的少年迅速走了过来，在长发女孩身后站住，咬牙切齿，却没有出言阻止。

"好，不愧是个男人！我看这姑娘柔柔弱弱，不像是能做药引的人。"长发姑娘看了马染尘一眼，颇有钦佩之色。

马染尘这么做，自然是有自己的打算。

第一，这药引姑娘救了他的命，要不是她身上的药香气味儿，他到现在都还不会醒，到死都不知道自己是被刀疤脸煮了还是被药贼宰了。

第二，虽然这长发女孩大发慈悲，但是药贼少年会不会放过他们暂且无法判断。哪怕最后两个人都走不了，自己也算是为药引姑娘尽力了。横竖都是死，还不如充一回英雄好汉。倘若有一人能走，他也怀疑药贼少年杀掉药引姑娘之后会像甩不掉的影子一样追杀他。迟早都是死，还不如把生的机会留给药引姑娘。

但是，如果走掉的是药引姑娘，那结果就大不一样。

药引姑娘受了他的救命之恩，肯定会第一时间找白药师帮手来救他。如果时间来得及，他或许还有一线生机。万一救了下来，以后有白药师罩着，药贼也不敢轻易对他下手。这比独自落荒而逃之后提心吊胆地过日子要强多了。

但是他万万没有料到药贼少年还会出来使绊子。

“我看这个女的更像是药引。”少年药贼踢了马染尘一脚，冷笑一声。

“是我！是我！跟这位姑娘没有任何关系！”马染尘急忙申辩道。他知道，以少年刚才表露的性情来看，如果少年发觉他在撒谎，就算刚才原本有意顺从长发女孩，此时也绝不会让他活着离开了。

“你为什么说这姐姐更像药引？”长发女孩侧头问道。

少年将一手平伸，一个鸟影从大梁上飞了过来，落在少年的手掌上。

马染尘这回总算看清了吸血雀的模样。

除了有鸟翅，鸟翅有羽毛之外，这吸血雀完全没有一点山雀的样子，却像一只硕大无比的蚊子。针嘴长而细，除了翅膀上的羽毛完整之外，其他地方的羽毛稀稀落落，露出大面积的黑色皮肉，仿佛被粗心厨师用开水烫了一遍，又没将毛捡干净的鸡。

最引人注目的还是它的肚子。它的肚子鼓得厉害，与身体极不相称，仿佛一个骨瘦如柴的饿汉长了一个弥勒佛的肚子。黑色的肚皮薄如蝉翼，能透过肚皮看到里面流动的红色。马染尘判断那红色的东西就是刚才从刀疤脸或者断指男身上吸的血，顿时恶心不已。

他以前听说海外某个群岛上有吸血的鸟，还有某个地方有吸血的蝙蝠。他猜测这种九州之内没有见过的吸血的怪异动物应该是来自海外的异种，或许是那种鸟，或许是那种蝙蝠，抑或是杂交而成的新品种。神州大地能出现金鱼这种完全为了观赏而人工培养出来的全新物种，并且千姿百态，颜色丰富，出现吸血雀这种东西就不足为奇了。

“让吸血雀在二人中选一人吸血,吸血雀选了谁,谁就是药引。”少年邪魅一笑。

“为何？”长发女孩问道。

“药引为了吸引暗药师，早已将自己用药养好，或是成品，或是半成品，这样才能吸引暗药师。吸血雀吸血无数，能轻易辨出哪个好哪个孬，在有选择的情况下，它一定选好的吸血。因此，它选择了谁，谁就是药引。”少年自信满满。

药引姑娘打了一个哆嗦。

马染尘的脑海里一片空白。他没想到药贼少年还留了这么一招。

长发女孩觉得他说得有理，便点头道：“也对。那用你的吸血雀验证一下吧。不过我觉得你这是多余的，他若不是药引，干吗要说自己是？求生的人我见多了，求死的还没有见过。”

少年道：“妹妹，还是那句话，防人之心不可无。哪怕是多余的，也得谨慎行事。”说完，少年将手一扬。

吸血雀拍翅腾空而起。

药引姑娘闭上了眼睛，吓得身子一缩。

马染尘绝望地看着那只吸血雀。

吸血雀用它黑豆一般的眼珠子看了看药引姑娘，又看了看马染尘，然后毫不犹豫地飞向马染尘，一嘴扎在他的脸上。

马染尘如被人狠狠掴了一巴掌，顿时半边脸麻木了。

看来这吸血雀的针嘴有麻痹的功效，不然刚才刀疤脸和断指男会疼得满地打滚。且不说被吸血的人打滚不利于吸血雀吸血，这样还会压死压伤不少吸血雀。

幸好这只吸血雀刚才已经喝饱了，扎了一下之后便拔出针嘴，飞回到药贼少年的肩膀上，然后再次腾空，飞入大梁的阴影里。

长发女孩挑眉道：“你看，我就说了是多余的。”

药引姑娘睁开眼来，看到马染尘脸上的血迹，不明白刚才发生了什么。

马染尘不敢相信刚才发生的一幕是真实的，他以为那是幻象。可是长发女孩都那么说了，事实证明自己的眼睛是可信的。

“还有一种可能，他们两个都是药引。”药贼少年不服气。

“你还讲不讲道理？刚才验证的方法是你自己提出来的！”长发女孩气愤道。

“妹妹，我是在跟你讲道理。如果他们两个都是药引，那我的验证方法就失效了。你说是不是？”

“反正你要杀死他们两个，是不是？”长发女孩冷冷地反问道。

药贼少年没有回答。

“哥哥，你答应过我不滥杀无辜的，原来都是骗我的吗？”长发女孩的眼睛里噙满了泪水。

“我……”药贼少年犹豫不决。

“如果你对我说的话不算数，那我从此没有你这个哥哥。”一滴泪水从她眼角爬出，顺着脸颊滚到下巴，滴落下去。

“妹妹，你别哭啊。哥哥说话当然算数！我这不也是为了你好嘛！要不这样吧，我把他们两人都带到仙爷那里去，让仙爷判断他们是不是药引，好不好？仙爷见识广，肯定不会看走眼。到时候妹妹你再求仙爷放过无辜的人，仙爷那么疼你，必定会听你的。那时候就算我不想放人，也不敢违背仙爷的意思。你说是不是？”药贼少年的态度软了下来，甚至带着央求的口吻。

马染尘不知道“仙爷”是谁，但可以肯定这个“仙爷”是药贼里非常有威望的人物，并且特别宠爱这位长发女孩。正是缘于“仙爷”的宠爱，这个桀骜的少年才会一再在她面前退让。

长发女孩想了想，似乎想不到更好的办法，于是点头道：“好吧。就听你的。到时候我要仙爷放过不相干的人，你可别再叽叽歪歪。”

“给我十张嘴我也不敢哪。”药贼少年见她答应，欣喜不已。他将手一挥，一阵像石灰粉的白色粉末撒在马染尘和药引姑娘的脸上。

马染尘还没明白这是干什么就再次晕了过去。

等再次醒来的时候，他两眼一抹黑，什么都看不见，只听到有人在说话。

“仙爷，菜单我给您拿来了，今晚想吃什么菜呀？”一个娇滴滴的声音说道，仿佛青楼老鸨迎客一般。

“三天前抓来的姓范的那个人怎么样？”一个苍老嘶哑的声音说道。那声音仿佛带着刺尖儿，让听了的人像被扎了一样难受。

“好饭不怕晚。仙爷，那个范还没有好呢，抓来的时候赶早了些，养他的暗药师还差几味药没有配呢。再有两天把剩下的药喂了，才是上佳的补药。现在吃倒是吃得，就是可惜了。”

马染尘听得汗毛直立。

“那……他女儿怎么样？”仙爷的声音问道。

“哎呦，这个饭也还没好。”

“怎么这个饭也不能吃，那个饭也不能吃？”

“他女儿确实长得好看，在我们劫来之前，暗药师也早把药给她下完了。她哪儿都好，可就是一双脚臭得很。我吩咐小的们天天用葛根煎了水给她泡脚。等她的脚好了，下锅不影响味道了，仙爷再点这道菜也不迟嘛。”

“那我吃啥？”

“仙爷哎，可真赶巧了，小梵刚好捉了两个新人来，一男一女。要不，先给您打打牙祭？”

马染尘记得小时候有一次过生日，母亲要杀鸡给他吃。母亲站在鸡笼旁边询问父亲：“你说杀哪只鸡比较好？”父亲心不在焉：“母鸡比较补，杀那只母鸡吧。”母亲反对道：“不行。母鸡还可以生蛋，染尘喜欢吃鸡蛋羹，杀了就没鸡蛋了。”父亲便道：“那就杀那只被人打断了腿的公鸡。”母亲又反对道：“不行。那公鸡就是因为被不知哪个混蛋打断了腿，伤痛在身，这几天都瘦得不成样子了。肉少骨头多。要吃也得等它伤好了，肉长起来了再吃。”

那时的马染尘并不关心生日是不是能吃到鸡肉喝到鸡汤。他觉得母亲站在鸡笼旁边讨论杀哪只鸡很不妥。他担心鸡笼里的鸡听懂母亲的话。他担心鸡听懂之后惶恐不安却又无处可逃，只能在鸡笼里等着挨一刀。

而此时，他感觉自己就是鸡笼里的鸡。那个“仙爷”是主人。他马染尘活了这么多年，仅仅是为了等着成为“仙爷”桌上的一盘菜。

仙爷哈哈大笑，笑里透着冷意，让马染尘忍不住打寒战。

笑完之后，仙爷说道：“小梵那孩子我还不清楚？她能抓人回来？嗨，都怪我平时太宠溺她了！她不知道江湖险恶，人心似毒！我此生最不爱吃的就是人心了，它比装粪的大肠还要脏！我让她跟着小飞出去见见世面，就是让她识得人心！”

那娇滴滴的声音立即逢迎道：“仙爷对小梵教导有方！小梵他日必成大器！”

仙爷道：“成什么大器？过好安生日子就可以了！你把小梵叫来，我问问她这次出外有什么心得没有。”

马染尘这才明白长发女孩名叫小梵，药贼少年名叫小飞。他听到蹬蹬蹬的脚步声，心想应该是那娇滴滴的女人要去唤小梵来。

“仙爷！我捉了这两人来不是给您吃的！是让您放走其中一个！”

马染尘听出这突如其来的声音是长发女孩小梵的。刚才的脚步声也是她的。不是娇滴滴的女人去叫她，而是她主动跑来了。

紧接着“咚”的一声响，马染尘眼前忽然一亮。

那光线太强，马染尘想抬手去挡眼睛，但是双手被捆住了，动不得。他急忙闭上了眼，然后微微睁开一条缝。

他终于知道自己身在何处了。自己是被装在了一个木箱子里。

他猜测药贼少年为了不引起人注意，把他装进了箱子，然后运到仙爷这里来的。

“仙爷，您见识多广，火眼金睛。您看看这个人是不是药引。”小梵大声嚷道，一点儿尊敬的意思都没有。

娇滴滴的声音响起：“小梵呀，仙爷是你长辈，说话要注意点儿。”

仙爷“啧”了一声，说道：“小梵是个小娃娃，你跟她计较什么？”

小梵像是没有听到他们俩的对话，大大咧咧道：“我说要放掉不是药引的那个人，小飞哥哥偏不听。这个男的都承认自己是药引了，小飞哥哥也用吸血雀验证了，可他就是不听我的，非得把两个人都抓来，说让仙爷您看看。他其实就想两个都杀掉！仙爷，如果您跟小飞哥哥一样不讲道理，小梵就不认你了！”

娇滴滴的声音变了样儿，呵斥道：“你以为你是谁哪！敢跟仙爷说这种话！”

马染尘已经猜测出仙爷在药贼中的地位，觉得小梵这样说话确实没有分寸。

接着，马染尘听到响亮的“啪”的一声，心想是小梵惹怒了仙爷，挨了仙爷一记耳光。

然后马染尘听到仙爷厉声道：“说了别跟娃娃计较！让你不

长记性！”

原来这一耳光打在娇滴滴的女人脸上。

马染尘的眼睛终于适应了光线。

他看到一个漂亮女人正捂着剥了皮的熟鸡蛋一样的脸，但红色的指印还是在她手下露了出来。她身边站着一个鸡皮鹤发的老人，老人居然身穿军装。这军装不是长沙城驻军的制服。那军装有将军一样的肩章，威风凛凛。战乱时期，军阀割据。不但军装不统一，肩章也是五花八门。马染尘分不清这位老人是什么军衔。

他在报纸上看到过长沙守备司令的戎马装照片，守备司令的军装似乎还不如这位老人的华贵威风。

难道药贼有军方背景？马染尘心想道。

在这个时代，不论做什么都要点军方背景，做烟土生意的，做药材生意的，做金银生意的，无论哪一行，只要跟钱沾边儿，就得跟军爷打好关系。

哪怕是做占山为王的土匪呢，也得有军方撑腰。马染尘的一个表哥在凤凰山上做七当家，偶尔还回家一两趟，居然没有人捉。

那表哥在他面前吹嘘道，把我捉起来了还得放虎归山！

马染尘问为什么。

表哥说，有了耗子才养猫，有了虱子才会挠，有了我们这些土匪，那张师长才能找上面要枪要炮。

表哥还说他们大当家的知道张师长吃过人，要是张师长敢动真格儿的，大当家就把张师长当年在哪里在何时怎么吃人的事迹写得仔细，印刷几万份到处散发，让他身败名裂，让他饮弹自尽。

马染尘当时不信，说道，只听说东北的日本鬼子吃过人，没听说其他地方有这种事。

表哥说，据说那人肉啊，吃过一次之后就会想得厉害！就像大烟！比大烟还厉害！不信你去张师长府上看看，他现在吃个萝卜冬瓜什么的，还要厨子切成小人的样子！他馋得慌呢！

马染尘自然不敢也不能轻易进入张师长家里，所以不可能看到张师长的宴席上是不是有做成人样的菜。

那时他不信表哥的话，说完就忘记了，此时却认为这极有可能是真的，说不定这位仙爷跟张师长有什么隐秘的联系。

“哎，你醒啦？你快说你是不是药引！”小梵惊喜道。她将脑袋伸到了箱口上方，长发如瀑布一般从脸的两边倾泻下来。

马染尘觉得口干舌燥，咳了一下，然后问道：“那位姑娘呢？”

“在另一个箱子里。你不要急，如果只有你是药引，我们会放掉她的。”小梵说道。她的两只眼睛纯净透明。

“你是什么人？来自哪里？”仙爷发话了，两眼盯着他，如同鹰鹫盯着一块肉。

“快说！”捂着脸的女人朝他吼道，似乎要将刚才的不满和委屈都发泄在他的身上。

“我是马染尘……来自……汨罗。”马染尘轻声说道。

他本想说本地，长沙口音虽然跟岳阳口音相像，但还是很容易分辨出来。他想说是岳阳，又担心这位仙爷若是真跟张师长有联系，很快就可以查出他的真实身份。何况他有一个做七当家的表哥，张师长必然早就弄清楚了他表哥家里有什么人，外面有什么亲戚。说不定仙爷一打电话给张师长说出“马染尘”三个字来，张师长不用查就知道了。

于是，他故意说成汨罗。这样仙爷听不出口音，也查不出什么名堂。

“你是药引？汨罗现在也有药引了？”仙爷轻蔑地问道。

“是。这件事与那姑娘无关。”马染尘回答道。其实他心虚得很。小飞既然同意把他们两人带来让仙爷分辨，必定是因为仙爷能够分辨出白药师和常人的区别。但自己先前已经承认自己是药引了，此时改口已然来不及。

马染尘听仙爷那口气，好像汨罗不该有药引一样。但事已至此，只能咬牙继续装作药引。

仙爷扯出一丝笑意，冷冷道：“既然那姑娘不是药引，为何也被吃人的人捆了下汤？你这不自相矛盾吗？”

姜还是老的辣。这仙爷显然没有那么好骗。

马染尘一时发愣了，不知道该如何解释。

“食色性也。抓男人是为了食，抓女人是为了色嘛。仙爷当初把我抓来，不也是这个原因？”娇滴滴的女人插嘴道，然后娇嗔地拍了一下仙爷的肩膀。

仙爷哈哈大笑，笑得满脸通红发光。他一手抓住那女人的胳膊，另一手又摸了一把女人的下巴，得意地说道：“就是！当初你还在青楼里做那档子营生，要不是我把你从水深火热里救出来，现在恐怕早被那个经常照顾你的风流公子吃掉了吧？”

女人举起绣花拳头在仙爷胸口捶打，力道极轻。

“哎呀，仙爷！您还提那陈年旧账干什么？当年我涉世尚浅，阅历不足，哪里知道他是暗药师？哪里知道他名为垂怜我，见我生病还给我喂汤喂药，实际上是想吃我？人心叵测啊！”女人娇滴滴地说道，顺势将头靠在了仙爷胸口。

仙爷又哈哈大笑，说道：“所以我说人心是极毒的。蘑菇有毒，尚能从形状颜色分辨出来。人心有毒，却是难以发现的。”

女人蹭了蹭仙爷，说道：“霞姑的心对别人从来都是毒的，但对仙爷是一片好意，没有一丁点儿毒。”

仙爷昂天大笑，说道：“从来没听说毒性还针对这个人有毒，针对那个人没有毒的！”

女人着急道：“仙爷若是不信，霞姑现在就把自己的心挖出来给仙爷尝尝！”

仙爷笑道：“好了好了，现在还有正事要办呢，我不在乎你的心是不是有毒，我倒是对你那灵活的舌头喜爱有加。”

女人伸出食指在仙爷的鼻子上一点，娇声道：“坏人！”

小梵在一旁对霞姑翻白眼。

此时马染尘却对霞姑充满了感激之情。

要不是霞姑一番话，他就要在仙爷面前露馅了。

从霞姑和仙爷的话里，他得以知道这霞姑以前是青楼女，且有一个倒霉的暗药师试图给她喂药，将她培养成药材，因此那暗药师常常以嫖客的身份光顾青楼，却不知“螳螂捕蝉黄雀在后”，最后药贼杀了他，抢了他的目标。后面的事就不言而喻了，仙爷原本抢了霞姑是要吃掉的，却见了她的美貌之后动了色心，便一直留在身边。

无论是“食”还是“色”，霞姑在仙爷的眼里仍然跟一盘食物的地位相差无几。刚才仙爷对霞姑的态度便说明一切。

马染尘在心里叹道，唉，她也是一可怜人。

在霞姑与仙爷打情骂俏之时，他观察了一下周边环境。这是一个装修豪华的大厅，平时只有在富贵人家才能看到这番景象。四周的墙上挂着画框，里面居然是西方的油画。大厅中央悬着一个巨大的水晶吊灯，富丽堂皇。桌椅却是中式的，或是檀木，或是黄花梨，也不是一般人家用得起的。

这让马染尘更加猜不透仙爷是什么来历。

在离他五六米远的地方，还有另一个木箱子。他猜测那里面应该装着令他垂涎三尺的药引姑娘。此时一想到药引姑娘的面容，他就忍不住咽了一口口水，腹中咕咕地叫起来。

他不禁暗暗担忧——那药引姑娘他看一眼都咽口水，就算小梵和小飞因为殿中光线昏暗而没有看清楚，难道老奸巨猾的仙爷在这明亮的大吊灯下看了之后会没有想要吃的感觉？这样的话，前面所有的努力和运气都白费了。

这时，一个身着军装的英俊少年走进大厅，脚步无声，如同鬼魅。那少年走到仙爷面前，“啪”地立正，行了一个军礼，然后铿锵有力地说道：“仙爷，属下认为无论这两人是不是药引，都要杀掉！”

小梵鼓起眼睛，愤愤道：“你怎么说话不算话？在荒庙里的时候你答应我放掉无辜之人的！”

马染尘恍然大悟，原来这少年就是用吸血雀杀死刀疤脸和断指男的小飞。

仙爷见小梵生气，忙说道：“对呀，你答应了小梵，怎么可以不遵守承诺呢？”

小飞目视前方，不理小梵，答道：“答应小梵实属属下无奈。当时在外面，如果我不答应，小梵闹脾气出了什么事，我怎么跟仙爷您交代？现在已经回来了，属下认为应该把他们两个都杀掉！万一真的白药师被我们放走了，我们就都暴露了！仙爷的江山大计就会受到严重影响！”

仙爷听着小飞的话，频频点头，认为他说得有理。

“不行！”小梵急得跺脚。

仙爷将怀里的霞姑推开，对着小梵摊开双手，无可奈何道：“你小飞哥哥说得有道理呀！”

“说话不算数有什么道理？”小梵赌气道，别开脸不理仙爷。

仙爷咂嘴，转头责备小飞：“你干吗要对她承诺不杀无辜的人呢？”

小飞又行了一个军礼，依旧铿锵有力地说道：“属下当时没有办法。”

马染尘对小飞恨得牙痒痒！小小年纪，就这般铁石心肠！就这样杀人不眨眼！倘若他替代了药贼首领的位置，那还了得！

仙爷只好靠近小梵，以讨好的口气商量道：“小梵，你看这样好不好，这回呢，你就听我的，以后我什么事都由着你。我毕竟是你的长辈，你就让我一回，好不好？”

“我小时候被你这种话骗过一百遍了！我不是三四岁的小孩子

了！”小梵根本不买账。

刚才还趾高气昂的仙爷，此时低声下气束手无策。即使事情发生在马染尘的眼前，他仍然不敢相信刚才的仙爷和此时的仙爷是同一个人。

霞姑脸上的指印还没有消，她看了看仙爷，又看了看小梵，不敢轻易插嘴。

这次她不说话，仙爷主动找她的不是了。

仙爷看来看去，目光落在霞姑的身上，然后一怔，大声道："哎……你怎么不说话呀？你哑巴啦？你来说说是放还是杀？"

霞姑一惊。但她迅速用笑容掩饰了惊讶的表情，笑眯眯娇滴滴地说道："一个不让杀，一个不让放，我看呀……那就留在这里吧！"

仙爷愣了一下，然后用力拍掌，大笑道："哈哈哈哈，霞姑呀霞姑！你可是救了我一命啊！杀也杀不得，放也放不得，那就把他们两人都留在这里啰！太好了！太好了！"

仙爷靠近小梵，轻轻地说道："小梵，你看……这样总不算说话不算数了吧？"

小梵仍然不服气，但也无话可说。

小飞仍不甘心，呼了一口气，说道："仙爷，这么做恐怕不妥。我们向来跟白药师势不两立，不是你死就是我活。他们两人中必定至少有一个是药引，留在我们中间，尤其是留在仙爷身边，恐怕……"

仙爷懒得看他，将手一举，示意他不要再说。

小飞将后面的话生生咽回肚子里。

马染尘松了一口气。虽然还不知道以后会怎样，但至少可以多活几天了。如果他几天不出现，那开药铺的朋友肯定会着急，肯定会到处打探他的消息，说不定就能找到这里来，把他救出去。如果刚才被仙爷做成了一盘菜，肉被吃了，骨头被吐了，朋友即使有上天入地的能力，也不能从阎王殿把他拉回来。

这一切都多亏了霞姑。他没想到在这里看起来最没有地位的霞姑，却起到了最关键的作用。看起来她是无意为之，但马染尘又觉得她另有目的，只是假装无意而已。

这是一个捉摸不透的女人。

不管怎样，马染尘还是对她感激不尽。

霞姑咬了咬嘴唇，皱眉说道："仙爷，咱们说话是算数了，可是这两个人也不吃的话，咱们这几天吃什么呢？"

马染尘打了一个哆嗦。莫非这女人变卦了？说这样的话，那意思还是要吃掉我们啊！

马染尘瞥了一眼小飞，心想这个恶毒小子肯定要得意地笑了。可是他看到小飞脸色大变，嘴唇颤抖，似乎比他还要紧张恐惧。

仙爷这才想起"吃"的问题还没有解决，"哦"了一声，然后说道："那就先吃几只吸血雀吧！好久没吃了，也该有几只养肥了的吧！"说完，他看了小飞一眼。

小飞哆哆嗦嗦地立了一个正，回答道："是！"

仙爷淡淡道："我跟你说过，我们养吸血雀，就像普通农户人家养鸡，平时喂血就像是喂谷子，喂了它们是为了给我们吃。我知道你从小养猫啊狗啊什么的很容易养出感情，你不要舍不得。"

小飞显然不同意仙爷的说法，但不敢违抗。

霞姑道：“小飞这孩子重感情，不是什么坏事。仙爷您大人大量，莫要怪他。”

末了，她又过去安慰小飞：“你这孩子也是的，是仙爷把你养大的还是那些吸血的畜生把你养大的？这点轻重你都不分明？”

这时，一名副官急匆匆走了进来，颇有深意地看了马染尘一眼，然后在仙爷耳边嘀咕了几句。仙爷原本心不在焉地样子，听那副官嘀咕完，眼睛忽然一亮，也朝马染尘颇有深意地看了看。

马染尘心中一喜。莫非我开药铺的朋友神通广大，已经找到这里来了？

仙爷略作思忖，然后走到马染尘的箱子旁边，态度变得和蔼。他说道：“不管你到底是不是药引，今天我可以让你们两个都活下来。但是你得帮我做件事儿。你愿不愿意？”

马染尘心想，暗药师白药师都隐蔽自己的身份，药贼更是如此，难道仙爷要我在朋友面前不暴露他们药贼的身份？

于是，马染尘急忙点头。

仙爷满意地笑道：“很好。我需要你帮我给一个人送点儿药。”

“送……送药？”马染尘顿时迷糊了。

“对，送药。”

“这……这么简单？”

“对，就这么简单。”

第二章
送 药

湘江是长沙的母亲河，过昭山而进入长沙城，经三汊矶又转向西北，至乔口而出望城区，再过岳阳入洞庭，流经长沙市境约二十五公里。

因此，长沙城被分为两半，一边叫河东，一边叫河西。河东比河西要繁荣太多，重要的集市学校机关都集中在河东，河西则显得偏僻荒凉。

自然而然，达官贵人的公馆基本都在河东。但有一人例外。

掌管一省米盐的戴胜却住在河西，远离喧嚣。

一辆轿车来到戴胜公馆前面。

开车的是军人，副座上坐着一位有些书生气的年轻人。这年轻人左顾右盼，有些惶恐，有些犹豫。他的怀里抱着一个皮箱子。

轿车停下。

军人侧头看了年轻人一眼，笑道：“这里便是了，请下车吧。戴先生应该会留你吃晚饭，我七点钟来接你。”然后他看了一下手上的表。来的路上他跟这个年轻人讲了他参战的往事，特意提到这块表是他在东北战场上从日本兵的尸体上卸下来的。

开车到这里花了将近两个小时，路上需要说说话来打发时间。

但是一路上都是这位军人在说，这位书生气的年轻人一言不发。

“不要害怕。仙爷怎么说的，你怎么做就行了。”军人拍了拍年轻人的肩膀。

年轻人下了车。

军人启动轿车，扬长而去，车屁股后面起了一串灰尘。

年轻人被灰尘呛了一口，咳嗽不断。

对面公馆里走出来一个穿黑色丝绸长袍的人，管家模样。他见了年轻人，又望了一眼远去的轿车，便问道：“您可是湘雅医院的马唤之马先生？”

马染尘点点头。

那人做了一个“请”的姿势，说道：“戴先生已经恭候多时了，里面请。”

马染尘提着皮箱子往公馆大门走。

走到门口，一位身着西装的守门人拦住了他，毫不客气地说道：“把箱子打开！”他身后还有两个身着西装的人。

马染尘将皮箱打开。

那人见里面都是西医药水和剪刀纱布之类的东西，点点头，让他进去。

进门之后，里面依然是三步一岗五步一哨，跟仙爷的住所类似。但仙爷的内卫配的是步枪，这戴胜家里的人配的是手枪。手枪虽然没有步枪那么气派，但是手枪比步枪的价格要高多了。在那些军阀的部队里，只有当了官的才能佩戴一支手枪。

可这戴胜家里的内卫人人腰间一个牛皮枪套，枪套里一支不知是正宗的还是仿造的毛瑟手枪。即使是国内仿造的也价值不菲。

穿长袍的人领着他上了楼，走过一段走廊，来到一扇门前。他恭恭敬敬地敲了敲门。

里面一个沙哑的声音响起："进来。"

那人推门而入，将马染尘领进房间。

房间里豪华得令人炫目。一张很大的床上躺着一位面色难看的姑娘，年龄在二十左右。姑娘的床边坐着一个神情复杂的人，这人看起来三十出头。

马染尘心想，这个人应该是那姑娘的哥哥。

这么一想，他顿时头皮发麻。

刚才明明有个沙哑的声音让他们进来，那声音应该是一位老人发出来的。可是这个房间里并没有老人。

"这位就是马唤之马先生。"穿长袍的人说完，便出去了，顺手关上了门。

"你好，我是戴胜。"床边的男人站了起来，发出沙哑的声音。

"你好，久仰大名。"马染尘含腰道。原来声音是他发出的，这让马染尘感到惊讶。

"虚名而已，麻烦您看看我女儿的情况，给她开点药。"戴胜说道。

马染尘又一惊。这个看起来三十出头的戴胜怎么会有一个二十岁左右的女儿？

戴胜似乎看透了马染尘的心思，微笑回答道：“马先生莫要奇怪，她叫洋洋，是我的亲生女儿，我只是看起来比较年轻而已，其实已经五十多岁了。”

“哦。”马染尘点点头。

即使马染尘不懂医学，他也能看出这位姑娘病得很严重。她脸上晦涩，两眼无光，嘴唇泛乌，眼圈发黑。

“是不是嘴里觉得苦？”马染尘按照仙爷交代的询问道。

“嗯。”洋洋虚弱地发出一声。她的眼睛仿佛是烈风的烛火，随时都会熄灭。

“是不是觉得手心凉？”马染尘接着问道。

“嗯。”她怏怏的，懒得多说一个字。

马染尘打开皮箱，拿出听诊器，假装检查了一会儿，然后问戴胜：“她是突然生病的，还是以前就有过？”

戴胜道：“她自小体弱多病，这样已经不是一年半载了。我换过许多医生，没有一个能治好她。”

“原来这样。”

“哦，不对！有过两三个医生差点治好了她，就差那么一点点！”戴胜忽然说道。

“差那么一点点？那戴先生为什么不让那几个医生将您的女儿彻底治好呢？”马染尘问道。

戴胜无奈地摇了摇头，惋惜地说道：“可惜那两三个医生虽然医术高明，但是都对我女儿心怀不轨。”

“心怀不轨？”

“是啊。你听说过暗药师没有？”戴胜突然话锋一转，眼睛盯着马染尘的眼睛，气势逼人。

马染尘一慌，急忙说道：“没……”

戴胜脸上露出一丝诡异的笑。

马染尘的脑袋急速运转。自己已经慌了，明显是知道暗药师的，如果不知道，不会这么慌乱。倘若慌乱了还否认听说过暗药师，那么戴胜必定会怀疑他。一旦漏了馅儿，自己就走不出这守卫森严的戴胜公馆了。而还在仙爷那里的令人流口水的姑娘也会变成盘中的一道菜。

“没见过，但是听说过。听说……他们吃人？”马染尘转口说道。

戴胜收起笑容，说道：“是啊。那几个医术高明的医生，只想把我女儿炼成药，结果被我发现。所以我把他们都杀了。其中一个是昨天死在我枪口下的。”

来戴胜公馆之前，仙爷告诉马染尘，他们盯上的一个暗药师刚刚身份暴露，被戴胜枪杀。由于这个暗药师只差一味药就能将戴胜的女儿炼成上佳的药了，仙爷决定让新的暗药师接着给戴胜的女儿开药，完成暗药师的最后一步。一旦最后一味药被她喝下，仙爷便会将戴胜的女儿劫走。

马染尘问仙爷为何不先将戴胜的女儿劫来，再喂最后一味药。

仙爷说，若是先劫来，戴胜的女儿肯定会抗拒，不会喝药。哪怕是强行灌下，她必定吐出一些。药的量就不好把握了。这是其一。第二，人喝下药后，也要两到三天才能起效。戴胜不是一般人，他眼线很多，神通广大，说不定很快就能找到她女儿的下落。仙爷不想冒这个险。第三，他是药贼，不是暗药师，药贼是不会亲自去下药的，他们只从暗药师那里劫取。用他的话来说，“羊吃草，狼吃羊”，狼是不会亲自去吃草的。

“戴先生不会是多心了吧？暗药师只是传闻而已。哪怕是真的，您又是怎么知道那些医生就是暗药师呢？”马染尘问道。

他心想，这世间的医生有千千万万，可以服用的药也千千万万。这戴胜如何从中分辨哪些人是暗药师，哪些药是别有用心的呢？

戴胜咧嘴一笑，低声道：“因为我以前就是暗药师……”

马染尘顿时后脊背一阵凉意。这戴胜的声音听起来跟老人一样，脸上却容光焕发，说不定就是因为什么邪术。

他在史书上看过一个传说，春秋时郑穆公有一女儿名叫夏姬。夏姬会采补术和永保处女之身的内视法。这些方法可以使人容颜不改，青春永驻。不论岁月怎么流逝，她都照样美丽窈窕，妩媚动人。凡是与她发生过关系的男人都当她是处女。只是，但凡与她发生过关系的男人都不长寿，原因是她的采阳补阴青春不老术损伤了男人，使他们体衰而亡。可尽管如此，一些男人仍贪恋她的美色和不同一般的妙处，纷纷与她往来，因而发生多起争风吃醋杀人的事件。夏姬一生与陈灵公等三个国君有不正当关系，故被人称做“三代王后”；她先后嫁了七次，又被称为“七为夫人”；有九个记录在册的男人死于她的采补之术，因此又被称为“九为寡妇”。

他还听曾经在宫里服侍的老太监说，当年慈禧为了美容养颜，延年益寿，弄了很多怪招——以人奶洗手沐浴，并喝人奶。她下令招募哺乳期的妇女入宫，先让御医检查，选择血气旺身体好的，然后每天给她们吃大鱼大肉，然后取她们的奶为己所用。为了健康慈禧还不让妇女们吃盐。有的妇女受不了这种折磨而自杀了。

不论是夏姬还是慈禧，用到的都不是药物，而是活生生的人。正因如此，马染尘不由自主地猜测这位戴先生是因为曾经以人为食才能保住青春。

马染尘迅速整理思绪，使自己镇定如常，回道：“戴先生别说笑了！”

戴胜哈哈大笑。

马染尘耐心等他笑完，然后说道：“戴先生，您的女儿身体积弱，需要长期疗养服药才行。我今天来得匆忙，就先给她输点液吧。输液之后她若感觉稍微好了些，便麻烦您送她到我医院来住院一段时间，继续治疗。”

这些话都是仙爷事先交代的。仙爷说了，戴胜必定不会让他给洋洋输液，但这话不能少了。

戴胜果然立即警惕起来，眼神中充满了不信任。他问道：“输液？输什么液？”

“通过静脉输入一些营养液而已，补充人体所需的能量。”马染尘依照仙爷的指示有条不紊地回答。

戴胜松了一口气，说道：“我还以为你要给她用什么特殊的药呢。”

“其他治疗药物，要等洋洋到了医院之后，我与几位权威专家商讨才能使用。戴先生若是信不过我的医术，可以转交我院其他医生来治疗。不过我相信，开出来的药和治疗的流程跟我一模一样。”马染尘假装不太高兴的样子。

戴胜笑道：“看你说到哪里去了！我并没有不相信马先生的意思，不然我也不会请你来了！但是啊，我或许有成见，我更喜欢中医。打针输液动手术，我觉得会伤害人的皮囊，污染人的血液。中医呢，不管是外敷还是内服，都是调动身体机能来治愈疾病，恢复阴阳平衡。”

马染尘假装迷惑不已，看了看床上病怏怏甚至连声音都发不出的洋洋，转头问戴胜道：“戴先生，我不明白。您知道我是从美国学医留洋回来的，自然熟悉擅长的是西医。就算您不知道我的擅长，那总该知道我们湘雅医院是由美国耶鲁大学雅礼协会创建的西医医院，用的都是西方治疗方式。”

戴胜双手往下压，示意马染尘冷静。

“我知道，我知道，我当然知道！我戴胜早就调查过马先生的背景，背景不干净的人，我是不会让他来给我女儿看病的。”

“您既然知道，那为什么不去中医院请中医大夫，而要来找我呢？”这下马染尘是真的迷惑了。虽然仙爷早就跟他说过即将发生的一切，但他还是云里雾里。他理解戴胜这样城府颇深的人行事诡秘，但眼前发生的一切已经超出常人的想象了。

戴胜见马染尘一脸茫然，反而表现得更加高兴。

这时，床上的洋洋咳嗽了一声。戴胜急忙回到床边，用毛巾给她擦拭嘴角，小心翼翼地，仿佛是擦拭一个非常珍贵的瓷器。

马染尘发现戴胜擦拭洋洋的嘴角时眼睛里表露出的是喜悦，

不是怜惜。

这让马染尘更加费解。

擦拭完，戴胜将手巾搁置一边，然后走回马染尘身边，思考片刻，然后说道："我想……与其给她输液，还不如给她吃点万丈须。马先生，你觉得呢？"

"万丈须？是不是叫铁皮枫斗？"马染尘一愣。

仙爷告诉马染尘，戴胜是不会让一个西医给他女儿治病的，因为戴胜不相信西医。仙爷嘱咐道，如果戴胜不让他以西医方式治疗他女儿，便推荐他试试中医，倘若戴胜问他如何用中医治疗，只需告诉他，日常煎些红糖生姜水，待好些了再进些补药。而在煎红糖生姜水时，偷偷放铁皮枫斗进去，趁戴胜不注意时喂下。

铁皮枫斗连续服用三日，将他的女儿炼制成药的计划便算大功告成。

马染尘完全不明白当下的状况了。

戴胜这不是自己带着女儿往火坑里跳吗？

戴胜的回答出乎马染尘的意料，也出乎了仙爷的意料。

面对这意料之外的状况，马染尘一时之间不知道下一步该做什么。

莫非……戴胜已经看出我来这里的目的？他已经知道我要给他女儿下药？并且已经知道要下的药就是铁皮枫斗？莫非仙爷那边就有戴胜安插的眼线？

在来长沙之前，他就听说过这样的传闻——长沙城最有实力的不是长沙保安司令，而是管米盐的戴胜，因为戴胜跟军统的特务头子戴笠据说是一家人。

马染尘暗暗叫苦，若是自己的目的都已经被戴胜知晓，那就完了。不但自己走不出这戴胜公馆，那药引姑娘也被拖累，再也走不出仙爷的官邸了。

来这里之前，仙爷向他承诺了，倘若他能帮仙爷将最后一味药的程序完成，他和那个令人流口水的姑娘都会得到他的保护。不但药贼不会再惦记他们，其他人也不能对他们造成威胁。

想起药引姑娘，他立即将心头的消极想法赶走。

现在还没到穷途末路的时候！

“我认为不应该给她服用铁皮枫斗。铁皮枫斗是大补的药，但她身体虚弱，基础不好，急于大补反而会伤害她的身体。”马染尘心想，他既然给我铺下路，不如将计就计，我就偏偏不按他的路走。

“哦？”戴胜冷笑。那冷笑中透出凛冽的杀意。

马染尘也努力挤出一丝笑意。

“马先生刚才说自己是美国留学的，学的都是西方医学，怎么突然对中医药如此熟悉？”戴胜冷冷问道。

这老狐狸的话里到处是陷阱。马染尘若是同意使用铁皮枫斗，便会暴露此行的目的；若是不同意使用铁皮枫斗，便会与西医相悖，暴露身份。

马染尘从容回答道：“原来戴先生还是信不过我啊，我虽然是科班西医出生，但长沙城里有位开中药铺的好友，因此我对这些个价格贵昂的补药还是知道的。再说了，像戴先生这种相信中医的人太多，有些病人来我院治病之前服用过不少中药，每次我接待病人，都要询问他们以前用过什么中药，防止药性冲突。所以，我对中医药有些了解。”

戴胜皱了皱眉，上来拍了一下马染尘的肩膀，宽慰道：“哈哈哈哈，我就随便一问，马先生这么紧张干什么？放松一点，放松一点！我又不吃人！”

马染尘哪里敢松懈半分，但仍只好顺着他的话，半开玩笑半认真道：“哈哈哈，戴先生不是说自己曾是暗药师吗？暗药师可是要吃人的！我能不怕？”

他故意说自己不敢说的，还当做笑话来说。他认为这样可以让戴胜打消一些顾虑。

戴胜大笑，笑得浑身颤抖。

“马先生是幽默之人。我听说美国人聊天都很幽默，今天见了马先生才相信。”戴胜说道。

“美国算是我的半个故乡，我还是正宗的中国人。”马染尘道。

“对，对，对。马先生，我看今天时间不早了，我家厨师已经把饭菜备好了，我们不如先吃饭吧。”

不等马染尘回答，他对着房门方向喊道：“小陈，准备开饭喽！”

那穿黑色丝绸长袍的人将门打开，恭恭敬敬道：“戴先生，饭菜已在桌上，再不吃就要凉了。”

马染尘心中的石头终于落了地。他知道，戴胜这关就算过去了。

可是，戴胜显然特别在意铁皮枫斗，熬药的时候必定会监督，那仙爷叫他藏在身上的铁皮枫斗就派不上用场了。

到了餐厅，马染尘见大圆桌上摆了二十多道菜，奢华至极。可二十多道菜，道道里面有辣椒，不是红辣椒就是绿辣椒，不是圆辣椒就是尖辣椒，有斩成碎片的，有剁成圈儿的，有切成条儿的，还有完整煎成虎皮的。

马染尘虽然能吃辣爱吃辣，但从来没见过这么贪吃辣的。

“戴先生该是湖南人里面最爱吃辣的了！”马染尘望着一桌的湘菜，说道。

戴胜搓着手笑道：“先生此言差矣。我戴胜虽爱湘菜，但不是湖南人。”

“先生是哪里人？”

“我是浙江江山县人。”他说道。

众人皆知，特务头子戴笠就是浙江省衢州府江山县人。马染尘听他这么说，觉得外面关于他与戴笠的关系的说法不是空穴来风。

“浙江人似乎不太能吃辣？”马染尘说道。

圆桌旁有八把椅子，桌上又那么多菜，马染尘以为还有其他客人或者戴胜的家人要来入座，便站在椅子后面等着。

戴胜先在主座坐了下来，说道：“外面人都说我心狠手辣，就算我不吃湘菜，也已经是嗜辣如命了吧？”

“哈哈哈哈……”马染尘没想到这戴胜还挺会自嘲。

戴胜也笑了。

“马先生，请坐。美国人请人在家里吃饭会说什么来着？请你把这里当做家一样。是吧？”

“从字面上说，就是这个意思。”马染尘心中一惊，没想到这个时候戴胜还在借机考验他试探他。幸亏他懂一点外国人的日常用语。

马染尘这才知道，原来整桌的菜就他们两个人吃。

由于连年战乱，长沙的物资供应其实已经捉襟见肘。他那个开药铺的朋友算是有些资产了，一家三口每餐不过两菜一汤。平民百姓家能有一碗菜都是不易，早就有“一颗豆豉一口饭”的说法了，即吃一颗豆豉就要咽下一口饭，其窘迫程度可见一斑。

这戴胜一个人一餐便要二十多道菜，在好的年景里也是过于浪费，何况是在这物资短缺的时候！

马染尘落座，刚刚拿起筷子。

戴胜打了一个响指。七八个配枪的人走了进来，在戴胜身后分两侧站住，其派头比码头黑帮还要嚣张。

马染尘又紧张起来。

戴胜伸手示意道：“吃，吃，吃。”

见了这阵势，马染尘哪里还敢动筷子？

戴胜笑眯眯道：“吃嘛。咱们边吃边聊。我向来认为没有什么事情是不能在饭桌上解决的。如果不能，那就用枪来解决。”

马染尘强作镇定，心中暗想，难道我哪里露馅儿了？又或者其实他早就看穿了我的意图，只是不想在他女儿面前杀掉我，要在这餐厅里杀人？

这些配枪的人显然不是保护他们的头领安心吃饭而已。

马染尘感觉到手心里全是汗。这戴胜真是让人琢磨不透他的心里到底在想什么。难怪军政的人见到军统的人就会忌惮三分，因为他们统统是狐狸变的。

“戴爷有什么事情，尽管吩咐。”马染尘说道。

“不不不，”戴胜摆摆手，“我没有吩咐，我是想求你办件事。”

“什么事？”

“希望你通过这次诊断开个方子，就说西药治不好我女儿，必须用救命仙草，也就是万丈须。你若不同意，这就是你的上路饭。”

马染尘注意到，戴胜身后的人已经将手放在腰间了，随时准备掏枪，请他吃“花生米”。

“既然戴爷您决定了要给您女儿服用救命仙草，又何必请我来呢？又或者，您何必花大价钱请我，随便请一郎中就可以了。”马染尘知道，如果自己真的是湘雅医院的马唤之先生，要请他亲自来到这清冷偏远的河西，那费用可就高了。

戴胜嘴角一丝诡异的笑，说道：“我最明白我女儿需要的是什么药。可是无论中医还是西医的医生，都开得药不对症。我请马先生你来，只是为了让外人知道我戴某从未放弃过我女儿。万一我女儿在服用救命仙草之后有个闪失，别人也不会怀疑是我戴某用了什么手段，而是即使在鼎鼎大名的马唤之先生治疗下依然无法挽救。”

戴胜的谎言并非严丝密缝。马染尘心中忽然闪过一个念头——莫非戴胜自己要将她女儿炼制成药？

唯有这样的答案，才能解释戴胜为什么要这么做。

他自己就是暗药师，所以但凡有暗药师想将他女儿炼成药，他都能看出来，并且将暗药师杀掉。杀掉被发现的暗药师，并不是为了保护他女儿，而是为了自己炼的药不落于他人之手。

他这次请马唤之先生来，并且要求马唤之先生用救命仙草万丈须来治疗她女儿，是为了掩人耳目。

一旦万丈须服下，他女儿炼药的最后一步完成。届时，他以湘雅医院名医也束手无策的名义为女儿举行葬礼。然后偷梁换柱，以其他尸体替换女儿——从军统牢狱里找一具女尸对他来说易如反掌。

最后，在许多人为这位父亲耗尽心血挽救女儿而不得的感动下，这位父亲却将他女儿熬成药吃掉了。

何其完美的计划！

但马染尘不明白，虎毒尚且不食子，这戴胜怎么忍心向他女儿下手？

倘若真是这样，解释只有一个——洋洋并不是他女儿，或者说，洋洋并不是他的亲生女儿。

马染尘不由自主地想起老父亲曾经讲过的范大财主家的往事。范大小姐亦是常年卧病，才被熬药的小伙子以爱情之名骗走。

这公馆里的洋洋气息奄奄，却被戴胜以亲情之名挟持。

躲藏在情感外衣之下的真实目的最难被发现。

难怪仙爷都不知道戴胜就是暗药师！

即使他机关算尽，也难免有遗漏疏忽之处。因为他怕暴露，换的医生太多，所以不能对每个医生都了如指掌。不然他不会相信马染尘是马唤之先生。不过，这也缘于他对西医比较陌生，故而对西医医生比较陌生。

也正因为他认为中西医不通，他才在最后一步的紧要关头请西医医生来家里。但他不知道，马染尘本就是带着救命仙草来的。

要不是这样，马染尘也绝对想不到他的真实目的是要对洋洋下手，而不是救她。

猜透了戴胜的意图，马染尘忽然轻松了许多。

“戴爷既然想自己的女儿用救命仙草，那用就是了。戴爷对自己的疗法有信心，我又有什么道理不成全？”马染尘提起筷子，拨开层层辣椒，挑了一块鱼头肉放进嘴里。

“够香。够辣！”马染尘赞道。

他决定救下这个像桌上的鱼肉一样任人下口的洋洋。

后来他想过自己为什么要救洋洋。他给自己的回答是，或许洋洋跟他，跟药引姑娘一样，都已陷入生死被人控制的境地，或许就有了同病相怜物伤其类的感情。

但他知道，要把洋洋从戴胜公馆里救出来，比把自己和药引姑娘从仙爷手里救出来更难。

现在自己是过江的泥菩萨，却还想保别人。

戴胜见他答应得爽快，反倒不安心了，狐疑道：“你就不怕我女儿用了救命仙草之后出什么事，影响马先生您的名声，影响湘雅医院的牌子？”

马染尘故意长长地叹了一口气，说道：“戴爷左手拿着生死簿，右手拿着判官笔，掌握着别人的生和死。我区区一个医生又怎么能抗衡？”

“说这话是什么意思？”

“戴爷既然要我说明白，那我就直说了，戴爷将洋洋炼制成药，就差救命仙草这一步了，又不想被发现，更不想被药贼发觉，需要我这个医生和湘雅这块牌子给戴爷遮人耳目。我能不服从吗？”马染尘放下筷子，往椅子后背上一靠。

戴胜两眼瞪得圆溜溜，脸皮涨成紫色。

他身后的几个护卫听了这话，也惊讶得很。

戴胜挥手大喊：“你们都给我出去！出去！”

护卫们急忙撤了出去。

“戴爷不是说他们是自己人吗？怎么不让他们在这里听听？”马染尘微笑道。其实他手心里攥着汗。他不知道戴胜会不会因此拔出枪来将他一枪击毙。但他决定赌一把。过江的泥菩萨只能破釜沉舟，只能背水一战。

“你居然知道我要用救命仙草的目的？你还知道什么？”戴胜双手捶桌，咬牙问道。

桌上的碗跳了起来，汤水溅了出来。

“戴爷，恕我冒昧问一句，洋洋不是你的亲生女儿吧？如果是，你是万万不会把她做成药的。”马染尘说道。

“是她母亲欠我的！”戴胜狂吼道，像一头发了怒的狮子。

马染尘心中咯噔一下。看来洋洋跟他还有更深的不为人知的渊源。

“你……你到底是什么人？你怎么知道我只差救命稻草这一步？”戴胜冷峻地看着马染尘。

马染尘知道，如果此时戴胜一枪将他击毙，那么洋洋背后的事情就不会有人知道，洋洋的死也不会有人怀疑。仙爷更不会为了他的死而要拿戴胜怎样。戴胜现在还没有击毙他，是因为怀疑他有什么靠山。

常给人设陷阱的人，即使在没有陷阱的地方也走得小心谨慎，害怕踩到别人的陷阱。

戴胜就是这样的人。

“我是什么人，戴爷现在还不清楚吗？”马染尘自知没有半点可以与之抗衡的东西，但是要装作胜券在握。

戴胜看着他，不说话。他也在试探马染尘的深浅。他知道自己先说出猜想，便会露出破绽。就像两个人玩石头剪刀布的游戏，先出手的人往往会输。

“戴爷可听过‘螳螂捕蝉黄雀在后’这句话？”马染尘想起药引姑娘曾经跟他说的话。这句话必定是白药师经常说的话。白药师经常说起，那么暗药师也应该熟悉。普通人听了这话不会觉得有其他的含义，但暗药师听了应该会为之一惊。毕竟这句话就是他们的克星使用的手段。

果然，戴胜嘴角一抽，惊恐道：“你是螳螂？还是黄雀？”

这一下可把马染尘问住了。

好在戴胜听到“螳螂捕蝉黄雀在后”这句话后也心惊肉跳，慌乱之中没有注意到马染尘的表情变化。

马染尘迅速变换表情，再次摆出迷魂阵，悠悠地将问题抛回给戴胜：“你说呢？”

马染尘的脑子迅速运转。倘若我假装是螳螂，便是跟他一样的暗药师了。可是我自己并未真正做过暗药师，没有给人故意下过药。

在这一方面，我是远远不及他熟悉暗药师的。既然是在别人非常熟悉而自己非常陌生的领域里，那么自己稍有不慎便会露出马脚，让他辨出我是李逵还是李鬼。

倘若我假装是黄雀，便是跟药引姑娘一伙的白药师了，也可以说自己是仙爷一样的药贼。白药师和药贼都是暗药师身后的黄雀，不过前者是救人的黄雀，后者是抢人的黄雀罢了。可是我只是纸糊的假黄雀，一捅就破。戴胜是久经沙场的老狐狸，兜兜转转之下，很可能识破我的诡计。

想来想去，马染尘想不出到底是装螳螂好，还是装黄雀好。刚才一时情急说出“螳螂捕蝉黄雀在后”的话来，却没有想好后路。

戴胜站了起来，愤怒地看着马染尘，牙齿咬得咕咕作响。

从戴胜的眼神里，马染尘能看出他也在猜测桌对面的人是黄雀还是螳螂。

最终，戴胜没有接马染尘抛回来的问题，转而说道：“无论如何，这是她母亲欠我的。有欠就要还。我只是取回属于我的东西而已。”

“养人为药，是夺人身体，取人性命，跟偷，跟抢没有什么区别。”马染尘愤愤道。他抑制不住对这些暗药师和药贼的厌恶。

他很快意识到这样容易露出破绽，又转换柔和的语气继续说道：“你我没有两样，都是偷，是抢，你又为何说是‘取回’呢？”

他将之前普通人对暗药师的残忍表示的愤慨转化为同行对同行的说辞表示的不满。

表示的愤慨不一样，但语气一样。

这样，戴胜听前面那句话也就觉得自然而不突兀。

若是没有后面那句话，戴胜必定怀疑马染尘的身份。暗药师和药贼不可能对此愤慨，白药师早已见怪不怪。

“你要是能说服我，我可以假装什么都不知道。我回我的湘雅，你炼你的药。”马染尘故意将自己摆在可以选择的位置，尽量给戴胜造成他是有备而来的错觉，让戴胜不敢轻易杀人灭口。另外，马染尘已经知道，这些暗药师和药贼以及白药师都有其他身份掩饰，如仙爷是军人，戴胜是高官。药引姑娘平日里肯定也是有其他身份的，或是学堂教师，或是医院护士，抑或是平常人家的闺女。

他心想，这行当用药是最重要的，医院里应该也有这样的人。于是，他故意露个假的破绽，说“我回我的湘雅”，假装自己平时是以医生为幌子的。

对于“马唤之”这个身份，他猜测戴胜已经不太相信了，但戴胜应该还不会怀疑他不是医院的人。

戴胜缓缓走到刚才自己坐的椅子后面，双手扶住椅子的靠背，低下头略作思忖，然后抬起头来看着马染尘，说道：“不管你走的是白道还是黑道，不管你是螳螂还是黄雀，你也算是同一条道上的人，我就不妨告诉你，我为什么是‘取回’。”

马染尘将身子稍斜，翘起二郎腿，点了点头。话都已经这么说了，气势上也不能输于他。

戴胜将眼眯成一条缝，似乎要将马染尘看透。他说道：“你可曾听说过二十多年前长沙城首富范大财主的千金跟人私奔的事？”

“轰动一时，人人相传。我当然知道。”马染尘不知道他为什么突然说起这个。

"那你可知道，当年让范大小姐私奔的人是我？"戴胜的脸上露出一个凄惨的笑。

马染尘惊得从椅子上站了起来，将身边的筷子打落在地。

"长沙城的人大多知道范大小姐被人做成了药，一年后由她炼成的药渣寄回了范家。但是没有几个人知道为什么一年之后她的药渣才被我寄回来。"

"为……为什么……"马染尘从来没有想过为什么一年之后那个暗药师才给范家寄来练完药的药渣，现在被他问起，这才觉得中间隔了一年好像是有些蹊跷。毕竟活人不像是物品，要藏一年不太容易，时间越长，难免出现纰漏被人发现。

"那是因为那时候范大小姐已经有了身孕。"戴胜说道。

马染尘更加惊讶。莫非这范大小姐还在家里养病的时候就跟那个熬药的小伙子好上了？莫非私奔是确有其事？

可是，倘若他们真的两情相悦又珠胎暗结，那为何小伙子还是要将心上人炼成药渣？

"怀的是洋洋？"马染尘问道。

戴胜笑了笑，点了点头。

马染尘顿时仿佛心被谁揪住了，扯得生疼。且不说虎毒不食子，就是古代有实在饿得没有办法了的人，也因为不忍心亲手杀死自己的子女，而选择"易子而食"。这戴胜不但将心爱的人炼成药，还要将他们的骨肉也炼成药！心肠狠到这个程度，实属罕见！看来这人炼药炼得六亲不认了！

"如果不是她，我又怎么会说她本该就是我的呢？"戴胜说道。

马染尘连连摇头。这人居然可以无耻到说出这样的话来！

“二十多年前，你也认为范大小姐本该就是你的吧？”马染尘说完从鼻子里哼了一声。

他耸肩道：“当然！在爱恋之中的人，大概都会觉得对方属于自己的吧？我也是这样！那时候，我才入门不久，我还是个年轻小伙子！我的师父让我去范家给范大小姐熬药，告诉我什么时候熬什么药，让我把她炼成一味千年难得的好药。可是我渐渐忘记自己的目的了，慢慢地喜欢上了范大小姐。”

马染尘脑海里浮现一位千金小姐病快快地卧病在床，一个地位卑微的小伙子蹲在旁边往火炉里扇风的情景。火炉上面是一个常见的熬药的瓦罐。小伙子是刚入门的暗药师，还不太会熬药，火炉里的烟冒出来，呛得他咳嗽连连。本来因病折磨而郁郁寡欢的千金小姐见他被烟呛到，忍不住地笑。小伙子见小姐笑了，也开怀地笑起来。

恋爱中的人应该是这样子吧？马染尘心想。

这是多么美妙的情景！可是谁曾想这个小伙子是冲着千金小姐的躯壳炼药来的？谁能想到最后这位温柔娴静的大小姐被这个看起来什么都不懂的小伙子吃掉了？

“那时候我很纠结。”戴胜拧起眉头，“我想停止给她熬药，我知道我熬出来的每一味药都是将她一步一步往绝路上推。可是我不能停止给她熬药，因为如果我师父知道我喜欢上了她，就会杀掉我，再换另一个人来给她熬药。”

“我真的很纠结，很为难！你相信吗？”戴胜挥舞着双手说道。

“我相信。”马染尘点头。所有人在踏出残忍的第一步之前都有过犹豫。世上所有的坚强，都是柔软的心上磨出的茧。残忍亦是如此吧？

他想知道，既然戴胜曾经如此爱范大小姐，为何最后还是要吃掉她。

戴胜见马染尘毫不犹豫地说出“我相信”三个字，眼神里流露出些许难得的感激之情。

马染尘看到了他眼睛里的变化，心想这个人也不是没有柔情过。

“我在这样的纠结中度日如年，左右为难。到了我师父跟我说要配最后一味药的时候，我发现我下不了手了。我发现我已经爱上了她。没有她的话，我活着都没有了意义。既然活着都觉得无趣了，我还做什么暗药师？”

或许是“我相信”这三个字的原因，戴胜说得越来越动情。

“于是，师父把最后一味药交给我的那个夜晚，我第一次违背了师父的意愿，没有给范大小姐熬药。我跟范大小姐说有人要害她，劝她跟我离开这个地方。因为我知道，如果我不给她配药，我师父必定会害死我，我师父也不会甘心接受功败垂成的结果。”戴胜痛苦地说道。他的双手紧紧抓住椅子的靠背，似乎要将椅子撕成碎片。

马染尘心想，现在如果洋洋的最后一味药不服用，那也是功败垂成。二十多年前他的师父不甘心接受，二十多年后的他又岂能接受？

二十多年前的他是否曾经想过，终有一天他会变成当初自己抗拒讨厌的那个人？

“你告诉她有人要把她制成药？”马染尘问道。

戴胜苦笑道："没有。我怎么可能告诉她，就是天天守护在她身边的我给她喂下了一味接一味的药？她父亲家大业大，她家里有很多长工短工，有长期住她家里干活儿的，有偶尔来住几天干几天活儿的。我除了偶尔回师父家住两天，或者回家住两天，其余时候都陪着她。哪怕不需要熬药喂药的时候，我也陪着她，逗她开心。"

马染尘点点头。

"如果我告诉她了，她就不会跟我离开长沙城。"

马染尘心中念道，当然，也就不会被你吃掉。

"所以我说是别人要害她。她很惊慌。她不想死。她问我该怎么办。我有点惊讶。平日里她总是很消极，常常说这样拖着病还不如死了痛快。我以为她会说，死了就死了吧。我还打算多劝劝她。没想到不用我劝，她就说她不能死，早死没有关系，晚死也没有关系，但是不能这时候死。"

马染尘对范大小姐的话不太理解。

"我问她，你怎么说这样的话？她只是摇头哭泣，不回答我。当时我急得很，那天晚上不逃走，我和她就都走不了了。所以她不肯回答我就没问了。我叫她跟我逃走。她答应了。在她点头的那一刻，我幸福极了。我那时候就忍不住想象跟她浪迹天涯的景象。我可以利用这么多年从师父那里学来的医术，将她的病一点一点地治好。我甚至想象我跟她有了孩子之后的生活。虽然我会一辈子躲避师父的追查，会隐居偏僻的地方，会过苦日子，但是我会特别幸福。"

马染尘的脑海里却浮现出自己和药引姑娘的景象。

我现在也想救药引姑娘，那以后我是不是也会忍不住将药引姑娘吃掉？这个想法突然在他脑子里闪现，吓了他自己一跳。

戴胜奉了他师父的意思给范大小姐熬药，我是受了仙爷的指示来这里送最后一味药。这情景也是如此巧合！

历史总是惊人地相似。我会不会成为他的一个镜像？马染尘忽然有些害怕了。

“我先带她逃到了郑州，那里有我一个远亲表哥。我表哥在那里的一个兵工厂工作。为了生计，我请表哥把我带进了兵工厂。因为我师父常常炼丹，对硫磺和硝非常熟悉，也教过我一些小门道，我就进入兵工厂做子弹，后来参与做大炮。我上手很快，渐渐精通。兵工厂的老大非常赏识我，当时驻扎在郑州的军阀头头也对我另眼相看，所以我后来才有机会进入军政界。当然了，那都是后话。”戴胜说道。

“没想到你还有这段经历。”马染尘叹道。

桌上的饭菜都已经凉了。剁椒鱼头里的汤已经凝固成皮冻一样的东西。

“她跟我住在一起，由于停止了喝药，她的身体渐渐恢复。身体好了一点，她就要给我洗衣做饭。我不让她做，她就趁我不在的时候做。我觉得我很幸福。但是到了晚上，她睡得离我远远的。我怕她认为我是好色的人，就自觉打地铺睡在地上，她睡床上。我不想让她以为我是为了图谋她的色相。虽然我在梦里已经无数次地……”戴胜看了马染尘一眼。

“孤男寡女同处一室，你能做到这样已经很难得了。”即使对他没有一点好感，此时马染尘也不得不承认那时候的戴胜是个好人。

其实马染尘昨晚做过与药引姑娘相关的梦，他梦见药引姑娘躺在他的身边，而他正捧着药引姑娘的手像老鼠一样啃噬。药引姑娘不但没有叫疼，还两眼温柔地看着他，问他好吃不好吃。

“后来，天气转凉，她担心我睡地板会生病，便要我到床上去睡觉。我以为她是那个意思，便忍不住把她压在了身下。她却拼命地反抗，不停地说不行。我不想忤逆她，就躺了下来，然后问她，你为什么不接受我？你猜她怎么说？”

“她怎么说？”

“她说她有了身孕，不能做那种事情。”戴胜嘴角抽搐。

“你们之前有过……”马染尘问道。

戴胜摇摇头：“不，从来没有过。在她家里的时候，她父母都在，我师父监督，我哪敢？在逃往郑州的路上，人心惶惶，如丧家犬一般，我哪有心情？到了郑州之后，我也一直像下人一样对她，从不敢僭越一步。”

“那……是不是……”马染尘吃了一惊。他没想到会是这样子。

戴胜冷笑了一下，说道：“对，我以为是我表哥趁我不在的时候强迫了她。我当时就穿上了衣服，离开了那个鬼地方。我走的时候，她缩在被子里哭。我就更认为是我表哥做的好事。于是，那天夜里，我回兵工厂取了火药，然后去了我表哥家……”

戴胜停顿了一会儿，深深地吸了一口气，又缓缓吐出，继续说道：“第二天，我表哥的家就没有了。街坊邻居以为是他家里失了火。他一家人都在火灾中丧生。”

马染尘打了一个寒战。

“我回到了家里，对她说，我给她报仇了。她很惊讶，问我报什么仇。我就告诉她昨晚发生的事情。她吓得脸色煞白煞白，然后结结巴巴地说，这不关表哥的事儿。她在范家的时候就已经……已经跟人有过那种事情了……”

这完全出乎马染尘的意料。他能想象到，戴胜听到这句话的时候后脑勺如同承受了一闷棍的感受。

戴胜抓着椅子的靠背，脸上抽搐得厉害。他花了好久时间才平静下来，然后继续说道：“她那一句话，让我顿时变成了一个木头人。我终于明白她为什么突然害怕死，要跟我逃亡了。原来她不是怕自己死，是想把孩子生下来。我也终于明白她为什么不让我亲近她。原来是怕我发现她已经有了身孕，更怕伤害到肚子里的孩子。在那一瞬间，我的世界崩塌了。或者说，我的世界其实没有变过，以前我活在幻想里，之后活在真实里。”

马染尘想站起来走过去说几句安慰的话，但是他清楚自己坐在这里的目的，只好坐着不动，看着戴胜兀自舔舐伤口。

他不知道，这复发的旧伤会让此时的戴胜更加柔和，还是更加残忍。

“我问她，那个人是谁。她流着泪告诉我说，是她家里的花匠。花匠经常把四季的花送到她房间里来。这本不属于他的事情，他却这样做，所以她很感激。慢慢地，她喜欢上了这个年轻的花匠。花匠也喜欢她。但是因为他经常在这里熬药喂药，她和花匠只好在他去了师父家或者回家的时候偷偷相会。”

马染尘心想，或许范大小姐是因为喜欢花香而不喜欢药香，才会喜欢花匠而不喜欢他的。很多的喜欢和不喜欢，其实没有那么重要，或许是因为哪天身后的阳光耀眼，或许是因为哪一句话说到了心上，或是哪个动作忽然觉得温暖，也或许是哪阵气息忽然觉得亲近。

在这件重要的事上，要的并不是寒窗苦读进京赶考的努力，也不是如影随形不离不弃的陪伴，也不是无微不至掏心掏肺的呵护，也不是日夜水滴终究石穿的坚持，也不是披星戴月奔波百里的奇袭，而是在无关紧要间、不经意间风云变幻，天翻地覆。

若是比较起来，这么重要的事情似乎建立在无知的儿戏之上，却又如此地难以撼动和更改。

他想跟戴胜说这些话，但是他知道，这些话对戴胜是不起作用的。

有些话虽然是真理，但它只能用来宽慰人。被宽慰的人不相信。宽慰人的人事到临头自己也不相信。

“在我师父给我最后一味药的时候，她已经知道自己有了身孕。所以，她选择跟我离开范家，一则是避免他们的孩子被害，另外则是……”戴胜深吸了一口气，“另外则是……她怕家里人知道她跟花匠的事情。她是大家闺秀，她是贤淑名媛，她既怕别人指责她，更怕坏了她父亲的名声。”

戴胜终于抑制不住愤怒，将椅子狠狠往墙的角落里摔去。他力道极大，椅子被摔得支离破碎。

声响惊动了外面的人，那管家急忙将门打开一条缝，看看里面发生了什么。

戴胜侧头给了一个眼色，管家便轻轻将门重新合上。

马染尘吐了一口气，问道：“然后，你就等她生下了洋洋，把她制成了药，把药渣送回了范家？所以，你要报复洋洋？”

马染尘以为这就是真实发生的事情了。

可是戴胜摇了摇头。

“我没有把她制成药。她是我那么爱的人，我怎么忍心把她制成药？怎么忍心吃掉她？”戴胜笑得诡异阴森。

“那送回去的是……”马染尘问道。

“是她的骨灰，加了一点独特的药而已。我用火药把她烧死了。这是她应该偿还给我表哥的。但是她还欠我的，欠我一味药。”

“所以你要把她的孩子洋洋炼制成药？所以你认为这是‘取回’属于你的东西？”

“对。别的暗药师都是抢，都是偷，我虽然也是暗药师，但我不这样，我等了她这么多年，养了她这么多年，只为取回本应属于我的东西。”说到这里，戴胜居然有了自诩清高的姿态。他脸上露出一丝不易觉察的轻蔑。他虽然自己就是暗药师，但看不起其他的暗药师。

马染尘做出思考的样子，似乎漫不经心地说道：“原来是这样。我刚见到您的时候，非常惊讶您能保持青春。我还以为您吃了想肉之类的东西，才能保持得这么好。看来是我多虑了。”

他并不相信戴胜像他自己说的那么干净。他仍然怀疑戴胜使用了其他类型的邪术或者手段来保住那张与年纪极不相称的脸。但他不能直截了当地询问，于是转而用这种波澜不惊的方式试探。

戴胜哈哈大笑，用手指指着马染尘，又不住地摇头。

“我说错了吗？”马染尘故作茫然不知。

“在这世上，有两种常规方法使得其他东西属于自己。一种是取回，一种是购买。我说我不抢不偷，并不等于说我不买。我会从其他暗药师手里买来他们制好的药，所以我才能保住我这张皮囊。”

马染尘恍然大悟。他早该想到，这些暗药师制药跟药铺药厂里的药师制药雷同，需要药的人，不但可以制，还可以买。

但戴胜把买药的人看作高制药的人一等，无异于吃肉的人自认为比厨子高一等一样荒谬。

“原来是这样！”马染尘不禁感叹。在暗药师眼里，活生生的人跟药材一样没有区别了，房舍里，街道上，那岂不是处处都是采药场？在他们眼里，岂不是有的人如同柴胡薄荷的解表药，有的人如同黄连生地的清热药，有的人如同陈皮姜黄的行气药，有的人如同鹿角党参的补虚药？有的人平庸常见如甘草杂类，有的人百年难得如人参仙丹？

他曾听一僧人说他不见世人，只见白骨，所有人都是一具骷髅而已。那对于暗药师来说，或许是不见世人，只见药材。

戴胜见马染尘发出感叹，笑容忽然收住，目光变得冷峻。他警觉地问道：“你居然不知道可以买药这件事情？”

马染尘一惊。

“连道上常见的事情都不知道，看来你既不是黄雀，也不是螳螂！你虚张声势想唬住我，我差一点就相信了，没想到最后还是露出了马脚！”戴胜两眼一瞪，目光里满是令人心寒的杀气。

“我只是刚好不知道这件事而已……”马染尘还想稳住阵脚。

戴胜厉声道："放屁！在我们这道上，入门的暗药师都要先给师父炼成一味药，师父卖了药换成学费。这跟相声三年学艺两年效力一样，暗药师里人尽皆知，你居然刚好不知道？"

马染尘本来就是装腔作势，此时已经想不出用什么话来搪塞了。

"我以为你是同道中人，才跟你说这么些话，希望你不插手。既然你不是，那你就活不了了。"他掸了掸身上的灰。

对他来说，杀掉一个人跟掸掉一颗灰尘一样轻而易举。

"咕咕咕……咕咕咕……"

这时，一阵奇怪的叫声响起。

马染尘循声望去，餐厅吊灯的挂臂上不知何时多了一只长得古怪的鸟。他一眼就认了出来，那是吸血雀。

戴胜也养吸血雀？他是要用吸血雀致我于死地吗？马染尘想起刀疤脸和断指男瞬间被吸血雀杀死的情景，顿时一阵寒意从地下传来，迅速穿透全身。

他在仙爷那里已经偷听到，药贼用吸血雀来吸血，并不是因为吸血雀是他们的帮手，而是像普通农家人养鸡鸭一样饲养它们，最后它们也是盘中餐。

这戴胜既然愿意从别的暗药师那里购买药，那养几只吸血雀打打牙祭也是情理之中。仙爷养这个不也是为了没有想肉吃的时候打打牙祭吗？

不过为何只出现一只吸血雀呢？

他见到小飞用吸血雀杀人的时候是成群结队密密麻麻如夏夜的苍蝇，如被捅了老窝的蚂蚁。

他以为其他吸血雀躲在隐蔽的地方，于是昂起头四处张望，却没看到其他吸血雀的踪影，也没听到其他吸血雀的叫声。

他注意到这只突然出现的吸血雀肚子干瘪，如被喝光了水的水袋，如老人额头的皱纹。

看来戴胜是要用这一只饿极了的吸血雀慢慢把我的血液吸干，要折磨我至死。马染尘忍不住这样猜测。

在马染尘脑袋飞速运转的时候，戴胜也朝吊灯挂臂上的吸血雀看去。

仿佛戴胜的目光带着炽热灼人的温度，吸血雀仿佛被烫到，慌忙张开羽毛丰富的翅膀胡乱地拍，但双脚还勾着挂臂，并不起飞。于是吊灯被翅膀扇出的风吹得晃来晃去，叮当作响。

“吸血雀？”戴胜一慌，后退了几步。

这时，一个人影从戴胜后面闪了出来，笑道：“戴先生，打扰了！”

戴胜迅速转身，看到一个身穿黑衣的瘦弱少年。

马染尘一喜，来者不是别人，正是小飞。他明白，小飞虽然想置他于死地，但现在他是仙爷派来的人，小飞此时出现必定是来救他的。

“你是谁？怎么进来的？”戴胜不愧是历经沙场的人，这个时候仍然气势凌人，淡然自若。

马染尘见识过小飞的功夫，他身轻如燕，或者说如鬼魂一般，躲开戴胜公馆里的护卫应该是不费吹灰之力。若不是他有这身功夫，仙爷也不会让最心疼的小梵跟他一起出去。

何况药贼本来就是专门对付暗药师的，自然门清路熟。

“我在江湖上有个诨号，叫做‘柜中盐老鼠’，不知道戴先生听说过没有？”小飞得意地说道。

“你就是柜中盐老鼠？”戴胜一惊。

马染尘也大吃一惊。

这“柜中盐老鼠”可以说是名震全国的名字！不知有多少高官富豪对“柜中盐老鼠”恨之入骨！

这个名字来自民间传说。据说蝙蝠都是偷吃过盐的老鼠变成。民间百姓家的盐罐往往放在碗柜或者厨柜中，按道理老鼠或者蝙蝠是进不去的。但是人们常常在打开碗柜或者厨柜的时候发现盐被偷了，或者恰好蝙蝠趁机飞出来。

“柜中盐老鼠”便是形容那人什么地方都进得去，什么东西都偷得来。

许多高官和富豪家里藏着的钱财珍宝都被“柜中盐老鼠”偷走，而后既捉不到人，也发现不了那些钱财的影踪。这类案件不仅仅发生在湖南，湖北也频频发生，甚至南方其他省份也出现了许多次。

马染尘万万没有想到，小飞就是那“柜中盐老鼠”，就是许多起惊天大案的制造者。

即使如此，戴胜依然迅速恢复平静，缓缓说道：“你既是为着钱财来的，你去偷便是。我不防着你。不过，这吸血雀是怎么回事？”

原来这吸血雀不是戴胜养的，而是小飞带来的。

小飞微笑道：“你既然认得吸血雀，就必定是我们同道中人了！我今天来不是为了钱财，而是为了这个人。”他指着马染尘。

戴胜道：“这个人与你何干？”

“他确实不是黄雀，也不是螳螂，而是蝉！你说与我相干不相干？”

“蝉？”戴胜大为惊讶。

就连马染尘都惊讶了。他只想到了装作黄雀或者螳螂，却没有想过装作蝉。在此之前，他孤身进入戴胜公馆，没有人配合，若是装作蝉，那根本没人信。但此话从小飞嘴里说出来就不一样了。

“对。”小飞说道，“我们早就怀疑你是暗药师，已经盯上你好久了，但是一直没有机会验证。这次难得你又要换医生，我们终于找到机会偷梁换柱，让他假装成湘雅医院的马唤之医生来到这里。”

马染尘顿时对小飞的临机应变佩服不已。他这一招实在太妙了！倘若他表明药贼的身份，不但戴胜会因为恐惧他抢走洋洋而拼个鱼死网破不说，马染尘的计划也会宣告失败。在这戴胜公馆里，小飞或许可以来去自如，但马染尘绝对不可能全身而退。此时他却改口说马染尘是蝉，那么他自己自然而然就是黄雀了。蝉和黄雀都是白药师，不仅让戴胜觉得小飞非得带走马染尘不可，还不让他认为小飞和马染尘是冲着即将成药的洋洋而来。

“你既然是白药师，为何要养吸血雀？只有暗药师和药贼养吸血雀！”戴胜没那么容易上当。

小飞一抬臂，吊灯上的吸血雀就飞了下来，落在他的手臂上。小飞从腰间掏出一把小刀。

戴胜迅速从身后掏出一把手枪，出手速度比小飞还要快。他将黑洞洞的枪口对着小飞。

小飞神情自若地用小刀在虎口处划了一下，血冒了出来。

吸血雀立即一嘴扎在冒血的地方，将血吸干，并嘬饮不止。

“知己知彼，百战不殆。相信戴老是明白这个道理的。我养吸血雀，吸的是自己的血，为的是了解暗药师和药贼。”小飞将吸血雀赶开，将虎口含在自己的嘴里吸。这样可以消毒。

吸血雀飞回吊灯上。

小飞放下手，用舌头舔了舔嘴边剩余的血。他的舌头和牙齿一片殷红，如吸血鬼一般。

戴胜放松了一些，将枪放了下来，说道：“我明白。暗药师和药贼是不会让吸血雀吸自己的血的，这会让他们平时的积累外泄。吸血雀也不敢吸他们的血，它们知道主人忌讳这个，吸了就会死。”

这话马染尘听得有些迷茫。他亲眼看见小飞驱使吸血雀杀死了刀疤脸和断指男，也知道小飞是仙爷的人。小飞显然就是药贼。可这当了数十年暗药师的戴胜又说暗药师和药贼不会让吸血雀吸自己的血！

虽然他以前并不知道吸血雀的这些规矩，但戴胜说得在理，暗药师和药贼炼人为药就是为了夺取人的精元血气，他们又怎会让吸血雀从他们这里吸走分毫？

小飞和戴胜，他们到底是怎么回事？

虽然心中疑虑重重，但他不能说不能问，只能将所有的问题咽进肚子里。

“你既然是白药师，又发现了我，我也不能让你们轻易离开这里。”戴胜说道，但他的态度显然柔和了许多，多了商量的余地。

马染尘心里明白，在戴胜看来，只要来者不是冲着洋洋来的，一切就都有回旋的余地，哪怕他是暗药师。他隐藏得这么深这么久，本就是为了避免被白药师发现，他可不会为了要杀一个伪装成湘雅医院医生的人而让自己暴露。何况这个白药师还是人人相传的只为钱财的“柜中盐老鼠”。

能用钱解决的问题，对戴胜来说就不是问题。但是对他这种人来说面子也很重要，所以在气势上还要占据上位。

小飞给他让了一个台阶下，问道：“要从你这公馆里出去，确实得扒掉一层皮。”

马染尘没想到小飞小小年纪，说话也是滴水不漏。他说“扒掉一层皮”的意思是自己想出去还是出得去的，戴胜拦不住，但因为带了一个人，所以没那么方便而已。为了方便一点，他可以跟戴胜谈谈条件，并不是因为自己被戴胜把控，不得已而屈服。

完全屈服不是小飞的性格。

戴胜意会到了小飞的意思，勉强挤出一丝笑，点点头，依然口气不输于人，说道：“你知道进来容易出去难就好。我现在已经暴露了，倘若以后有第四个人知道我的秘密，那就会有第五个，第六个……”

马染尘知道，就算他此时赌咒发誓不说出去，戴胜也不会相信的。

“但你身为保护民众的白药师，竟然还行盗窃之事……”戴胜看向小飞，目光犀利，“那么……我想唯一的解释就是……你是地下工作者，在为什么人筹集大规模的资金吧！”

听了戴胜的话，马染尘顿时恍然大悟！

在遇到刀疤脸和断指男之前，马染尘就看到长沙城里到处抓潜伏的地下党，有人夜里听到梅溪湖那边有整齐的枪声，据说是当局枪毙了许多地下党。据说这些地下党个个身怀绝技，有的负责策反军阀，有的负责筹集资金。

可是，马染尘转念一想，小飞既然跟的是仙爷这种吃人的人，又怎么可能是地下党？那些被枪毙的地下党，个个都宣称是舍家为国，拯救苍生，怎么会是吃人的人？

如果小飞不是地下党，他偷那些钱财又是为了什么？

马染尘越想越乱，如坠入云里雾里。

小飞冷冷一笑，说道：“戴先生是明白人，话就不要说得太明白了。一个人要保守另一个人的秘密是很难的，除非他也有秘密被别人掌握。如今我知道你的秘密，你知道我的秘密，就算是用秘密交换秘密。若是有人来找你麻烦，你可以把我的秘密公之于众。若是有人来找我麻烦，我也可以公开你的秘密。你看如何？”

戴胜以颇为欣赏的目光看着面前瘦弱的年轻人，笑道：“小小年纪就有这般智慧，真是难得！”

小飞拱手道：“过奖！过奖！戴先生若是没有意见，我这就带他走了！”

戴胜点点头。

小飞走到马染尘身边，说道：“我们走吧。”

趁着小飞视线转移，戴胜突然将枪口重新抬起，对准小飞扣动了扳机。

“砰”的一声，小飞的肩膀被击中。

吸血雀见主人受伤，立即从吊灯上飞下来，用针嘴朝戴胜的嘴扎去。

戴胜没想到吸血雀会护主，“啊”地大叫一声，手枪掉落在地上。

外面的人听到枪声，立即冲了进来，一个一个将枪口对着面部狰狞的小飞和惊慌失措的马染尘。

吸血雀扑腾翅膀，到处乱飞，羽毛在空中散落。

戴胜捂住被扎了的手大喊：“给我把他们两个抓起来！还有那只鸟儿！”

马染尘气愤地问道：“你不是答应放我们走了吗？”

戴胜冷笑道：“兵不厌诈！我不答应你们，怎么能抓住你们？这个柜中盐老鼠是通缉犯，抓住你们是我的应尽之责！”

他身后的手下听到“柜中盐老鼠”几个字，顿时个个都慌乱起来。显然他们都知道柜中盐老鼠是什么角色。

“你就不怕我们公开你是暗药师的秘密吗？”马染尘发抖地问道。

“暗药师？什么暗药师？这世上哪有什么暗药师？谁相信你们的话？”戴胜在手下面前说话也谨慎得很。

此时小飞疼得脸色煞白，哪还有抵挡的力气？马染尘更是没有办法逃脱了。

小飞痛苦而虚弱地说道：“你这个老狐狸！”

戴胜回头看了一眼他的手下们，怒喝道：“还看着干什么！给我把他们俩绑起来！他们胆敢反抗，就地击毙！”

戴胜环顾四周，又问道：“那只鸟儿呢？那只鸟儿呢？你们怎么连个鸟儿都抓不住？”

地上有黑得发亮的羽毛，但是不见吸血雀的影子。

“刚……刚刚还在的。”一人惊慌地回答道。

戴胜气愤道：“废物！一群废物！”

这时，一个声音在门口响起。

“咕咕咕，咕咕咕……”

马染尘朝门口方向看去，那只吸血雀栖息在刚刚打开的门上。它的两只黑眼珠凶悍地盯着伤害主人的这群人，似乎秃鹫盯着一块腐肉。

戴胜指了其中两个人，一挥手：“你们两个，给我把它抓起来！”

那两人冲到门口，刚要伸手去捉，吸血雀忽然飞起，主动朝他们两人冲来。

它的身后忽然多了许多长相几乎一模一样的黑色影子。许许多多的吸血雀从门口涌了进来，仿佛这扇门是一股黑水的闸口。黑水从闸口涌了进来，要将这房间淹没。

“咕咕咕咕咕咕……”

吸血雀嘈杂的声音让人的心仿佛被它的爪子挠了一般难受。

那两人吓了一跳，急忙举起枪朝黑乎乎的雀群“啪啪”地射击。

两三只吸血雀应声掉落。可是更多的吸血雀涌进来，势不可当。

其他人哪里还顾得上小飞和马染尘？他们纷纷举枪射击吸血雀。一时枪声大作。

吸血雀纷纷落地。

但他们很快就被“黑水”淹没。其情形跟马染尘在荒庙里看到的没有什么差别。或许是吸血雀受到了枪声的惊吓，它们在攻击人的时候有些慌乱，没有上次那么顺利。那些人没有迅速变成僵尸，他们一边开枪一边胡乱踢打落在头上脸上身上的吸血雀。

他们的抗争没有太多作用。

一眨眼工夫，吸血雀又从进来的地方飞了出去。地上留下了七八具尸体。浓浓的血腥味儿让马染尘脑袋昏眩。

小飞推着马染尘的后背，说道："走！快走！"

"完了！我们杀人了！"马染尘惊慌失措。

"他既然跟军统有关系，那想杀他的人多得是，谁知道是谁做的？"小飞咬着牙说道。他的额头上滚下豆大的汗珠。

马染尘迈开发软的步子朝门口走。经过那些尸体的时候，他都不敢往血肉模糊的地方看。

小飞走到了门口，忽然回头一看，惊恐道："少了一个尸体！"

"什么？"马染尘也一惊。他看都没看尸体，自然不知道少没少。

"戴胜没在这里面！"小飞说道。

马染尘强忍住不适朝那些尸体看去，可是尸体不但血肉模糊，衣服也被撕咬得不成样子，根本看不清谁是谁了。

"他是暗药师，早就防备我们了。"小飞自言自语道，"不管这么多了，我们先走。再不走就走不掉了。"

马染尘要往进来的方向走，被小飞拉住。

"不能走那里。"小飞带着他走向另一个房间。房间的窗户开着，窗帘被风吹动。小飞拉开窗帘，指着一根往下排水的管道说道："从这里下去，直接往山里走。那里有接应我们的人。"

这房间在二楼。只要不直接跳下去，就不会摔伤。公馆后面是一片树林，确实是藏身的好地方。

小飞先跳到窗口，然后抱着水管滑了下去。

马染尘心想，如果不是肩膀受了伤，他是可以像上次那样轻盈地跳下去的。

见小飞落了地，马染尘也学着他的样子滑了下去。

此时已经夜色朦胧，他们两人急急忙忙往树林里奔去……

树林里果然有接应的人。他们见小飞受了伤，非常吃惊，但也不多问就搀扶着他往小路上走，走了一段，终于看到了大路，路边停了一辆黑色轿车。

他们将小飞扶上车，叫马染尘坐在后座上。

轿车启动，离戴胜公馆越来越远……

马染尘看着外面黑森森的树木往后倒退，心里五味陈杂。他觉得这世间有太多不为人知的事情在发生，就像一潭看似平静的水，底下其实激流暗涌。就拿这几天的见闻来说，他等于是从水外的世界忽然一跤摔在了水下的世界里。暗药师药贼白药师这种从未听说过的人，如今活生生地出现在他的眼前，不由分说地闯入他的生活。

更让他觉得不可思议的是，自己已经扮演了一回药引的角色。并且他能判断出来，只要自己扮演了一回，就再也回不去原来的生活了。因为这些人平时都深深地隐藏在世界各个角落，他们是不可能让一个知道他们秘密的人活着离开的，除非那个人就是他们其中一员。

从此之后，他就不再是原来的马染尘了。

回到了仙爷的住处，马染尘见了小梵便问："她怎么样了？"

小梵却不搭理他，径直走向小飞，在小飞面前停下，看了看他还在流血不止的肩膀，一副漠不关心的样子，问道："怎么了？计划失败了？"

小飞挤出一丝笑意，说道："是不是如你意了？"

"哪里的话？我们可是同一条船上的人，怎么会盼着你失败呢？"她依旧用冷漠的口吻说道。

"你还在生我的气，怪我没有放掉他和那个女人？"小飞一下就说到了她的心里。

但她不承认，说道："我有这么小气吗？"

搀扶小飞的人忍不住说道："大小姐，飞哥还在流血，您能不能待会儿再跟他说话？"

小梵鄙夷道："你们飞哥不知道吸了多少人的血，也该流一点出来啦。"然后她故意在小飞受伤的肩膀上拍了拍，嘱咐道，"快去把子弹取出来吧！"

小飞被她这么一拍，顿时疼得嘴里嘶嘶地吸气。

搀扶的人得了她的允许，急忙架着小飞往里面走。

小梵终于报了一气之仇，露出得意的笑，然后走回到马染尘这边，对着马染尘的脸看了又看，像是研究一个有了年代的古董一般。

马染尘不由自主地将脑袋往后缩，莫名其妙地问道："怎么了？我有什么好看的？还是脸上沾了血？"他急忙摸了摸自己的脸，生怕刚才吸血雀攻击戴胜公馆里的人时溅了血在他身上。

"哈哈哈，你怕什么？我是想看看你的表情，你一回来就问那个姑娘，之前又抢先承认自己是药引，难道你们是情侣？这么说来，你们两个都是药引不成？”

马染尘虽然很感激小梵，但是还不敢将真相告诉她。不过刚才被她这么一说，他心里居然还是慌乱了一阵，脸上也感觉热乎乎的。好像他和药引姑娘真是情侣，被她说破了一样。

“哪……哪里……是我牵连了她进来，我要把她安全地带出去。我是担心你们……担心仙爷趁我不在把她害了。”马染尘说道。

“真不是？”小梵又问道。

马染尘把脑袋摇得拨浪鼓一般，说道：“真不是。”

小梵收回了目光，撇嘴道：“我也担心他们说话不算数，所以帮你看着她呢。只要我在这里，谁都不许进她的房间。”

“她醒了？”马染尘问道。

“嗯。我把事情经过差不多都告诉她了。她还挺为你担心的，说你从来没有做过这种事情，怕你再也回不来了。我说……她在这里担心你，你在外面担心她，两个人还说不是那关系？”小梵皱起眉。

“在遇到你们的那个晚上之前，我从来没有见过她。”马染尘说道。

“好吧。我带你去见她。你能不能把她安全带离这里，我不知道。但是我要告诉你，你是不可能走了。相信仙爷已经告诉你戴先生是什么人了，你们成功了还好，失败了的话，你只要在长沙街上露脸，就会被发现，就可能被抓起来。”

马染尘心想，无论今晚是什么结果，我都是不可能离开了。

他想起小梵已经见过药引姑娘了，便一边跟着她走，一边故意心不在焉地问道：“你说，这姑娘是不是长得有些特别？”

小梵边走边回答：“特别？”

“是啊。我觉得……她看起来很好吃的样子。”马染尘说道。他想试探一下，为什么自己和刀疤脸断指男看到她都会勾起要吃的欲望，而这里的药贼似乎没有发现这么明显的特征。

小梵回头看了马染尘一眼，惊讶道：“是吗？”

马染尘心想，如果说得太明显，她也会怀疑他不是药引，而那个引人流口水的姑娘才是药引。

“偶尔会这么觉得。”马染尘耸耸肩，假装不经意说道。

小梵转回头去，继续带着他往前走。

“你不知道吗？我们做药贼的，已经没有什么人能在气味上和嗅觉上以及视觉上诱惑我们了。”小梵有些失落地说道。

马染尘大为意外，问道：“是吗？为什么会这样？”

“因为我们要耐心等待。我们在发现一个暗药师正在暗暗给一个人喂药的时候，就要抑制自己，告诉自己要耐心等待，哪怕是一等就等上十年或者更久。我们必须等到暗药师即将成功或者已经成功的时候，在千钧一发之际抢夺过来。”

马染尘点点头。暗药师就已经需要足够的耐心了，比如戴胜要给范大小姐喂很多年的药，又把洋洋养了十多年。这必须有常人难以企及的忍耐心。而药贼守在暗药师身后，需要更多的忍耐。就像一头狼发现了可口美味的羊羔，却不能立即下口饮毛茹血，而要一直等待，等待到这只羊羔长大成羊。

“实际上我们抢夺过来之后，已经完全对目标没有了什么欲望。我们有的药贼甚至抢夺过来之后直接交易出去，他不想要了。他宁可跟别的药贼或者暗药师交易，吃别人那里得来的目标。”

马染尘想起了戴胜说他自己跟别的暗药师不一样的话。原来这行当里还真有这样的人。

很多事情也是这样，一开始非常期待得到，可是一直得不到或者因为其他原因不能取得，只能一直忍耐一直等待。如果这过程的时间持续得太久太久，这种期待就会被消磨掉蚕食掉。等到最后终于得到的那一天，或许只是消除了一个心结，而不会有太多的欣喜和欲望了。

这甚至会成为一个心魔。哪怕已经失去了获得的快乐，他也要夺来，哪怕付出再大的代价也在所不惜。夺来之后，他却不珍惜，弃之如敝履。

后来马染尘发现，很多爱情亦是如此。

小梵突然站住了，回过头来认真地盯着马染尘，说道：“所以啊，只要你不说她看起来很好吃，这里的人就不知道她看起来很好吃；只要你坚持说自己是药引，他们就会相信你是药引。因为……这里对人药最为执着的人，其实不知道谁是不是人药。”

说完，她自嘲一般地笑了笑。

“药贼是认不出已经被制成药了的人吗？”马染尘十分诧异。

这就像食肉的狼认不出羊来。

她一本正经地点头，说道：“是啊。”

马染尘心想，难怪他们不打开箱子看一看药引姑娘，辨别一下到底谁是真正的药引。

刚才小梵的话也说得很明白了。聪明如斯的她已经在他的话里听出了端倪，知道了那位姑娘才是真正的药引。但是她一语双关地暗示他只要这样坚持下去，不说出来，仙爷他们是不会知道真相的。

“那……那药贼怎么找到被制成药的人呢？”马染尘问道。

小梵学他耸耸肩，说道：“药贼只要盯准暗药师就行了。”

马染尘暗自发笑，笑自己竟然连这么简单的道理都没有想到。药贼未必需要认得被制成药的人，只要认得出制药的暗药师就行了。这就像顺藤摸瓜，只要抓住了暗药师这个藤，顺着暗药师自然就能找到瓜了。

小梵带他走到一个房门前停住，敲了敲门，然后侧身靠墙，让马染尘一个人单独面对那扇门。

里面的人听到敲门声，警觉地问道：“谁？”

“是我。”小梵答道。

房门打开了。

药引姑娘发现站在门口的不是小梵，而是那个在大殿里盯着她看得流口水的人。

此时小梵已经悄无声息地离开了。

“你……你回来啦？”药引姑娘激动地看着他。他们还不是很熟，但已经是生死之交。既熟悉，又陌生。

说完，药引姑娘的眼眶里已经盈满了泪水。她的嘴唇在抖动。

马染尘听了这句话，就像是听到家人等待他归来一样亲切。他不知道该说些什么，只是点了点头。

“他们……他们没有为难你吧？”药引姑娘上上下下地看了他一番，似乎这样就能看出那些人是不是为难过他。在眨眼的时候，泪水挂在了睫毛上，仿佛是清晨绿草上的夜露，让人爱怜得很。

“没有。”马染尘说道。

他又闻到了她身上的药香。上次觉得古怪，这次觉得是那么的熟悉，竟然还带着一点儿安全感，仿佛是睡觉时闻到被子独有的气味。

“那你还好吗？”药引姑娘又问道。

马染尘突然听她说出这话，感觉他们两人是久别重逢的故人一般。

“好……好啊。”马染尘不知道除了这样回答还能怎样回答。其实他觉得一点儿也不好。他不想成为仙爷队伍里的一员，不想成为吃人的人，不想成为吃人的人的帮凶。但他更不想让面前的药引姑娘难受。

“我很好。”马染尘补充道。

“真的。”他又补充道。

两人沉默无言。

周围一片安静。

许久，药引姑娘说道：“你看看我，我都忘记让你进来了。快进来吧。小梵姑娘跟我说了，除了她和你之外，不要让其他人进来。”

就在这时，一个人走了过来，在门口说道：“马先生，仙爷有请。”

马染尘一愣，莫非仙爷已经知道计划失败，要找我去算账了？

“仙爷找他有什么事？”药引姑娘急忙问道。她也担心仙爷对他不利。

那人看出他们的担忧，微笑道：“不用担心。仙爷是请马先生参加庆功宴而已，吃喝一顿就回来。”

药引姑娘不信，说道：“那仙爷怎么没有请我呢？”

那人微笑如故，彬彬有礼回答道：“马先生早就是我们道上的人，现如今又成了我们的人，当然只请马先生，没有请姑娘您。再说了，也不是仙爷不请您，仙爷是照顾到您啊。仙爷摆的庆功宴吃的可不是饭，是想肉。姑娘您不是道上的人，吃想肉吃得习惯吗？”

“请我吃人肉？”马染尘浑身一凉，胆战心惊。

第三章
寻 药

马染尘明白仙爷的用意。仙爷或许还怀疑他不是药引，所以故意用人肉餐的方式再检验一次。

若是吃不了人肉餐，那就很可能暴露他不是药引的真相。若是吃了人肉餐，不但验证了他是药引，还说明他已经认同了仙爷，表示愿意从药引转变成为药贼。

换句话说，只要他吃了人肉餐，或许他是不是药引都不重要了，就像歃血为盟，从此都是自己人，既往不咎。

那人贼眉鼠眼问道：“莫非马先生从来没有吃过人肉？”

马染尘急忙回答道：“当然吃过！不过我这次劫药失败，仙爷为何还摆庆功宴？不会是鸿门宴吧？”

药引姑娘见他反应如此之快，不禁露出钦佩之情。

那人笑道：“仙爷要杀你，还用摆鸿门宴吗？当初刘邦是在霸上，项羽在鸿门，才有鸿门宴。你现在就在仙爷府里，是砧板上的鱼，菜刀下的肉！何苦再费周折摆个鸿门宴来？”

马染尘从那个人的笑里可以看出，这里的人根本不把他马染尘当回事。如果人人如此，他和药引姑娘不可能有太平日子。尤其是药引姑娘，简直是被关在狼群里的羊，虽然暂时有小梵关照，但难保终有一天会被狼所伤。

要想让他们不伤害药引姑娘和自己，必须让他们知道他马染尘不是懦弱之辈。

这么一想，马染尘挺直了腰杆，说道："你先去吧，我稍后就来。"

那人不把他当回事，他若唯唯诺诺，立马跟着走了，就会显得如同下人一般呼之即来挥之即去。还不如偏偏不听招呼，从此刻开始就摆出姿态来。

那人听他这么说，果然非常意外。但他也没办法，只好冷笑一声，转身离去。

见周围无人，药引姑娘担心地问道："你本是不相干的人，别说吃那些想肉了，看到人肉被分割的场面就会害怕吧？要我说，你干脆别去了。"

"不去哪里能行？我们两人就跟他关在笼子里的家畜一般，想宰想杀，都是轻而易举的事。"马染尘无奈道。

他感觉到自己的额头已经开始发冷，一想到餐盘里放着支离破碎的肢体，就不禁晕眩作呕。药引姑娘的担心不无道理。他自己都不知道自己到时候是否撑得住。

"要不我代替你去吧。"药引姑娘说道。

"你吃过想肉吗？"马染尘问道。

药引姑娘摇摇头，说道："我不是暗药师，也不是药贼，怎么会吃想肉？不过白药师里也有人吃过。"

“白药师里有吃过想肉的？”

“是啊。放下屠刀立地成佛。白药师里有些人是改邪归正的。”

“这么说来，白药师里的药引都没有吃过人肉，是吧？”

药引姑娘点头道：“是的。药引本是诱饵，是被吃的，一般来说不会去吃想肉。但经过刻意训练，总归是不怕见到人肉的。”

“你给我多说一些药引的规矩，免得我在仙爷面前露了馅儿。”马染尘回想起在戴胜公馆被各种敲击拷问的情形。当时要不是小飞及时出现，他就回不来了。而在这里，一旦露出马脚，谁也救不了他。

“要说的差不多都说完了。还有最后一点。”药引姑娘顿了顿，说道，“药引一旦吃了想肉，就再也不能做药引了。”

“为什么？”

“体验了吃别人的快感，就不会把自己往别人嘴里送。”

马染尘看着药引姑娘说完这句话，忽然觉得她特别需要呵护。但与此同时，他想要咬她的欲望也如失了控的野马扬起四蹄，疯狂奔腾。

“我这次吃了仙爷的庆功宴，就成了药贼。我吃了想肉，以后就会想吃人。那时候如果我想要吃你，你会同意吗？”马染尘忍不住问道。他明知这样的话说出来会失了分寸，但还是抑制不住要说要问。

药引姑娘听了他的话，两颊一红。

马染尘看到药引姑娘脸上的红色，连呼吸都不能保持平稳了。

“你不是合格的药贼。”药引姑娘低下头说道。

“不合格？为什么？”马染尘问道。虽然她没有直接回答是或不是，但他已经满足了。

“药贼从来不问被吃的人同不同意。”她细声细气说道。

马染尘顿时感觉嘴里口水涌流，差点控制不住流出来。他急忙一手挡住嘴巴，含含糊糊地说道：“我……我……先去仙爷……那边了。”

她点点头，还是没有勇气抬起头来看他一眼。

马染尘脑海里浮现出将她扑倒在地，朝着她的脸乱咬乱啃的画面，心中已然蠢蠢欲动。那欲念就如一头饥饿的老虎，他控制不了。

为了避免自己失控做出出格的事来，他急忙移步往外走，边走边说道：“你好生照顾自己，不要让别人进来。”

出了门，他便漫无目的地在廊道里乱走，只要前面有路，他就走过去，不管方向是否正确，不管是否通向仙爷办庆功宴的地方。每一小段就有明哨暗岗，但没有人阻拦他。他们看到他是跟小飞一起回来的，已经默认他就是他们的一员了。

他对仙爷这里的房间设置还不熟悉，只知道这楼其实在长沙城的繁华地区，白天出了大门便是热热闹闹摩肩接踵的人群街道。这楼有五层，每层有三十多个房间，大概有两千多平方米。

他第一回来长沙城的时候，那位开药铺的朋友就带他从外面的街道走过，他也看到了这栋高大但不是很引人注目的楼。万万没有想到，自己现在居然会被困在这里，而且无法向别人求救。

走到一扇大玻璃窗前的时候，他停了下来。长沙城虽不及大上海那般繁华时髦，却也是灯红酒绿莺歌燕舞之地。此时外面还有许多霓虹灯闪烁，路上有匆匆的车和行人。

所谓“大隐隐于市”，应该就是这个道理吧。马染尘忽然对仙爷生出钦佩之意。

能做到这样，背后必须有强大的实力做支撑才行。就像戴胜是暗药师，但有军统背景。他还弄不清楚仙爷到底是什么背景。

“想什么呢？”一个声音忽然响起。

马染尘转头来看，问话的人竟然是小飞。

小飞精神抖擞，举止轻松自然，没有半点刚刚受过枪伤的样子。

他竟然这么快就好了？难道刚才吃过什么仙丹妙药？仙丹妙药应该就是从暗药师那里夺来的想肉吧？难道人制成药之后真的有如此好的疗效？吃啥补啥的话，他莫不是刚吃了人的肩胛骨吧？马染尘脑海里飞快地思索各种可能性。

“仙爷等着呢。走吧。”小飞做了一个请的手势。

“我不认得路。”马染尘说道。

小飞便走在前头带路。

“明明计划失败了，为什么还要摆庆功宴？你不觉得奇怪吗？”马染尘想探探口风。

小飞哈哈一笑，说道：“你还不知道仙爷的性情。对他来说，成功了自然是要庆祝的，不成功更要庆祝。”

“这话怎讲？”

“对药贼来说，只要暗药师的药还在，就是成功的。这次不成，还有下次。如果手下辛辛苦苦看守多年，最后付出所有努力却失败了，仙爷不奖而罚，那还有谁敢忠心耿耿地为他办事？还有谁愿意认认真真地寻找正在偷偷炼药的暗药师？这正是仙爷赢得人心的地方。”小飞说道。

马染尘终于明白了。

“再说了，戴胜虽然跑了，但他是不会让世人知道这件事情的，他还得偷偷养药。如果声张，他自己也名誉不保。所以我们还有机会。仙爷借此庆功宴，是要鼓励属下大胆放肆去争夺戴胜手里的药。不然大家知道戴胜实力强大，又是狡猾的老狐狸，又担心失败后仙爷责罚，就不会有人真心实意去抢这块烫手山芋。”小飞将仙爷的想法分析得淋漓尽致。他在仙爷身边多年，自然熟悉仙爷的思维和手段。

马染尘连连点头。戴胜确实不敢声张，只能哑巴吃黄连。这就跟小偷被其他小偷偷了，倘若公之于众，自己于情于理也说不通。难怪戴胜这么些年来隐藏如此之深之慎。也难怪仙爷敢大隐隐于市，原来不是道上的人不知道，是道上的人不能说。

说话间，小飞带他来到一扇金光闪闪的大门前。他拉开门，让马染尘先进去。

马染尘进门就看见四个大团桌，仙爷坐在最里面的大团桌前。霞姑、小梵等人都在。还有许多他从未见过的新面孔。想来都是药贼里面有头有脸的人物。

大家喜气洋洋，仿佛这里即将举办的是一场婚宴或者寿宴。而他正是大家翘首期待姗姗来迟的新郎官或者寿星。

仙爷见了马染尘带头起立鼓掌。

其他人纷纷站了起来，跟着鼓掌。

仙爷伸手示意马染尘挨着他的位置坐下。

马染尘本想谦让，但见刚才喊他来这里的人也在场，便心想既然摆了姿态，就要一直坚持下去。于是，他微微一笑，干脆走到仙爷旁边坐下。

仙爷以为马染尘会推辞，见他一点儿也不客气，脸上一僵，随即又恢复满面笑容，点头道：“好！自古英雄出少年！就应该这样子！我喜欢！”随即他哈哈大笑。

霞姑本来吹鼻子瞪眼睛，似乎要责怪他不懂礼节，见仙爷哈哈大笑，立即变脸，跟着满面春风。

大家坐定，逐渐鸦雀无声。

霞姑向门口的下人使了个眼色。下人拍了拍巴掌。

十多个身姿妙曼的女人走了进来，她们手里举着一个个银盘子，盘子里是已经开启的红酒。

红酒刚刚上桌，又十多个西装革履的男人走了进来，他们手里也托着银盘子。盘子里摆着一块块的肉。

马染尘顿时紧张起来，心想那应该就是传说中的想肉了。

从形状和颜色看来，盘子里的肉与他以前吃过的猪肉羊肉没有什么区别。那些肉比他在其他场合见过的要大，都是大块大块的。

小梵刚好坐在他对面。

他的余光注意到，小梵正在朝他挤眉弄眼。

等他看过去的时候，小梵又坐得一本正经了，仪态大方得体。

他清楚，小梵也只能趁大家不注意的时候给他使眼色，不能一直这样。

他知道小梵有话要跟他说，于是盯着小梵看了一会儿，期待她再次使眼色。

可是同桌的人太多，小梵没能再找到机会，只能保持大小姐的仪态，当旁边的人跟她说话的时候，她保持微笑，频频点头。

服务员打扮的女人将红酒摆上桌，又给在座的每个人斟上酒。

服务员打扮的男人将大块的肉分别放进每个人面前的银色碟盘里。

除此之外，圆桌上再无其他菜式。

马染尘心中厌恶。这种吃法也太粗暴野蛮了！

他看了一下周围的人，都神态自若。他想这些人吃想肉已经吃了不知道多少回，所以不觉得有什么不适了。而上酒和上肉的男女已经司空见惯，所以也不觉得有什么不同。

他却胃里一阵阵翻涌，难受得很。

仙爷看了他一眼，说道："马先生，怎么啦？"

他摆摆手，急忙端起红酒杯要喝，试图以红酒来缓解胃部不适。

坐在他另一侧的老先生却伸手过来摁住了他的红酒杯，似乎充满好意地说道："年轻人，没吃之前不要先喝，肚子里先垫一点东西再喝。"

老先生鹤发飘飘，却满面红光，穿的是布纽扣的老式衣服。他的手指上戴了一个绿色玛瑙戒指，那玛瑙成色相当好，且有鸽子蛋大小。

倘若是在正常酒席上，马染尘自然要对老先生的劝告表示感谢，可在这里，他无法生出一丁点儿的感激之情，只觉得老先生的唇齿之间散发着一股糜烂的气味。他不知道是因为自己对他深深的厌恶而产生的错觉，还是老先生口里确实有气味。

仙爷见状，给他介绍道："染尘，这是奎老先生，在吃想肉上颇有研究，也非常讲究。可以说是想肉界的美食家。你听他的准没错！"

老先生见仙爷夸他，连忙拱手谦虚道："哪里哪里！仙爷才是个中高手！"

仙爷大笑道："我是粗鄙之人，有得吃就行了，哪讲究那些？"

老先生拍马屁道："仙爷是豪放洒脱之人，吃法自然不像我这种小辈一样小气。"

马染尘听得毛骨悚然。在餐桌上讨论怎么吃人肉已经让人惊诧了，他们居然在吃法上还各有见解！不知曾有多少人沦为他们的盘中餐！

仙爷见酒已斟好，肉已上桌，便站了起来，咳了一声。

大家听到仙爷咳声，知道他在餐前有话要讲，纷纷转头来看他。

仙爷环视一周，眼神威严。他说道："今晚举办想肉宴，原因有二。一是小飞虽然劫药未成，但安全归来，值得庆贺。二是今晚我们有新成员加入，他原是白药师中的药引，如今弃暗投明，甘愿为我们出一份力！药引可谓是白药师的撒手锏，如今撒手锏加入我们，我们必将更加熟悉白药师的底细。这更值得庆贺！"

仙爷示意马染尘站起来。

马染尘只好站起来，向这些饕餮食客点头致意。

"好了，闲话不多说，我仙爷能有今天，都是赖于各位的抬举！今天我就倾我所有，让大家好好吃一顿！希望大家肉吃饱，酒喝够！"

仙爷说完，所有人都鼓掌。

马染尘只好跟着鼓掌。

待掌声平息，仙爷双手往上一抬，说道："开吃！"

圆桌边的人便拿起餐桌上的刀叉开始吃起来。

马染尘对着自己面前的那块肉，却如对着一只刺猬一般无从下手。

旁边的奎老先生见他不动刀叉，关切地问道："怎么啦？是没有胃口，还是不会用刀叉？"

马染尘以前不是没有在西餐厅吃过饭，刀叉还是会用的。他迟迟不下手是因为内心还在做斗争。毕竟这不是平常的肉，这是仙爷弄来的人肉。只要吃了一口，自己便是跟他们同流合污的人。同流合污也就罢了，关键是从此之后自己就是吃过人肉的人了。这比杀人放火还要严重，还要令人害怕。

"呃，我不太会用刀叉。"马染尘想了想，回答道。如果说自己没吃过人肉，刚才装作淡然就让别人不可理解了。他相信第一次见到人肉的人都会吓得大惊失色。既然装作是吃过的人，就不能说自己胃口不好了。虽然自己确实没有吃过，但是他知道，人肉之所以称作想肉，就是因为像抽大烟像吸毒一样，只会恋恋不舍，哪有没有胃口的说法？要是回答说没胃口，那也会露馅。

这里的人都是仙爷的心腹，不能让他们看出破绽。于是，他只好说自己不会使用刀叉。

奎老先生问道："那你以前怎么吃？"

"在成为白药师之前，我用筷子吃过。成为白药师里的药引之后，我没再吃过。所以，算来我有很久没有吃过这东西了。"马染尘说道。

奎老先生“哦”了一声，以一副老学究的做派对马染尘说道：“咱们虽然都是中国人，但是我认为吃肉还得学西方人用刀叉。那样方便。用筷子夹这么大块的肉来吃，吃相不好看！刀叉的话，一手可以固定肉，一手可以切割。”

一边说，他一边演示给马染尘看。他的切法果然很好，切出来的肉厚薄一致。

马染尘忍不住心中感叹，多少牛羊的肉被人摆在了餐桌，被人大快朵颐，没想到人自己也有这个时候。不知道奎老先生餐盘里那个人以前是否吃过猪肉羊肉，是否想过自己也会成为一道菜。

他曾听信佛吃素的人说，这辈子你如果吃了别的动物的肉，来世那动物也会吃你的肉。而这餐盘里的人这辈子就被吃了。

面对奎老先生的热心，又在仙爷的监视下，马染尘只好拿起刀叉，学着奎老先生的手法切了一块肉下来。

即使已经切了下来，可是要放到嘴里去依然令他左右为难。他担心的不仅仅是自己万劫不复，更担心吃过之后再看到那位药引姑娘，自己是否更加难以抑制想吃她的欲望。

他可不像这些忍耐到极致的药贼，他吃过一次之后极可能疯狂地迷恋这种感觉。

也许到最后，自己原本要保护她，却因为受不了想肉的诱惑而将她吃掉了。

马染尘偷瞥了对面的小梵一眼，只见她若无其事地切了一块肉，放进嘴里细细咀嚼，仿佛是西餐厅里的一位优雅食客。

他心想，即使小梵这样心地善良的人，在仙爷这里也得习惯吃想肉，自己若是不吃，又如何能在这里生存下去？是不是会看到药引姑娘后难以自制，那是以后的事情，眼下不迁就仙爷，可能两人连今夜都过不去。

这样一想，他便硬生生将那片肉放入嘴里，逼着自己一口一口咀嚼。

仙爷见他吃了肉，显然放心了许多。他举起红酒杯来，邀大家一起举杯庆祝。

几杯红酒下肚之后，气氛变得轻松许多了。人们纷纷离开自己的座位，来到仙爷面前敬酒。有些人也给其他人敬酒。还有一些人给马染尘敬酒。在他们看来，马染尘是仙爷面前的红人，他们应该抓紧机会亲近亲近。

马染尘只好跟他们一个一个地寒暄，说些不痛不痒的话。

过了一会儿，小梵走了过来。她一袭红裙，身姿妙曼，完全不是他认识的那个大大咧咧，不受约束的大小姐。

“欢迎加入我们。”小梵举杯跟他轻轻碰了一下，客套地说道。

马染尘无奈地笑笑。

“味道还符合口味吗？”小梵不免又露出淘气的一面。

马染尘道：“好像没有什么不同。”

小梵笑了笑，凑近他的耳边说道：“你应该趁着这个机会，让仙爷把那姑娘派给你。不然待会儿仙爷喝多了，说不定把她派给小飞或者别人了。”

“派给我？”马染尘惊讶道。

小梵点点头。

“还可能派给其他人？”

小梵又点点头。

“仙爷不是答应放过我们了吗？”马染尘愤愤道。

小梵道：“小声点儿。他是答应了不杀掉你和那姑娘，派给别人又不是杀掉。你不知道，在他们看来，世界上只有两种人，一种是同伙，一种是物件。那姑娘虽然可以不杀，但是属于他的东西，他可以送人。”

“这这这怎么可以？她是人啊！是自由的！怎么能说送就送？”马染尘着急道。

小梵抿了一口红酒，说道：“你还是不懂道上的规矩。在你看来，人就是人。但是你想过没有，这世界上，我们人都把所有的东西分为你的我的他的，不是私人的，那就大家都可以拿。我们有没有想过它们是不是自由的？它们是不是愿意？你杀掉一头牛或者一只鸡的时候，有没有问过它们愿不愿意？你把金鱼放进鱼缸里，把狗用链条锁起来，有没有问过它们愿不愿意？”

马染尘一时语塞。

“在他们眼里，其他的人就跟那些东西没有区别。”小梵晃了晃手中的红酒。

马染尘没有想到这一层，听小梵这么一说，顿时慌了。

“那我找仙爷要，仙爷就会给吗？”马染尘没有什么底气。自己是刚刚加入的新人，况且从戴胜那里没有完成既定的计划，反而让小飞挨了一枪，他想不到仙爷会因为什么而将药引姑娘“赏赐”给他。

小梵斜眼看了看马染尘着急的样子，笑道："你是不是隐瞒了你们是情侣的真相？你看把你急的！说不是我都不相信。"

马染尘摇头道："你别开玩笑了。我是认真的。"

小梵微微一笑，说道："我刚才都说得很明白了。在你看来，她是很重要的一个人。在仙爷看来，那姑娘不过就是一个物件而已。既然是一个无关紧要的物件，送谁不是送个人情？而你得到的却不是一个物件那么简单，你不会对仙爷感恩戴德吗？至少仙爷看来是这样。"

这时一个陌生人走了过来，要跟马染尘碰杯。

"祝贺你！"那人说道。

马染尘点点头，小嘬了一口。

"还望以后多多关照！"那人又说道。

"不敢。"马染尘客气道。

那人走后，小梵说道："当局者迷旁观者清。这里的人都知道你即将是仙爷身边的红人，仙爷将会重用你。"

"为什么？"马染尘问道。

"因为他们认为你是药引，认为你对白药师非常熟悉，仙爷以后不依赖你依赖谁？所以，仙爷也需要一个机会给你施与恩惠，让你专心给他办事。人抬人成伟人，僧捧僧出高僧。仙爷刚才说得不错，他是大家抬起来的。他也需要人来抬他，所以小恩小惠不会舍不得。尤其是现在。"小梵给他分析得头头是道。

马染尘觉得她说得有道理，又问道："那我什么时候找他要为好？"

小梵道：“当然是越早越好。万一他现在跟人喝酒的时候，一下子脑袋发热，把那姑娘送给别人了，你总不能要仙爷收回来，再送给你吧？很多事情啊，就是时间问题，早一点，晚一点，就成为有可能和不可能。”

马染尘急忙看了一下仙爷那边。那里有好几个人正跟仙爷聊得欢。他真害怕仙爷忽然兴致一来，将药引姑娘像礼物一样送给其中一个。

小梵看出了马染尘的急躁和担心，举了一下酒杯，说道:“去吧。”

马染尘拿起酒瓶，给自己的酒杯里加满了酒，然后走到仙爷身边。

仙爷还在跟人聊，没有注意到马染尘站在一旁。

马染尘觉得他随时可能说出将药引姑娘送人的话。于是他不管三七二十一，举起酒杯对着仙爷朗声说道:“仙爷，我敬您一杯酒！”

仙爷侧头一看，还未说话，马染尘就已经仰头将满满一杯红酒灌下了肚。

仙爷讶异道：“这孩子怎么这么爽快？”说完，他看了看身边的其他人。

其他人应声附和，跟着他笑。

“染尘寸功未立，但还有一事相求。望仙爷成全！”马染尘觉得脑袋有些晕乎。

“哦？什么事？”仙爷问道。他没有喝酒。

“望仙爷将与我一同捉来的女子赏赐与我。”马染尘借酒壮胆。

“哦？”仙爷眉头一皱。

马染尘心里咯噔一下。

“你说你跟她毫无关系，你又是白药师，不吃人肉，为什么还要她？”仙爷问道。

马染尘回道：“难道仙爷吃人太多，已经忘记了人除了可以吃之外，还有情感存在吗？我与她萍水相逢，却相依为命，还请仙爷成全。日后我必当结草衔环来报答您！”

仙爷听了，哈哈大笑，举起酒杯来，对着马染尘说道：“你若是能对我尽忠尽力，区区一个女子算什么？将来你想要什么，尽管跟我讨要，仙爷我能给的都给你！”

马染尘学着小梵的话说道：“仙爷这话可就说错了。对于仙爷您来说，区区一个人算不了什么，但是对我来说，那太重要了。仙爷的大恩大德，我会铭记在心！”为了让仙爷同意，他不得不低下头来。

仙爷仰头大笑。

小梵走了过来，对众人说道：“就是！一两个人对仙爷来说算不得什么，何况又不是暗药师炼成了药的人！你是我们新人，仙爷自然会施与恩惠。大家说是不是？”

众人见大小姐都这么说了，纷纷附和说是。

仙爷埋怨地看了小梵一眼，随即又发出爽朗而干燥的笑声。

“当然！当然！”他已经骑虎难下。

马染尘赶紧拱手道：“多谢仙爷！”

仙爷来回踱了两步，说道：“虽然是大家抬举我，我才有今天的位置，但是，我也得赏罚分明才能服众。对不对？”

众人看出仙爷还有其他想法，纷纷说是。

马染尘不知道仙爷葫芦里卖的什么药。

“你是新人，寸功未立。但是我可以先赏，然后让你立功。你看这样是否可以？”仙爷说道。

只要能让药引姑娘免于被仙爷随便送人，他自然没有不答应的道理。

“全听仙爷吩咐！”马染尘忐忑道。他不知道仙爷会叫他做什么样的事情。去寻找暗药师？去劫人药？

“好！”仙爷终于喝了一口酒，“前不久我们中有一人跟丢了一个暗药师，那个暗药师喂药的方法独特，自成一派，被喂成药的人也是难得一见的好药材。可惜的是，那个暗药师可能发觉被人盯住了，忽然消失得无影无踪。我们打通各种关系，又掘地三尺，都没能找到那个暗药师。你若能找到这个突然消失的暗药师，并且把药劫回来，就算立了大功，那姑娘便仍然归你。若是……你没能成功，我便将那姑娘收回，赏与其他有功之人。”

马染尘心里没有一点儿底。他刚刚知道有暗药师这回事，哪里就能办得这样重要且困难的事情？

小梵在旁着急道：“仙爷，他刚加入，根基尚浅，这么艰难的任务交给小飞都很难完成，他如何能完成？您若舍不得将那姑娘赏与他，直说便是了，何必这样为难他？”

霞姑为仙爷辩解道：“小梵，胳膊肘要往里拐，你怎么往外拐呢？仙爷既然这么决定，自然有他的考虑。”

仙爷点点头，说道：“这项任务交给小飞还真不能完成，但交给染尘说不定能完成。”

马染尘不知道有什么事情是小飞不能完成而他能完成的。他问道：“为什么？”

仙爷道：“就因为你刚才说的话。我们入行已久，看到人便如看到食物，并无感情。用外面人的话来说，我们已经没有人性了。而你人性尚存，也是重感情的人。那个消失的暗药师与其他暗药师不同，她对目标不但喂之以药，还施之以情，美其名曰‘情药’。现在药的线索已断，唯有循着情的线索寻找，或许有希望再次发现她。”

“情药？”马染尘问道。

“是的。”

“药还分有情的药无情的药不成？”

仙爷笑道：“情本身就是药的一种。有什么好奇怪的？药能使人中毒生病，也能解毒治病。同样的，情能使人中毒生病，也能解毒治病。”

“什么病是由情而生的？又有什么病能用情来当解药？”马染尘听得不是很明白。

“比如说相思病。由情而生，唯情可解。”仙爷答道。

“由情而生，唯情可解……”马染尘听得晕晕乎乎，不知道是自己不懂，还是酒劲使然。

“它厉害的地方不仅如此，它还不可见，不可说，救人或杀人于无形之间。用药的话，相对容易被外人发觉；用情的话，可以说是神不知鬼不觉。若说想肉让人想了又想，产生依赖，则情让人无法自拔，甚至自甘毁灭。”仙爷说道。

听者纷纷点头，没有半点玩笑的意思，看来他们都认可情即是药且高于药的说法。

仙爷半开玩笑半认真地凑到马染尘的耳边，说道：“你……不会是被那姑娘下了情药吧？不然为何愿意如此舍身救她？”

马染尘打了一个寒战。

仙爷继而哈哈大笑，再次举杯邀酒，说道：“玩笑话而已，你既是药引，那么必定善于诱惑别人，又怎么会被人诱惑呢？”

仙爷你这句话说错了。我并不是什么药引，那姑娘才是。马染尘心中对仙爷说道。

“来吧，希望你这次马到成功！我先干了！”仙爷将杯中酒一饮而尽。

霞姑忙给马染尘添酒。

马染尘也一口气喝干了。

接下来，更多人纷纷上前要给他敬酒。果然如小梵所说，这里的人都已经将他看作仙爷面前的大红人了。尤其是仙爷刚才那番话，加上小梵有意照顾，眼明的人都能看出来，因此他们更加愿意巴结一下他。

马染尘来者不拒，喝了一杯又一杯。

第二天醒过来的时候，马染尘发现自己睡在药引姑娘的房间，而药引姑娘坐在一张椅子上，身子趴在床沿上睡着了。

马染尘轻手轻脚地从被窝里钻了出来，发现身上的衣服已经换过了。

看了看桌上的摆钟，时间还早。

他走到衣架旁，取了自己的外衣披上，然后走出了房间。

刚走出房间，他就看到小飞站在走廊上朝他笑了笑。

“酒量不错嘛，一战成名哪！”小飞口气带些戏谑的意味。

“我也是没有办法。”马染尘无奈道。

“没有办法？仙爷把他最看重的任务都交给你了，你应该是个很有办法的人才是。”小飞说道。

马染尘明白了。小飞心中不服，因为仙爷将那不可能完成的任务交给了自己而没有交给他。也有可能是小飞觉得自己的地位受到了威胁，才这么早来到这里等他出来。

说到底，小飞还是他的救命恩人。要不是他及时出现，自己早成戴胜的瓮中之鳖了。因此，他不想得罪小飞，何况做为一个新人，要完成那个任务，极可能需要小飞出手相助才行。

“我是没办法才答应仙爷的。”马染尘摊手说道。

“不管你有没有办法，你给我听好了，我是不会让你完成这个任务的。”说完，小飞扬长而去。

马染尘站在原地，不知该如何是好。

小飞刚走，小梵便从拐角里走了出来。

“不用担心。他不帮你，我会帮你。”小梵说道。她刚才隐藏在拐角里，听到了小飞跟他说话。

“你为什么帮我？”马染尘问道。

“因为是我向仙爷建议的。”小梵说道。

马染尘摇头道：“不，你只建议我向仙爷要人，没有建议我接这个任务。”他知道，小飞不帮他是有原因的，小梵要帮他也必定事出有因。

小梵嘴角一斜，说道：“你昨晚没喝多嘛。”

“你的建议在我喝多之前说的。”

小梵皱皱眉头：“看来不坦白一些，你也不会配合我了。那我实话实说吧，我想弄清楚他到底还有什么身份。仅此而已。”

“他……他不就是你们的人吗？”马染尘感觉到有些不对。

小梵纠正道：“应该说，他是我们的人……吗？”

马染尘无奈点头。他想起在戴胜公馆时，小飞召唤吸血雀吸了自己的血，借以证明他不是药贼，而老奸巨猾的戴胜显然相信了。可在仙爷这里，他又是药贼里举足轻重的人物，几乎重要到药贼任务都由他来完成。在这一点上，马染尘早就心存疑虑。

“你也已经发现什么了吧？”小梵见他点头，立即追问道。

可是在马染尘看来，小飞若真是药贼，他就不用偏袒了；他若不是药贼，他就不应该轻易暴露他的身份。

莫非小飞也是像我一样被迫在这里生存的？马染尘心想。如果是这样，我们两人应该惺惺相惜互相照应才是。

唇亡齿寒，物伤其类。马染尘决定暂时帮小飞隐瞒。

“没有。你觉得他有什么不对的地方？”马染尘问道。

小梵看了一眼小飞刚才消失的方向，深深吸了一口气，然后慢慢呼出，幽幽地说道：“我只是有这样的直觉。”

“仙爷说的暗药师不见了的事情，到底是怎么一回事？”马染尘急忙把话题转移开。他也确实想知道这个任务的具体情况。

小梵将目光转了过来，眼皮一垂，叹气道：“仙爷把这个任务交给你，也确实太为难你了。这个任务已经搁置将近一年，这一年里，许多人为了在仙爷面前展示自己，其实偷偷在追查那个暗药师的下落。小飞也做了不少调查。可是至今没有一个人找到那个暗药师的蛛丝马迹。”

“那个暗药师有什么特殊背景吗？”马染尘心想，连戴胜这种有深厚背景，又以亲生父女为幌子的暗药师都能找出来，这个凭空消失的暗药师应该更加神通广大才是。

小梵摇头道：“怪就怪在这里，那个暗药师似乎没有任何特殊之处。”

“那个暗药师是个女的吧？”马染尘问道。

“你怎么知道是个女的？”小梵好奇地问道。

马染尘耸耸肩：“我的直觉。”

他想起昨晚仙爷附在他耳边说的那句话——你……不会是被那姑娘下了情药吧？不然为何愿意如此舍身救她？

小梵点头道：“对。她是个女人。被她制成药的正是她的丈夫。”

“丈夫？她把她丈夫制成药？”他问道。刚刚见到父亲要把女儿制成药，现在又听到妻子要把丈夫制成药。

不过他瞬间理解了。世间人多要在情感的掩盖下做一些自私自利的事情。

“是的。我们的人发现她的时候，也是就快要炼成了。这个女人手法独特，她不用现成的药，却总用一些生活中常见的食材来配制成药。她利用食材的相生相克来配制成她需要的药，因此极难发现。我们的人有一次偶然在他们家吃饭，结果发现桌上有三样菜，一样是团鱼，一样是苋菜，一样是空心菜。那女人将团鱼和苋菜往她丈夫碗里夹。我们的人知道，这样吃是有毒的，虽然不会立即致命，但是相当于慢性毒药。他以为女人不知道，却看见女人吃了团鱼和苋菜之后立即吃空心菜，最后还喝空心菜的汁儿。空心菜的汁儿刚好是这两样菜配合的解药。因此，她不会中毒。”

马染尘听得毛骨悚然、

“我们的人回来汇报之后，仙爷叫他再去看看。他再次去吃饭，发现鲫鱼汤里放了少量甘草。鲫鱼和甘草会产生另外一种毒性。这种毒性唯有麻油可解。果不其然，这女人吃完饭之后，偷偷喝了一些麻油。”

“她是不是特别恨她丈夫，所以想以这种方式让他在不知不觉中死亡？”马染尘问道。

小梵摇摇头。“除此之外，她还有很多其他手段，利用花生、糖果等食物配置成其他的药，有条不紊地让她丈夫吃下。每一步都是跟暗药师炼药的方法紧密相关的。倘若她只是要毒死她丈夫，我们也就不会插手了。”

“那仙爷说的情药又是怎么回事？”

“为了让丈夫乖乖地按照她做的一切来吃，她当然需要用真情去打动他，让他完全信任自己 。另外，吃过那些食物之后，人的喜怒哀乐对药的疗效也有促进作用。因此，她要掌握她丈夫的情绪。”小梵说道。

“这也太可怕了！那你们是怎么失去线索的呢？”

“说来要怪就怪仙爷。仙爷让那人去了第二次，结果就被那暗药师发觉了。暗药师是何等小心的人？稍有感觉不对就会隐藏起来，躲开药贼和白药师。她很快就跟她丈夫一起消失了。仙爷不知花了多少精力，想了多少办法，都没能再找到她。她就像人间蒸发了，没有留一点痕迹。”

马染尘犯愁了。一个人间蒸发的人，要从何找起？

“她以前住在新开铺那边。”小梵说道。

“新开铺那边？”马染尘那个开药铺的朋友就住在新开铺，药店也在那里。

“怎么了？你熟悉？”

马染尘点头道：“我刚来长沙城，就住在那里的一个朋友家里。”

“哦，是这样啊。那里的每一个人我们都问过，没有人知道那个女人去了哪里。平时她跟街坊邻居不怎么来往。暗药师都这样。”小梵说道。

马染尘叹了一口气。这样的任务要怎样才能完成？

“不过不要灰心丧气。上天会眷顾好人的。”小梵安慰道。

马染尘确实觉得上天已经够眷顾他了。被刀疤脸和断指男抓走的时候，他以为自己要被扔进沸腾的鼎里煮熟了吃掉，结果小飞和小梵半路拦截。小飞要杀人灭口的时候，陌不相识的小梵居然不让。来到仙爷这里之后，他以为自己要被仙爷像家禽一样宰掉，没想到小梵再次出手相救。谁料才离狼窝，又入虎口，假装湘雅医生的他被戴胜识破，又差点没了小命。谁料原本要置他于死地的小飞出现了，把他从戴胜公馆带了出来。

他觉得他把这一生的好运气都用尽了。

更何况他觉得自己不再有资格当好人。吃过人的人能是好人吗？

“我不是好人。”他有些丧气地说道。

小梵眉毛一挑，问道：“怎么这么说呢？我救下你，就是因为觉得你是个好人，敢于担当。要是你一开始就畏畏缩缩，或者说那位姑娘是药引，我就不会救你了。”

“我是吃过人肉的人，怎么能算是好人？”

“听起来好像有些道理。那你觉得我是好人还是坏人？”小梵问道，目光炯炯。

“你当然是好人。”马染尘说道。

“你看，我跟你一样吃过人肉，从某种程度上说……我吃得比你要多。如果你是坏人的话，我岂不是十恶不赦的坏人了？”

“不。你跟他们不一样。坏人里面也有好人。”马染尘说道。

“坏人里面也有好人？坏人里面的好人就是好人吗？”

“这……”马染尘一时语塞。

“世上本没什么好人坏人，所谓的好坏，都是自己臆想出来的。有些好人是为了自私的好，为了自己内心平静，为了获得福报，为了赢得名声等等。表面是为了别人，实际上是为了自己。有些坏人又不认为自己是坏人，比如仙爷他们，他们认为自己是猎食者，其他的人都是可以炼制的药材，就如我们认为我们人类是这个世界的主宰者，猪狗牛羊，树木花草都是为了给我们提供吃的住的看的玩的。所以没有什么好坏，只有不同的角度。你说是吗？”

小梵说这些话的时候脱口而出，不加停顿。马染尘知道，这原本就是她的世界观，不是为了跟他争论而临时想出来的说辞。他也知道，当一个人的世界观本就是这样的时候，再多的争论也是浪费。

但是他没有料到小梵后面还有一番话。

小梵沉默了片刻，继续说道：“何况有的人本来是好人，最后做了坏事，就变成坏人了。有的人以前是坏人，但是做了一件大好事，又成人人赞颂的好人了。好好坏坏，坏坏好好，又岂能定论？”

马染尘不得不点头道：“这倒是。好人一失足成千古恨。坏人一转念，放下屠刀立地成佛。”

小梵又道：“你认为你吃了人肉，所以不是好人了。但当我告诉你，你昨晚吃的不是人肉，就是寻常荤肉，你是不是忽然从坏人变成好人了？”

“啊？”马染尘大吃一惊。

小梵嘴角挂起一丝邪魅的笑，说道：“人肉哪能说吃就吃的？现在资源极其有限，仙爷以其他荤肉充当人肉，大家也心知肚明，就是要考验你而已。”

“考验我？”马染尘目瞪口呆，心中却又欢喜不已。

“对啊。仙爷要看看你是否真心愿意加入我们，如果不是真心，必定不愿吃下假人肉，如果是真心，必定吃下。以前人人要吃，是必不可少的程序，如同结婚要拜堂，结拜要歃血。现在人肉极少，但形式还是要有的。这是我们的传统。”小梵说道。

“原来这样！”马染尘如同劫后重生一般激动。

小梵见他如此欢喜，面露鄙夷道：“你千万不可放松警惕，仍然要装作什么都不知道。要是仙爷或者别人知道你已经知道了这个秘密，那么他们仍然会将你当做外人看待。”

马染尘急忙收起笑脸。

“你既然之前借住在新开铺的朋友家，为何你现在还没有回去，你朋友却不曾大街小巷地寻找你？”小梵问道。

马染尘一愣，说道：“可能他寻找了，只是没找到我。”

小梵道：“那你现在可以去看看他，让他放心了。”

马染尘点头：“是的。我该去看看他了。要是他找了几日不见我踪影，以为我出事了，将消息传到我老父亲那里，我老父亲会着急的。”

“以后在这里，不要随便向人提起自己家里有什么人。”

“这又是为何？”

“以后你就知道了。”小梵苦涩一笑，然后从兜里抽出一个从中折叠的信封，递给马染尘。

“这是什么？”马染尘愣愣地接过来。

“月钱。”

“月钱？”信封没有封口，马染尘打开看了一眼，里面是一小叠纸币。数目不算多，但够他一月的吃用了。

“你既然已经是仙爷的人了，仙爷就要供你吃穿。他说得没错，不是你们在供养他，而是他在供养你们。当将军就要给兵发饷，当佛还要养寺庙里的和尚。”小梵半开玩笑半认真地说道。

马染尘点点头。

小梵说还有其他事情要办，然后离开了。

马染尘回到房间。药引姑娘还在睡觉。她的头枕在手臂上，露出半张脸。一缕秀发搭在鼻子前，随着呼吸一起一伏。马染尘盯着那缕秀发看了好久。那缕秀发仿佛搭在他的心上，挠得他心里痒痒。

他想伸手去将被鼻息吹动的秀发拿开，可是她的那张脸白里泛出红，让人一看就口齿生津，暗咽口水。他怕伸手的时候忍不住要做出其他过分的事来。他甚至怀疑昨晚自己确实吃了真人肉，此时忍不住犯了要吃想肉的瘾，难以自制。

他慌忙从房间退了出来，关上门，害怕再多呆一会儿就会克制不住自己。

在走廊上晃悠了两圈，他决定现在就去一趟新开铺，看看那个开药铺的朋友。刚好小梵给了月钱，可以喊辆黄包车去那里。

走到大门口，他又想起药引姑娘还在发房间里，或许她也想出去看看朋友，也要一些花费。于是，他从信封中抽出几张纸币，然后回到房间，将信封放在药引姑娘手边，再出来喊了一辆黄包车。

“先生，去哪里？”拉车的师傅问道。

“新开铺。”他回答道。

黄包车进入新开铺的街道时，马染尘两眼一热，流出了泪水来。他急忙用袖子擦拭眼睛，担心别人看到他哭哭啼啼的样子。

这些天对他来说，简直是从鬼门关走了一遭。能再回到这里，就如已经躺入棺材的人又爬了出来一般。那天在餐馆第一次见到药引姑娘的一幕还历历在目，转眼他的世界已经天翻地覆，他怎能不热泪盈眶？

当黄包车经过一个“万福药铺”的牌匾时，马染尘急忙叫拉车的师傅停下。刚才他目不暇接地左看右看，忘记提前告诉师傅在哪里停了。

师傅停下。

他下了黄包车，付了钱，然后往药铺里走。

药铺里人比较多。他看到朋友正在柜台那边一手拨弄算盘，一手记账。他走到了朋友对面，朋友都没有抬起头来。

马染尘不禁有些失落。他都好几天没有露面了，他的这位好朋友不但不着急，没有出去寻找他，张贴寻人启事，却心安理得地在药铺里打算盘。

他故意咳了一声。

那朋友依旧一门心思在账本上，不耐烦地说道："买药去那边。"

马染尘站在那里不动。

那朋友觉察出异样，抬起头来，看见了马染尘。

马染尘心想，好几天没见，他应该很惊讶吧？

没想到朋友眉头一皱，问道："我说这几天你到哪里玩去了？都不知道回来了？你看看我这里忙成什么样儿了，你都不帮帮忙！"

马染尘一愣。原来在朋友看来，这根本不算什么。

"还愣着干什么？快去后面吃点东西吧。我看你气色不太好，是不是饿了？"朋友一边说一边打开小隔门，让马染尘进去。

马染尘又有些感动。毕竟朋友不知道他这些天都经历了什么，还以为他是在外面灯红酒绿乐不思蜀。而一见面，朋友还是担心他吃饱了没有。

他确实有些饿了，从仙爷那里出来到这里，他还没有吃过什么东西。昨晚参加仙爷的宴会，他也因为排斥吃想肉而没有像别人那样大快朵颐，只喝了许多酒。

“不饿。”他说道。可是肚子恰好咕噜咕噜地叫了起来。

朋友指着他的肚子笑道：“还是它诚实！”

朋友推着他往药铺后门走，从那个后门可以走到厨房。

马染尘问道：“你以前不是不怎么管账的吗？怎么今天倒噼里啪啦地拨起算盘算起账来了？这可不像你！”

朋友一边走一边说道：“还是你了解我。我是对这些烂账不感兴趣，由着店里的几个帮手来的。可是前几天发生了一件很有意思的事，让我想把以前的账清一遍。”

“有意思的事？什么有意思的事？”马染尘问道。

“你先吃点东西，你一边吃一边听我讲。怎样？”

马染尘点头。

到了厨房，朋友从碗柜里弄了一些现成的凉菜摆在马染尘面前的桌上，又热了几份剩菜端了上来。

马染尘知道这个朋友生性懒惰，从不自己做饭菜的，能给他热几个菜已经是难得可贵了。

马染尘拿起筷子要动手吃。

朋友却“哎”了一声，伸手挡住马染尘的筷子。

马染尘不理解，问道：“你做好了又不让我吃？”

朋友神秘兮兮地说：“你别着急啊，你知道我为什么给你做这几样菜吗？”

马染尘看了看桌上的菜，没看出什么端倪，反问道：“为什么？不是因为我饿了吗？”说完，他伸出筷子又要往碗里夹菜。

朋友再次挡开他的筷子，然后拿出一个大汤碗，将刚刚热的几个菜和碗柜里拿出来的凉菜都倒了进去。

“这是……大杂烩？”马染尘不解地问道。

朋友又用一双筷子将里面的菜搅拌，然后用一个大碟子扣住碗，用力的摇晃。他要使里面的菜尽可能地混杂在一起。然后，朋友放下碗，揭掉大碟子，阴阳怪气地指了指大汤碗里已经说不清是什么菜的东西，说道：“现在你吃吃看。”

马染尘一头雾水，但还是听朋友的，夹了一筷子放进嘴里，咀嚼起来。

朋友充满期待地看着他，看得他都觉得有些怪了。

“你这样看着我干什么？”马染尘觉得口里的菜味也怪怪的，倒是有一种吃肉的味道，但有些酸酸的，涩涩的。

“你不觉得味道有点怪吗？”朋友笑嘻嘻地问道。

“屁话！把这些乱七八糟倒一起，味道能正常吗？”马染尘没好气地说道。要不是确实有些饿了，并且这些菜还不至于难以下咽，他早就要扔筷子了。

“我不是这个意思，我的意思是，你不感觉这种味道很特别吗？有没有那种……”朋友皱起眉头，想找一个合适的词语来形容他做的这道特殊的菜的味道。

马染尘无奈道：“你能不能不要卖关子了？你到底要干什么？”

朋友咂嘴道：“看你说的什么话！那我直说吧，前几天有个人教我一个很有意思的做菜方法，说是炒几样菜，分别是什么什么，然后搅拌到一起，就能吃出人肉的味道。”

马染尘吃了一惊，急忙把嘴里的菜“哇”的一下吐了出来，连呸了好几口。

朋友见他这样，不高兴道：“又不是真的人肉，你干吗这么紧张？我就觉得有趣，让你尝尝看人肉是什么味道。”

马染尘顿时火冒三丈，责骂道：“你把我当神农呢？让我尝百草？”

“哎，我就跟你分享一下，你有必要这样吗？”朋友也不高兴了。

马染尘火气冲冲道：“这是闹着玩儿的吗？啊？”

朋友毫不示弱，声音比他还大，喊道：“这不就是跟你闹着玩一下吗？几天不见，你怎么变了一个人一样，开不起玩笑了？”

马染尘一愣。确实，朋友就是跟他闹着玩而已，又没有真的让自己吃人肉。

但是他知道，自己这几天被仙爷他们弄得神经兮兮了，而朋友开的恰好是吃人肉的玩笑，自己免不了要爆发。

马染尘忽然转念一想，这几种菜配在一起真的能吃出人肉的味道吗？能配出这种菜的人，难道就是因为受不了“想肉”的瘾而自创这种替代方式的？这么说来，配这种菜的人以前就吃过人肉！

“是谁告诉你这么做的？”马染尘抓住朋友的肩膀问道。

朋友耸耸肩，说：“一个在我这里买了药的人。”

“买药的人？是男的还是女的？为什么告诉你这个？”马染尘追问道。

“是男的。因为他在我这里欠了点旧账，又还想买新药，所以告诉我这个古怪的东西，要我免了他的旧账，再给他新药。我看旧账不算多，买的新药也不是多贵重的那种，就答应了。”朋友说道。

“旧账上买的都是什么药？新药又是什么？”马染尘意识到，这个人如果不是暗药师，就是曾经吃过人肉的普通人。因为人肉容易吃上瘾，这种配方肯定是在犯瘾的时候做来吃的。他没想到，原来还有人用这种方法来对付吃人肉的瘾。如果这个人是暗药师，那么他或者她很可能已经改邪归正，不再吃人。不然的话，他或者她不会想出用这种特别的办法来扼制人肉瘾。

“你要看这个干什么？不过就是因为他，我才知道我以前的旧账烂成什么样儿了，所以最近我打算把旧账清理一下。”朋友说道。

“你别管了，你把这个人的旧账新账都拿来给我看看。”马染尘顿时饿意全无。

倘若是在以前，他绝对不会对朋友说起的这件事有多少兴趣，就当做玩笑或者新奇的事情过去了。但是此时的他已经不是几天前的他了。

朋友回到前面的药铺，把账本拿了过来，一边翻一边给他指出哪些是那个人的账，买了什么药，欠了多少钱。

马染尘看那人留的名字是“溥云”。

“这名字写错了吧？哪有姓溥的？应该是姓傅吧？”马染尘指着账本上的名字问道。

朋友拿起账本看了看，说道：“头两次赊账是店里伙计记的账，不过那伙计心细得很，应该不会写错。”

“这些药是干什么用的？”马染尘看了药名，但是不知道那些药有什么用。他没有做过真正的暗药师，不懂哪些药是用来“养人”的。

朋友平淡无奇地说道：“他买的是桂枝，麻黄，青龙，这三种药都是常见的治伤寒的药。看来他身体虚弱，经常伤寒。”

“不应该啊。怎么都是这种药呢？”马染尘迷惑了。

朋友问道：“怎么啦，你没见过那个人，怎么就不应该了？”

马染尘拉住朋友的袖子说道：“不行，你得带我去见见他。我想认识认识这个人。”

“干吗呢？你是不是脑子出问题了？你见这个经常伤寒的人干什么？再说了，我跟他也没有什么交情，这样不好吧？”朋友推脱道。

马染尘拉着朋友往外走，一边走一边说道：“不行。你现在就带我去见他。”

朋友大喊：“等一下，等一下！”

马染尘问：“你还要干什么？”

朋友指了指账本，说：“我又不知道他住哪里，地址在账本上，不看一看我怎么带你去找人家？”

马染尘松手，让他去看账本。

朋友看了账本，又将账本收了起来，然后带着马染尘去找那个名叫“溥云”的人。

大概走了三四里路，他们来到账本上记录的小街上，问了问街边的人，却没有人知道这里有个名叫“溥云”的人。

“不会是他怕你讨账，故意写了个错地址吧？”马染尘问道。

朋友摇摇头，说：“应该不会吧？”

他们继续见人就问，可是谁也没有听说过这个人。

马染尘和朋友只好打道回府。

“这个人肯定有问题。”马染尘说。

“不就一点不值钱的药吗？能有什么问题？”朋友依然为这个不存在的人维护。

“有两个问题，你想想，第一，他为什么在你这里留一个找不到他的地址？第二，他怎么知道那几样东西配在一起能吃出人肉的味道？”马染尘问道。

朋友皱皱眉，不知道该怎么回答。

回到药铺，马染尘将账本要了来，在药铺后面的房间里一边喝茶一边翻看记录了溥云的地方，想找出蛛丝马迹。

朋友则去柜台那边看管生意。

大概过了两个时辰，朋友急急忙忙跑到马染尘这里来，眉飞色舞地说：“来了！来了！”

马染尘早已放弃了账本，脑袋想得昏昏欲睡。见朋友喜滋滋的样子，他迷惑地问：“什么来了？”

朋友咂嘴道：“哎，还能有什么来了？那个溥云来了！真是踏破铁蹄无觅处，得来全不费工夫！”

马染尘顿时精神抖擞，抓住朋友问道：“来了？在哪里呢？”

朋友说：“现在就在药铺。”

马染尘问：“是又来赊药了？”

朋友摇头道：“不知道。我太高兴，没问他就来找你了。”

马染尘点头道：“没问就好。你这兴奋的样子，可别把他吓跑了。”不过马染尘心中疑虑重重。这溥云好找找不到，这会儿怎么自己跳出来了？

他与朋友一起快步穿过后门来到药铺。

朋友指着一位正在跟店里伙计说话的干瘦老头，说：“你看，那位就是溥云。”

马染尘远远一看，即觉得那人气质不凡。虽然他年级很大了，且身体干瘦，脸颊凹陷，须发灰白，衣服破烂，但眼睛炯炯有神，举手投足之间都不同常人。

马染尘悄悄拉了拉朋友的袖子，教他如何如何跟那老人说话。

朋友领会，便走到伙计身边，假装什么都不知道，问伙计：“这位先生想买什么药？”

伙计见店主来了，急忙给老人介绍说：“溥先生，这就是我们的老板。”

朋友摆手道：“不用介绍，我和溥先生认识。”

老人朝朋友拱拱手，说道：“是的，我和你们老板认识。”

朋友问：“您怎么来了？还要买药吗？”

老人捏了捏下巴上的山羊胡子，说：“不，我听说老板亲自去我那里找我，刚好我不在，所以这会儿来问问你找我有什么事。”

朋友抬手指着马染尘说：“溥先生，不是我找你，是我这位朋友对您非常感兴趣，想通过我认识一下您。”

老人有些惊讶，但依旧彬彬有礼地伸出手，说：“老朽一无是处，不知道哪里能让你感兴趣？”

马染尘跟他握握手，笑道：“哪里哪里，溥先生一看就不是池中物，我是刚入门的后学者，得您多多指点呢。”马染尘故意用“刚入门”的说法来试探老人。他已经肯定这位老人来历不浅，极可能以前是暗药师之类的人物。如果老人确实是，那么即使不说破，也会心知肚明。

老人明显怔了一下，然后用笑容掩饰，说道：“长江后浪推前浪啊。我已经退出江湖好多年了。”

朋友惊讶不已，问老人：“您以前混过江湖？”

老人点点头。

朋友又问马染尘：“我看你以前没有混过江湖啊，怎么跟溥先生说起江湖话来了？”

老人的眼睛里闪过一丝惊讶，然后意味深长地看了看马染尘。

马染尘只好笑了笑。

老人拍拍朋友的肩，一语双关地说道：“小兄弟，老话说得好，士别三日，当刮目相看啊！”

马染尘心中感叹，老人真是能洞察人心。看来老人已经知道他是入门不过三四日的新人暗药师了。

朋友不明白老人的另一层意思，附和道：“是啊是啊。”

马染尘见周围有顾客进进出出，便问老人道：“可否借一步说话？”

老人爽快地点头。

马染尘领溥先生到了后面相对安静的房间，给他斟上一杯茶。

朋友跟着进来了。

马染尘对朋友说：“你先去前面看着你的铺子吧。让我们单独说说话。”

朋友不知道马染尘到底要干什么，好奇心使他不愿离开这里。他说：“你们说你们的，我不插嘴就是了。”

见马染尘没有改变意思的样子，朋友急忙说：“那我给你们端茶倒水，你聊你们的，这样总可以了吧？”

马染尘还是摇摇头。

朋友无奈，只好一甩袖子，假装生气道：“那好吧，我不在这里，行了吧？居然把我当外人！”说完，朋友转身离去。

马染尘还是不放心，看着朋友穿过小门确实回到药铺里去了，这才放下心，转身回屋，返身栓了门，回到溥先生桌旁。

他不想让朋友像自己一样不小心陷入进来。毕竟这种事情一旦牵扯进来，就没有办法干净脱身了。

正是因为认为一旦踏入无法脱身，他才对溥先生更感兴趣。溥先生显然知道暗药师的秘密，还曾是道上的人，却为何现在似乎自由自在？若是能从溥先生身上学到一些，那就再好不过了。

溥先生见马染尘回来，立即放下茶杯，离开座位，朝马染尘磕拜。

马染尘慌忙上前扶起他，惊讶地问道：“溥先生这是干吗呢？”

“请兄台高抬贵手，放过我！我已经厌倦了养人为药的生活，从京城躲避到这里来。因为以前游手好闲惯了，手头没有余钱，只好用这配人肉味的菜的方法抵债。请兄台放我一马。”溥先生情真意切地说道。

原来溥先生把他当做找麻烦的同道中人了。

溥先生说：“我知道进入了这一道，就别想出来。为了不让吃人的秘密公布于世，那些逃跑的暗药师白药师都会被自己人追杀，以杜绝消息走漏。可是我从来没有跟人说起过吃人肉的事情，这个药铺老板虽然吃了以我的配方做的菜，但是从未想到过我以前是什么人。”

马染尘坦白地对溥先生说：“我不是来追杀你的。我几天前才误打误撞知道了这种事情，恰巧朋友在我面前展示人肉味的菜，我才想着要找你的。实不相瞒，我也想尽早脱身。”

他们两人越聊越投机。

接着，马染尘将他是如何在饭馆碰到那位姑娘，又如何被带至破庙，又如何一步一步陷入其中的过程说了出来。

他知道自己还不够了解溥先生，但是一个人要有怎样的毅力与坚持，才能默默研制出一道跟人肉味相同的菜来？他相信，溥先生必定是有了决绝的信念才能做到这一点。所以，他才将那些话说给溥先生听。

更何况，他确实需要一个人来倾听这些天来离奇得不可思议的变故。这些话如果一直不说出来，会把他憋病。

溥先生听完，叹息道：“你让我想到我年轻的时候。你既然已经将你的秘密说给我听了，我也就将我的真实身世告诉你吧。我其实是皇家宗亲，在京城人称‘黄带子’。黄带子人人羡慕，人人害怕，但是对于我来说，这个身份是身上的枷锁。”

马染尘恍然大悟，说道：“难怪你自称溥云……前朝皇帝就是……”

溥先生点点头，继续说道：“那时候不愁吃穿，又这也不允许，那也不允许，宗亲中很多人便养鸟儿玩，天天提溜一鸟笼打发时光。我不想这样，越是不让我做的，我越想试试。后来有人问我，你这黄带子吃穿不愁，想吃啥吃啥，可是有一样东西你肯定没有吃过。我不服气，问是啥东西我没有吃过。那人不回答我，却带我进入一家酒馆，说是让我看看从来没有看到过的人，吃从来没有吃过的东西……结果，我就莫名其妙加入了他们。刚开始，我想过摆脱他们，毕竟我出身特殊，有些权势。可是我没有想到，他们的势力远比我想象的要大。后来我犯了想肉的瘾，放弃了挣扎，走上了这条不归路。”

“那您是什么时候想要离开的呢？”马染尘问。

溥先生苦笑道：“从一开始就想离开，可是又没有做任何实质的事情让自己离开。就这么一边想着一边继续着。转眼之间，几十年就这么过去了。很多人的生活都是这样，想着要改变，但是又懒于付出实质行动。日子就这么一天天地过去。想法还在，日子还在过。”

马染尘忍不住点头。就连他这位开药铺的朋友，也常嚷嚷着要放弃掉药铺。朋友总说是药铺害了他，让他像被系在磨上的驴一样，天天绕着磨盘转。他想跟着马染尘去外面看看，可是药铺一天也离不了他。

“大概是五年前，我的师傅告诉我，经过多年的坚持，我即将达到大成的境界。我顿时觉得我这么多年摇摇晃晃拖拖拉拉懒懒散散地过来也不是没有什么意义，只要坚持下来，我终将达到万人瞩目的大成境界。”

马染尘打断他，问道：“什么是大成境界？”他只听说吃人肉上瘾，且大补，能延年益寿，却未曾听说有什么“大成”的境界。

溥先生笑道：“大成境界便是长生。”

“长生？”马染尘问道。

溥先生回答道：“是啊。”

“那你为什么放弃了呢？”马染尘追问道。

“达成大成境界之前的最后一步，便是要吃掉你最爱的人。”溥先生说道。

马染尘脑海里闪现药引姑娘的样子。

即使药引姑娘的模样只是在他的脑海里一闪而过，他依然忍不住口舌生津，在溥先生面前偷咽了一口口水。

溥先生察觉到了马染尘的小动作，眼神里充满了疑问。

“看来你已经有了最爱的人。”溥先生说道。

马染尘不置可否。他也不知道自己为什么没有想到自己的父母或者其他亲人，偏偏首先想到的是那位令人胃口大开的药引姑娘。

溥先生又说：“可是一般人听说要吃掉最爱的人，往往表现出惊恐。而你做了一个吞咽的动作……这让我非常迷惑。一个人是不忍心吃掉最爱的人的，你为什么……”

马染尘笑道：“溥先生果然目光如炬。不过我这情况特殊，暂时不宜告诉你到底是怎么回事。溥先生是因为不忍心吃掉最爱的人，所以舍弃了以前所有的积累吗？”马染尘急忙将话题转移回来。

溥先生无奈地笑了笑，点头说道：“是啊。要是早知道最后必须吃掉最爱的人，我就不入这一道了。所以我逃了出来，四海为家。后来我流落到长沙城，隐姓埋名，苟且偷生。我住的那个街道，除了房东之外几乎没有人认识我。逃走倒是容易的事情，难的是每次想起想肉，我就难受得很。”

“你逃离故乡也是因为怕自己忍不住想肉的瘾，吃掉你最爱的人吧？”马染尘猜测道。

“这瘾让人发狂，何止是最爱的人，连自己都会咬。”溥先生捋起袖子，胳膊上有许多牙齿咬过的痕迹，触目惊心。可见他犯瘾的时候有多么痛苦。

马染尘看了他的胳膊一眼就将头别开了。

溥先生放下袖子，摇着头说：“为了让自己保持理智，我想了很多办法，都没有用。有一次，我听说某个肉铺的肉架子上挂着羊头，但是卖出去的都是狗肉。肉铺的屠夫用羊尿浸泡狗肉，使得狗肉有了羊膻味儿。买肉的人很长一段时间里不知道他们买的并不是羊肉。后来某次屠夫粗心大意，忘记了泡制假羊肉，结果被买肉的人一吃，发现味道不对，这才真相大白。于是，我想到了一个好办法，让别的东西替代想肉，治疗想肉的瘾。我开始学做菜，用各种菜配在一起，再加各种调料，想配成一道与想肉相差不多的菜。”

马染尘问：“你为什么不用其他的肉来配制呢？就像那个屠夫一样。”

溥先生将衣服的兜儿翻了过来，说道：“自离开京城之后，我的兜里就空空荡荡，布磨布。哪里买得起肉？何况调配不是一次两次就能成的，我哪里耗得起？有时候，我只能去捡一些烂菜叶子回来尝试。不过福祸相依，后来我发现配制的材料里必须要一种放久了的菜叶子才能配出更接近想肉的味道。”

马染尘说道："想肉有一种酸味儿，莫非是因为放久了的菜叶子发酸，才接近想肉的味道？"

溥先生点头道："我猜有这个原因。"

马染尘问道："那你吃了这种人肉菜之后，对想肉还有瘾吗？"

溥先生苦涩地笑了笑，说道："虽说味道跟想肉差不多，可是就差那么一点点。因为这一点点，心里还是想着想肉的味道。你见过抽大烟的人没有？"

马染尘点点头。抽大烟的人现在随处可见，尤其的烟馆里，烟雾缭绕之中横着竖着躺着许多人。他在老家的县城里见过，在大城市也常见。人一旦染上烟瘾，就会抽到家产耗尽为止，然后瘦骨嶙峋疾病缠身地死去。

溥先生说："用人肉菜代替想肉，就如用'白面条儿'代替大烟一样。"

"白面条儿"是卷烟，因为外面的卷纸是白色的，被抽烟的人称之为白面条儿。

很显然，抽大烟的人去抽白面条儿是无法满足的。

"那你是怎么熬过来的？"马染尘问道。他心里有些失落，本来他想用这种菜来缓解犯瘾。

溥先生说道："我实在忍受不住了，才弄这样的菜来解解瘾。虽然无法替代，但好歹能自我欺骗。"

马染尘说道："这样的煎熬总好过吃掉最爱的人之后的煎熬吧？你说那些吃掉了最爱的人的暗药师，会不会后悔？会不会觉得当初的选择是个错误？会不会煎熬？"

溥先生低下头，淡淡一笑，说道："六亲不认的人都有，吃掉最爱的人对他们来说算不得什么大事吧？你想想五千年以来，为了名和利，为了权和位，父子反目，手足相残的例子还少吗？"

马染尘听了觉得也不是没有道理。尤其是溥先生出自那样的家族，自然见过的险恶比常人要多，感触也更深。

但是马染尘还是不愿相信有人用吃掉最爱的人来换取自己的私心。

"这样的人……毕竟还是很少见吧……"马染尘说道。

溥先生笑了，又喝了一口茶，然后说道："我也以为这样的人很少见，可是我来长沙后不久就碰到了这样的人。"

"是吗？"

"是啊。我刚到长沙的时候，没有亲朋可以投靠，只能去市场出卖劳力。没几天，就有一个女人来到市场，问了我的价格，就让我去给她搬家。我在别的地方流浪的时候什么体力活儿都做过，泰山上当脚夫，黄河边当纤夫，上海城当车夫。搬家的事情也不是一次两次了。但是这次我一搬就吓了一跳。我在她家里发现了很多药。而这些药恰恰是我熟悉的药。每一样都是用来以人炼药的。她肯定认为卖苦力的人里不会有暗药师，所以没有防备我。敏感的暗药师一眼就能看出别人是不是暗药师，可是我已经脱离多年了，她没有觉得我有什么问题。"

马染尘觉得他分析得有道理。暗药师往往是有些闲钱的人，不然买不起药喂给别人吃。没有钱的暗药师其背后必定有组织，也不至于去市场出卖劳力。

“其实说实话，我发现她是隐藏的暗药师的时候，心里也怕得要命，怕她发现我的身份。”

马染尘说道：“她应该非常警惕吧？”

溥先生摇摇头说：“不，新入行的暗药师才会时时警惕。养人为药久了，再仔细的暗药师都会变得放松警惕。”

“是吗？那岂不是很容易被发现？”马染尘不可置信地说道。

“太警惕的暗药师反而更容易被发现。”

“为什么？”马染尘更不明白了。

溥先生笑了笑，说道：“一个时时刻刻警惕的人，在别人看来就有点神经兮兮。如果是这样的话，这个暗药师反而更容易让人怀疑。反而是大大咧咧的，没有那么警惕的暗药师，别人以为他是正常的，哪怕偶尔露出马脚，别人看到了马脚也不会朝吃想肉那方面想。所以啊，太警惕的暗药师更容易被发现。”

马染尘恍然大悟。确实如此，日常生活中处处警惕的人，反而更容易被别人警惕起来。如果放松一些，别人也会放松提防。

“那她发现你了吗？”马染尘问道。

溥先生笑着说：“如果她发现了我，我就不能在你面前出现了。那时候我假装什么都不知道，老老实实给她干活儿。活儿半天干不完，她就让我在她家里吃午饭。我那时候身无分文啊，见她留我吃饭，我就答应了。我也想了，如果我当时拒绝留在她家里吃饭，她肯定会怀疑我。因为干这种劳力的人巴不得别人留下来吃饭。”

马染尘点点头。

“吃饭的时候，她给她丈夫用另外一只碗盛汤。那碗汤一上桌，我闻到那个气味，就知道那是用来养人为药的。我害怕得很，以为她接下来会要我喝那个汤。我以为她会留我在这里做长工，然后每天给我喝这种汤，把我喂成药。你也许不知道，很多刚入门的暗药师就是用市场上卖劳力的人来练习制药的。”

“为什么用这种人来练习？”马染尘问道。

溥先生仰天大笑，说道：“看来你家里比较富有，不知道下层人的疾苦。来到大城市卖劳力的人，大多是从异乡来的穷苦人，大多无亲无故，没人关心。即使个别这样的人消失了，警察厅和保安团的都不会花大力气去找。何况这些人居无定所，随时可能去了别的城市或者回了乡下。”

“这样啊，所以你害怕她要对你下药？”

“嗯哪。”偶然间，溥先生还是留有一点儿北方口音，“没想到她盛好汤之后放在一边，一看就不是给我喝的。过了一会儿，她扶着她丈夫出来了，她丈夫病怏怏的，有气没力。她把那碗汤端到她丈夫面前，一勺一勺地喂给他喝。喂的时候细心得很，温柔得很，旁人一看，必定认为这个女人特别特别爱她丈夫，特别特别希望他早日康复。要不是能闻出汤的气味，我都要被这个女人照顾她丈夫的情形感动了。”

马染尘听得入神，仿佛他也闻到了一股奇异的药香味儿。

“从那女人的眼神里，我能看出来她是很爱她丈夫的。她丈夫也特别爱她，完全信任她。但事实就是这样令人不可思议，那女人在给她爱的丈夫喂暗药师独有的汤药。”

马染尘忍不住打断溥先生，问道：“怎么可能？如果那个女人很爱她丈夫，怎么可能会给他喂这种汤药，将她丈夫制成药？”

他心想，爱便是爱，恨就是恨。不会有人在特别爱一个人的情况下，却悄悄施以毒手。若是施以毒手，就说明那不是爱。

溥先生说道：“我当时也不明白，后来离开那里，打听那户人家的情况，才知道那女人为什么这么做。”

“那是为什么呢？”马染尘立即问道。

溥先生说道：“经我打听，得知她丈夫原有三房姨太太，她是第三房。这女人原是湘西那边一名门望族的千金小姐，大家闺秀，本来是不愿意做人家偏房的。这男人未生病之前其实是长沙的陈师长的副官，他跟陈师长去湘西收编土匪的时候，遇到了这个女人，从此不断追求。这女人对他动了心，奈何自己出身名门，心高气傲，便对这副官说，嫁给他可以，但是嫁给他之后，他就只能一心对她，不能有其他女人。”

马染尘点点头。这样出身的女人说出这样的话来，情理之中。

“这副官听了这女人的话，先回到长沙，休了大房和二房，然后返回湘西，迎娶这女人。女人见他如此坚决，就跟着他离开了湘西，来到了长沙。谁料不到半年，这副官在外面又有了别的女人。街坊领居都知道了，她不可能不知道。但这女人不气不怒，反而对副官更好了。以前她不洗衣，有下人帮忙洗，她辞掉了下人，亲自给他洗衣。以前她不做饭，有厨子做饭做菜，她亲自下厨，给他做不一样的饭菜。副官以为她逆来顺受，更加放肆。又过了小半年，副官人形消瘦，精神萎靡。人人都说他是在外面伤了身子。后来他没人扶都不能起来，陈师长就换了副官。从此之后，他的生活变得拮据起来。这女人对他不离不弃，辞掉了家里所有的下人，独自一人照顾他。人人称赞她贤良。”

马染尘不禁感觉身上有点冷，忍不住打了一个哆嗦。

溥先生继续说道：“我就知道了，这女人早就开始给她丈夫喂药了。她确实爱她丈夫的，她知道她留不住她丈夫，于是干脆把他养成药吃掉，这样的话，她丈夫就属于她一个人了。”

马染尘说道：“我以前就听说过湘西女人不一般厉害，她们有的会养蛊，其中有一种叫‘情爱蛊’，给男的吃了，男的就会天天想着她。若是男的离开她们超过三公里远，或者对别的女人动了心，就会暴毙而亡。”

溥先生笑道：“我也听过这种说法。不过我看到的这个女人不是蛊女，却是暗药师。”

马染尘疑问道:“暗药师？她若是暗药师，怎么会顺利嫁人呢？”他之所以这么问，是因为看到小梵背后有仙爷，药引姑娘背后有白药师。溥先生看到的女人如果是暗药师，其背后也应该有人控制才是，按道理不会让她从湘西嫁到这么远的长沙来。

溥先生说道：“我猜她早就通晓养人为药的方法，但从未成为一名真正的暗药师。是副官移情别恋之后，她才决定这么做的。”

马染尘问道：“会不会她使用的是蛊术，你错把她当做暗药师了？”

溥先生说道：“我在暗药师一道中混了这么多年，怎么可能弄错？何况她给她丈夫喂汤药的时候，我就在旁边！对了，那时候她就住在新开铺，买药的话，应该也在这药铺里买才是。你们能在旧账本里查到我，也可以查到她才对。”

马染尘大喜，拍着腿说道：“对！你闻过汤药的气味，知道那是什么药材吗？”

溥先生不无得意地说道：“当然知道。那些药我以前常用到。”

说完，他又问马染尘：“不过……你为什么对这个女人这么感兴趣？”

马染尘便将仙爷交代的任务说了出来。

“真是踏破铁蹄无觅处，得来全不费工夫。没想到您居然亲自见过这个消失了的女人。”马染尘欣喜道。

相对马染尘的欣喜，溥先生显得冷静多了，他说道：“可是在那之后不久，她就离开了新开铺，可能后来她发觉了什么吧。我偷偷打听了，街坊邻居都不知道她去了哪里，一夜之间人和家当都不见了。”

“家当？她家里的家当多吗？”马染尘忙问道。

溥先生略做思忖，然后说道：“算不得多，但也不少。毕竟她丈夫给陈师长当副官的时候没少捞油水。我给她搬家的时候，就来来回回挑了十多担。”

马染尘说道：“她刚叫你来搬家，不过多久却又忽然消失，肯定是因为感觉自己暴露了。这原因若不是你，就是别的同行发觉了。”

溥先生点头。

“你确定她一夜之间把家当都带走了？”马染尘谨慎地问道。

溥先生说道：“确定。他们一走，就有小偷入室盗窃，可是发现柜子里抽屉里什么都没有了。”

马染尘露出疑惑的表情。

溥先生解释说："我们卖劳力的人里有很多小偷。白天帮人搬家运货，顺便摸清门路，如果觉得有机会，晚上就会去偷。我都不用打听就知道了。但是外面的人很难知道这个小道消息。外面的人都以为他们家的东西是被偷了。"

"你这个小道消息太重要了！我想仙爷的人没有找到她，就是因为不知道这个小道消息。"马染尘说道。

"有什么用吗？"溥先生问道。

"你给她搬家的时候挑了十多担，活儿半天忙不完，但是她离开新开铺却是一夜之间的事，说明她不是一个人带着她丈夫离开的，必定还有其他人。"马染尘推测道。

"如果她叫了劳力的话，我应该能打听到啊。难道……她转移之后把劳力杀掉了？"溥先生说。

马染尘摇了摇头，说道："不。不是这样的。如果她杀掉劳力，那么说明她害怕暴露，也说明她还在长沙城里。如果她还在长沙城里，仙爷那边那么多能干的人，不可能找不到吧……"

"如果没有暴露，可能难以找到。既然暴露了，以仙爷的势力，肯定是掘地三尺也要找出来的。"溥先生点头说道。他在长沙待了这么久了，又处处防着同道之人，自然不可避免要了解仙爷的势力。

溥先生说着说着，忽然一拍大腿，眼睛冒着光说道："她回湘西了？"

马染尘说道："很有可能。"

"她湘西娘家派了人来，一夜之间带走所有家当。所以在长沙城找她是不可能找到的。”溥先生说道。

“对啊。你不知道仙爷在找她，所以认为她可能还在长沙城里。仙爷的人不知道她一夜之间带走了所有家当，认为她只是转移了地方，但还在长沙城的某个地方。但实际上，她已经离开长沙城了。”马染尘说道，手指忍不住敲了敲桌子。要不是溥先生这一道看似不太重要的消息，他万万想不到这个湘西女一夜之间离开了长沙城。

这就像小孩子玩捉迷藏的游戏，找的人还在费心费力地找，藏的人其实早已离开了玩游戏的地方。但仙爷在喝酒时说的“情药”一事看来是子虚乌有的。

“那你没办法找到她了，她一回湘西，就像鱼回到了水里。”溥先生说道。

马染尘叹气道：“看来我是完不成这个任务了。罢了，罢了，唉，我们不聊这个了。”嘴上这么说，他心里还想着仙爷的话，他若不能完成这个任务，药引姑娘可就保不住了。

想起药引姑娘，马染尘忍不住口舌生津，吞了一口口水。

溥先生见状，有些意外，但没多问。

两人又聊了一会儿，然后散去。

马染尘心里挂着药引姑娘，也不愿在药铺多留，找了个借口，就从朋友那里回到仙爷的地盘。

药引姑娘见马染尘回来，欣喜不已，问他干什么去了。

马染尘想了想，说道：“我去给仙爷找一个失了踪迹的暗药师去了。”

药引姑娘大为意外，不敢置信地问道：“你真的要帮他做事了？

这样的话，你就真的跟他们同流合污了！到时候想走都走不了啦！”

马染尘无奈地说道：“我想现在就把你带走，可是我们走得了吗？”

药引姑娘低头垂眉。

“何况……仙爷说了，若是我不能帮他把那个暗药师找出来，他就会把你赏赐给这里的其他人。”

药引姑娘一惊，两眼惊慌地看着马染尘，似乎要确认他不是在开玩笑。

马染尘认真地看着她，点点头。

“那还不如把我吃了！”药引姑娘顿时眼眶里盈满了泪水，浑身哆嗦。

马染尘急忙上前捂住她的嘴，在她耳边小声地说道：“别这么说，他们还不知道你是药引，要是被他们发觉了，咱们俩都完了。”

捂住她的时候，马染尘闻到了她身上的香气，那不是洋人香水那玩意儿散发出来的，那种香水马染尘见过，这种香气是她自发的肉体的香味儿。洋人的香水勾魂夺魄，让人心生向往，而药引姑娘身上的香味儿勾起了他的食欲，让他忍不住舔了舔舌头。

他急忙松开了手，后退几步，离她远一些。

“对不起，是我连累了你。”她哭泣着说道。

他扶着椅子的扶手坐了下来，轻声说道：“你不但连累了我，你还让我产生从未有过的邪念……”

“要不你就别管我了吧。我当药引的第一天，我父亲就跟我说过，只要入了这一行，就要想到有一天成为别人锅里的肉，碗里的汤，被别人吃掉。”她一边抹眼泪一边说道，令人心生同情，同时想要吃掉她的欲望也愈加强烈。

对马染尘来说，她就像一盘精致得让人不忍心下筷子的菜，可菜做得这么赏心悦目，就是为了讨食客的欢心。

“别哭了，你越哭我的邪念越难抑制。你父亲也是够狠心的，竟然让自己的亲生女儿冒着被人吃掉的风险做药引！你是不是他亲生的啊？”马染尘狠狠地说道。

虎毒不食子。虎更不可能让别人食它的子。这样的父亲居然让女儿冒这样的风险！

药引姑娘强行忍住泪水，怏怏地说：“我是自愿的。”

“你是不是傻啊？哎，你肯定是以为这有多好玩，不知道其中凶险。”马染尘说道。

药引姑娘摇摇头，说：“不，我知道这样非常危险。但是我必须这么做。”

“必须这么做？”马染尘一愣。

“我姐姐就是被暗药师捉走的。暗药师要将我姐姐培养成药，然后吃掉。他们这么做，是因为我父亲是他们的死对头——白药师。我父亲没有很好地隐藏自己的身份，被暗药师找到了家里。”药引姑娘说道。

马染尘问道：“也许不是暗药师捉走的呢？就算是暗药师捉走的，你又怎么知道他们要把你姐姐做成药？”

“姐姐被捉走的时候，我就在旁边。他们没有捉走我，就是为了让我告诉我父亲，他的女儿被他的仇敌捉去做药了。他们就是要让我父亲内疚痛苦。”说着说着，她的泪水又流了出来。

马染尘原以为白药师与暗药师之间就如猫和老鼠，暗药师见了白药师就怕，没想到暗药师也有如此报复白药师的时候，并且报复的手段如此残忍。

“对不起，我不知道是这样的，我不该说你父亲不好。”马染尘充满歉意地说。

“我父亲疯了一样到处寻找我姐姐的下落，可是那些人故意针对他，怎么可能让他找到？并且他泄露了身份的话，暗药师都能认出他，他连暗药师都找不到了，更找不到任何线索。”

“所以你自告奋勇，要找你姐姐？”

药引姑娘的泪水划过脸颊，流到了下巴处，悬而不落。马染尘忍不住盯着那滴泪水，觉得自己的下巴处痒得难受，恨不能上前去帮她抹掉。

药引姑娘点点头，那滴泪水跟着微微颤。她说：“是的。在我姐姐被捉走的时候，我就在心里发了誓，一定要亲自把她找回来。要不是她，被做成药的就是我。所以我即使做药引也不后悔。”

“什么？要不是你姐姐，你就被做成药了？什么意思？”马染尘听不明白。

被他这么一问，药引姑娘顿时泪如泉涌，下巴处的泪水越来越重，终于滴落下去，紧接着又滴滴答答，如同雨后的屋檐。

“那几个暗药师抓住我们的时候，商量说小一些的更好做成药，大一些的懂事些，可以留下来带口信。他们问我们哪个是妹妹。我吓得不敢说话，我姐姐说她是妹妹。我跟姐姐相差只有一岁，那时候身高差不多。他们就信了，把我姐姐捉走了。”

马染尘心头一热，问道：“所以你甘愿冒着危险做药引，是为了寻找你姐姐？”

药引姑娘说道：“嗯。如果姐姐还在世的话，一定还在被人当做药来养。如果我能将那个暗药师引出来，姐姐就能摆脱被人做成药的命运。”

“你姐姐是多久以前被抓走的？”马染尘问。

“十多年了。”药引姑娘说。

马染尘早就猜到这是很久以前发生的事情了。面前的姑娘应该不是一直以来就如此让人产生食欲的，她成为药引之前，必定经过了一系列的训练。打个不恰当的比喻，妓女不会一开始就是妓女，成为一个特别出色的妓女，必定有计划地学习了魅惑人的本领，做到一举手一投足就让人心生向往，魂牵梦萦。

她要让人产生那种欲望，除了有些先天条件之外，应该还有后天养成。

马染尘还有一点不明白。通过仙爷他们，马染尘得知深谙此道的暗药师对药引并不是很敏感。这是因为他们在做药的过程中要长期忍耐，从而形成了感官上的淡漠。那么，白药师里的药引这个职业显得有些多余了。因为在资深的暗药师面前，药引和常人没有什么区别。

不过马染尘很快扭转了自己的想法。像仙爷他们这些等级高的暗药师，不但伪装得好，警惕性还高，绝不会让外人轻易接近。而在外执行任务的等级低的暗药师，大多并没有养人成药的完整经历，比如说他自己就是接受仙爷任务的浅资历暗药师，他一看到这姑娘就忍不住口舌生津。

要想找到她姐姐，只能先从浅资历的暗药师下手，从而顺藤摸瓜，找到更多线索。

“到现在还没有找到吧？”马染尘问道。

药引姑娘摇摇头：“没有。”

人海茫茫，要找到十多年前失踪的姐姐，无异于大海捞针。谈何容易！马染尘心中这般感叹。

“但是有了一点线索。几年前，有个被我们抓住的暗药师说我姐姐在长沙城里。所以我到这里来了。没想到我不但没能找到姐姐，反而落入了这狼窝。”

捉贼的反而被贼捉了，这确实令人沮丧。马染尘很理解她的失落与懊悔，但好在仙爷他们还不知道她的真实身份。这还得感谢小飞和小梵，不然她就不只是被“贼”捉了，而是真被饭馆里遇到的那两个猥琐男放到铜鼎里煮了，那就应了她父亲的话，成了别人锅里的肉，碗里的汤。

因此，药引姑娘懊悔不已的时候，马染尘暗暗庆幸，觉得眼下的情况再好不过了。

“所有的暗药师都该死！都该下地狱！该拔掉舌头，变成饿鬼！”想到姐姐和自己的处境，她忍不住诅咒道。脸上满是愤恨之情。

马染尘一怔。

此时的他已经不再是在饭馆救她的普通人，而是仙爷手下的暗药师了。他不知道她是否意识到了这一点。他不知道该下地狱的名单里是不是包括了他。

刚才还觉得庆幸的他，忽然有些泄气。

“对了，我还不知道你的名字呢。能告诉我你叫什么吗？”马染尘问道。

“我叫王腾玄。”药引姑娘回答说。

“王腾玄？好名字。”马染尘说。

“哪里好？”

“好听。”马染尘发自肺腑地说。

药引姑娘脸红了。

马染尘心想，这姑娘看来是不经夸的。

“其实我不应该告诉你我的名字的。”药引姑娘迟疑了一下，似乎要作一番思想斗争，然后这样说道。

马染尘心想，也是，我已经是暗药师，是抓走她姐姐的人一类的，而她又是与暗药师针锋相对的白药师的成员，确实不应该告诉他名字。

“是我问得太唐突了。”马染尘充满歉意和遗憾地说道。

药引姑娘看着他的眼睛，说道：“作为白药师，尤其是药引，是不能给别人透露自己的身份的。我父亲当年就是因为不小心让人知道了名字，被人找到家里来，抓走了我姐姐。”

马染尘更加觉得自己唐突。

“我本来可以不回答你的，不过我相信你。我是陕北府谷人。你若是到府谷了，问我的名字，那里的人都知道我姐姐被土匪抓走了。他们不知道我爸爸是白药师，不知道我也进了这一行。”药引姑娘一板一眼地说道。

马染尘能看出来，她似乎担心他不相信她的名字叫王腾玄，所以要把出生的地方都说出来。毕竟他们两人素不相识，萍水相逢，确实如果随便编一个子虚乌有的名字，他也无法辨别是真是假。

由于她的这份担心，马染尘又心头一热。

“那我也告诉你我的名字。我叫马染尘，家乡就是紧邻长沙的巴陵。”马染尘一说出口，就觉得自己的名字太难听了。有道是“一尘不染”，自己却偏偏叫了个“染尘”，凡夫俗子一个。而药引姑娘的“腾玄”二字，颇有出世之风，仙气十足。

他已不记得是谁说过，当一个人喜欢上另一个人的时候，那人就会觉得自己卑微。

想到这里，他心中一颤，忍不住瞥了药引姑娘一眼。

没想到药引姑娘急忙说：“你不用告诉我名字啊！你现在身份已经不同以前，千千万万要注意隐藏自己的任何信息。唉，你刚入行，不懂这些也是必然的。从今以后，你可要时时谨慎，别再轻易泄露自己。”说完，她忧愁地看着他，像是看着一个少不更事涉世未深的弟弟。虽然马染尘的年龄要比她大。

“嗯嗯。我记住了。”马染尘点头说道。

马染尘想起药引姑娘刚才说的话，又问道：“你刚才说你姐姐在长沙城里？”

药引姑娘点头说：“是的。不然我也不会到长沙来。可是来了之后，我们却一直没有找到我姐姐的任何踪迹。”

“会不会是消息不准确？”马染尘问道。

药引姑娘摇头说：“不会的。如果消息不可靠，我也不会冒险来到这个不熟悉的地方。之前我一直在西安做药引，收集了方方面面的消息才确定姐姐在长沙的。但是来了之后，姐姐好像突然消失了一样，令人费解。”

“我以后给仙爷执行任务的时候留心一点，只要你姐姐还在长沙城里，我想仙爷的人必定知道一些信息，如果得到任何关于你姐姐的消息，我立即告诉你。”马染尘这时候又觉得做了暗药师这件事也不是一无是处。

“真的吗？你会帮我找姐姐吗？”药引姑娘激动不已。

“当然。”马染尘回答说。

“那……那我该怎么谢谢你？”药引姑娘不假思索地说道。

马染尘忍不住咽了一口口水，心想，如果能让我咬一口就好了。不是轻轻咬一口，而是像吃东西一样咬。他想试试看这个药引到底是什么味道的。

话到了嘴边，他又咽了回去，转而说道：“我还不一定能找到你姐姐呢。等找到了再说吧。”

药引姑娘搓着手说：“姐姐在外面肯定受了不少的苦，那些暗药师肯定不会善待她。”

马染尘点头。作为白药师的女儿，落到了暗药师手里定然是生不如死。不说肉体受什么折磨，仅仅是等待被吃的过程就足够折磨人了。

到了晚饭时间，有人过来请马染尘去仙爷那边一起吃饭。

马染尘大惊，不知道仙爷为什么又请他吃饭。

来者讨好地说："能跟仙爷同桌吃饭的人，整个长沙城不到十个。马爷您可是大红大紫的人了！以后提携提携小弟！"他不叫马染尘做马先生了，叫马爷。

药引姑娘也有些紧张。

马染尘问道："你叫什么名字？"

来者含腰回答说："小弟于老九，九是牌九的九，但兄弟们叫我老鹫，鹰鹫的鹫。"

被他这么一回答，马染尘还真觉得他有几分鹫的样子。身材魁梧，脑袋却偏小，面色潮红，鼻尖带钩，目光仿佛要吃人一样，散发出饥饿的欲望。

"老鹫，你知道仙爷叫我去做什么吗？"马染尘问道。

"吃饭呀。"老鹫回答道。

"只是吃饭吗？"马染尘问道。

"仙爷的心思除了小梵之外，没有人能猜到。马爷你去了就知道了。总之与仙爷同桌吃饭，对兄弟们来说是可望不可即的。只有好事，没有坏事。"老鹫恭恭敬敬地说道。

马染尘见问不出什么来，便跟着老鹫来到了一个大厅前。马染尘看到大厅门口挂了一个牌子，上面有浮雕的字，字有四个，写的是"十字坡厅"。

马染尘一惊。他看过《水浒传》，知道做人肉包子的孙二娘的客栈就开在十字坡。由此看来，这个厅就是个吃人肉的地方。

仙爷该不会又要我吃想肉吧？上次是假想肉，这次莫非要吃真想肉不成？

马染尘不由自主地停住了脚步，想往后退却。

既然入了这个吃人的地方，那迟早是要被逼着吃人的。上次逃过了初一，这次逃不过十五了。

马染尘不知这样是鼓励自己还是安慰自己，只能跟着老鹫迈入大厅。

大厅里有个大圆桌，圆桌四周摆放着红木椅子。

“仙爷还没有来吗？”马染尘看着空空荡荡的椅子，问老鹫道。

老鹫刚要回答，仙爷的声音就在后面响起。

“哈哈哈哈……好饭不怕晚，你急什么？”一身笔挺军装的仙爷端着一个盘子走了进来，身后跟着霞姑，小飞和小梵。

霞姑似乎有意打扮得身姿妖娆，旗袍紧绷，将她的傲人身材展露无遗。

马染尘看出霞姑是在强颜欢笑，有些不自在，应该是刚刚被仙爷训了一顿或者刮了耳光，但她不得不依旧逢迎谀媚。

老鹫马上走到仙爷近前，伸出双手想要接盘子，说道：“这怎么能让仙爷您拿呢。”

盘子四四方方，中间有个金属罩子盖着，显然金属罩子里面还有东西。

霞姑拦住老鹫，眼珠子一斜，示意老鹫不要多事，然后亲切地说道：“仙爷不但自己要端着，这里面的菜都是仙爷亲自下厨做的。”

老鹫马上领会到了霞姑的意思，往后退了几步，奉承道：“哎呀，马爷真是有福气了，仙爷难得下厨一次，别说我了，就是霞姑都难得吃到一次仙爷做的菜。”

霞姑见老鹫转得挺快，满意地笑了笑，说道：“就是呢。我十七岁就跟了仙爷，也就头两年能吃到仙爷亲手做的菜。”霞姑的话里充满了醋意，暗暗叹息自己是明日黄花，责怪仙爷对她淡漠，也是传递信息给马染尘——他可是现在仙爷面前的大红人。

马染尘连忙双手抱拳，含腰说道：“仙爷辛苦了。”任凭霞姑和老鹫如何吹捧，马染尘是一点儿也高兴不起来。首先，仙爷将他邀请到“十字坡厅”来，吃的必定是想肉宴。其次，仙爷亲自下厨，必定是有非常重要的事情派他去做。

仙爷是何等精明的人，绝对不会无缘无故给手下人做吃的。

上来的菜都是常人吃的菜。

马染尘这才暗地里松了一口气。

仙爷拿起筷子的时候，假装漫不经心地问道：“染尘啊，我交给你的任务，你做得怎样了？”

马染尘立即说道：“我猜您要找的人已经离开了长沙城。”

仙爷的脸一垮，夹了一颗花生米丢进嘴里，含糊说道：“找了这么久都没找到，肯定是离开长沙城了。这还用说？”

马染尘连忙说道：“她很可能去了湘西。”

仙爷停止了咀嚼花生米，放下了筷子，问道：“湘西？你怎么知道她去了湘西？”

马染尘说道：“我恰巧问到了一个曾经给她搬过家的劳工，从他那里得知一个别人都不知道的细节。”然后，他将从溥先生那里得来的信息说给仙爷听了。为了避免泄露溥先生的秘密，马染尘只说他是一个普通劳工，没有提及他的名字。

仙爷听完没有立即回话，而是拿起筷子，捻了一粒花生米丢进嘴里，嚼了几下，侧头对霞姑说道：“这花生真是聪明的食物，别的果实大多结在树上，它偏偏长在地面下。不仅这样，它还有两层皮，一层是壳，一层是红衣，然后才是花生米。”

霞姑不明白仙爷为什么突然说这些话，愣了一下，随即挤出笑来，奉承道：“是呢，可还不是进了人嘴里？”

仙爷没搭理她，转回头来，对马染尘说道：“你说她去了湘西，你怎么知道这不是她故意留给你的假象？身为吃人的暗药师，不仅要隐藏自己，也得有两层皮。剥开一层，你以为见到真相了，却不知道里面还有一层。”

小飞听出了仙爷的意思，在旁说道：“仙爷的意思是，这女人故意让你以为她去了湘西，实际上她还在长沙城里。”

仙爷拿筷子在桌子上敲了敲，说道：“好歹我身边还有个明白人。”

霞姑立即附和道：“我们再明白，哪有仙爷明白？要不是仙爷点醒，小飞也想不到这一层。”

马染尘从未想过这一层。且不说这一层是不是真相，但能想到这一层，马染尘就认为仙爷比他棋高一着。在仙爷面前，自己不过是初出茅庐的黄毛小子。

仙爷说道：“据可靠消息，有几位手段高明的白药师从西安来到了长沙城。能有什么人吸引他们不远千里来到长沙城呢？”他将身边的人看了一遍，继续说道：“我想，他们也是为这个女人而来。这个女人不仅在暗药师中暴露了自己，也让白药师的人听到了风声。所谓螳螂捕蝉黄雀在后，我们要捉到这个蝉，不用我们去猜测蝉在哪里，看看捕蝉的螳螂在哪里就足够了！”

“西安的白药师来长沙城？”马染尘惊讶问道。药引姑娘自称是从西安过来找姐姐的，莫非仙爷说的就是她？仙爷说“有几位”，便说明来的不止药引姑娘一人。这也不难理解，药引姑娘是负责引出暗药师的，自然还有其他白药师配合。要不是小飞小梵半路杀出，想吃药引姑娘的人应该栽在白药师手里了。

仙爷点点头，说道：“这几位西安那边来的白药师潜伏在长沙城不是一天两天了，行踪非常隐秘。最近不知道为什么，他们几个频繁行动，我才发觉他们的存在。”

马染尘顿时明白了。那几位白药师肯定是因为药引姑娘不见了而心急，这才暴露了行踪。

“染尘，你的寻找能力很强，我很欣赏你这一点。但是很多事情不是推理就能找到真相的。”仙爷笑道。

“仙爷说得极是！”马染尘立即回应道。

第四章
藏 药

马染尘佩服仙爷的心思是真真切切的。

但是与此同时，仙爷的提醒让马染尘心里多了一个疑问——这个女人离开长沙城是故意布置给追踪者的假象，那么药引姑娘会不会也是一种假象？

会不会这位药引姑娘并不是被抓来的，而是她有意让小飞小梵抓住的？之所以这样冒险，是因为她和其他几位白药师在长沙城找不到她姐姐，于是想打入暗药师内部，借助本地暗药师的消息来寻找她姐姐的线索？毕竟本地的暗药师对长沙城的情况更为熟悉。

更有甚者，药引姑娘要找的人会不会就是仙爷要找的那个女人？暗药师之前盯上了这个女人，然后这个女人突然消失了。药引姑娘他们是听到了相关消息才来长沙城的，此后消息断掉了。这其中有太多巧合的地方。

其实仙爷已经将从西安来的白药师跟失踪的女人联系起来了，只是仙爷不知道他的府里就有一个药引姑娘，并且这个药引姑娘就是从西安那边来的。

这样一联想，马染尘心里不免一阵慌乱。如果那个失踪的女人真是药引姑娘的姐姐，万一找到了那个女人，是交给仙爷呢，还是交给药引姑娘？

若是交给仙爷，那就必定得罪药引姑娘，这是他不愿意的。

若是交给药引姑娘，那他不会得到仙爷的青睐，将来不可能逃离暗药师的掌控了，甚至会被仙爷发现，丧生于此。

可是偏偏他既答应了仙爷，又许诺了药引姑娘。

以前马染尘觉得这任务难办，毫无头绪。现在他觉得这任务更加难办，找到或者找不到，都没有好果子吃。

仙爷见马染尘心思重重的样子，问道："染尘，你想什么呢？"

马染尘立即收起心思，说道："哦，我在想，如果我们找不到这个女人，那能不能借助这几位远道而来的白药师找到她呢？"

仙爷摇头道："不可能。我们跟他们黑白两道，泾渭分明，不被他们发现就实属难得了，哪里还敢从他们那里打听消息？更重要的是他们来了之后一直没走，肯定也是断了线索，找不到目标了。"

马染尘对仙爷佩服得五体投地。他能想到的，仙爷早已想过了。

"那怎么办？"马染尘问道。既然仙爷的心思比自己缜密太多，那自己就不要想来想去了，不如先听听仙爷的想法。知道了仙爷的想法，自己就有预备，不至于一直跟在仙爷屁股后面，变被动为主动。

此时小飞插嘴道："办法只有一个。"

"什么办法？"马染尘问道。

小飞道："在白药师找到之前找到她。"

仙爷听了，哈哈大笑，说道："小飞说得不错！染尘啊，你若是能在白药师之前找到她，你上次说的那位姑娘便是你的人了！”

霞姑附和道：“别说一个姑娘了，就是十个八个的，仙爷也会给你！仙爷说话从不食言！”

马染尘心里一阵灰暗。到那时，药引姑娘肯定原谅不了他。

霞姑提起酒壶，倒了两杯酒，一杯给了马染尘，一杯捏在手里，然后说道：“预祝你取得胜利！待你成功归来，仙爷赏你姑娘，霞姑我也赏你一件人皮做的皮衣！”

马染尘头皮发麻，嘴上却告谢道：“多谢霞姑！我这身上一层皮就够了，那皮衣您就自己留着吧！”

仙爷也举起酒杯。霞姑急忙给他倒上酒。

“哈哈哈，这酒我得陪呀。霞姑就是听我说过暗药师要有两层皮，误解了我的意思，竟然弄来一件完整的人皮，做了一件人皮衣，以为这样就是两层皮了！我知道后取笑她。看来她今天是想把这第二层皮给你，让我以后好笑话你呀！”仙爷大笑道。

马染尘并不觉得好笑，但也只能陪笑，与仙爷和霞姑碰杯之后将杯中酒喝掉。

一番推杯换盏之后，马染尘在老鹫的搀扶下回到了药引姑娘的房间。

药引姑娘见他满身酒气，急忙倒了茶水给他喝。

马染尘将茶水一口喝尽，然后往床上一躺。若在平时，他是不会随随便便往床上躺的。这是给药引姑娘睡的床。他要与她保持一定的距离，免得她认为他有所企图。

这种距离他们两人已经达成了一种默契。

马染尘此时往床上躺，并不是真的有了醉意。他意识清醒得很。这么做，是为了假装喝醉了。

他想借着醉意试探一下药引姑娘，看看她是不是像他猜想的那样故意潜入暗药师阵营的。

见老鸷已经离去，药引姑娘反锁了门，他故意口舌不清地喊道：“我还没喝多呢，怎么就不喝了？仙爷，来来来，我再敬您一杯！那个消失的女人，我一定帮您找出来！”

药引姑娘道：“你喝多啦！”

“没有！”马染尘将手一甩。

“喝多了的人都说自己没有喝多。”药引姑娘嘟囔了一句，返身去脸盆架那边，在脸盆里倒了一些水，然后将毛巾丢在水里。

她用手试了试水温，觉得烫，端着脸盆出去了，一会儿就回来了。

她将脸盆放在床边，挽起袖子，将手在脸盆里打湿，然后给马染尘擦脸。

她的手碰触到马染尘的脸时，马染尘觉得自己浑身僵硬了，一动不敢动。

除了母亲之外，这是第一次一个女人给他擦脸，还是直接肌肤接触！

因为沾了水，那只手有些烫，有些软。摸在脸上的时候，那种惬意简直无法形容。

接着，药引姑娘从脸盆里拧出手巾，将马染尘脸上的水擦干。动作温柔而利索。

“好些吗？”她轻声问道。

马染尘不敢回答，怕一说话就暴露了内心的激动。

她蹲下来，用同样的方式将他的手掌手背打湿，然后给他擦手。温热的毛巾将他的手指一个一个地擦拭。那温暖顺着手指直达他的心底。

“你真是的，不能喝就少喝点。喝多了自己难受。”药引姑娘一边给他擦手一边说道，带着一点点抱怨。

正是这一点点的抱怨口气，让马染尘更加感动。她是在关照他，为他难受，把他当做了亲近的人，重要的人。

马染尘不想试探了。他顺势抓住药引姑娘的手，将她往自己这边一拉。

药引姑娘毫无防备，惊叫一声，扑在了他身上。

他一个翻身，将她压在身下。

“你醉了……”她惊慌失措，却没有挣扎，仿佛被枪声吓得忘记了逃跑的兔子，在原地哆嗦。

“不。我是饿了。”他忽然口舌生津。

药引姑娘笑了，说道：“你真幼稚”

听药引姑娘说出“幼稚”二字，马染尘非但没有觉得尴尬，反而觉得亲切。他心想，只有熟悉到一定程度的人才会对另一个人说出这两个字吧？

马染尘想了想，问道：“你说……你姐姐会不会就在长沙城里？”

药引姑娘没想到他突然转移到这个话题上，不由得一怔，然后问道：“怎么会？如果她在，我们怎么找不到她？”

“也许她躲着你们呢？”马染尘说道。他从药引姑娘身上爬了起来。

“躲着我们？她怎么会躲着我们呢？只要看到我们，她肯定会主动来找我们的！我可是她妹妹啊！”

“也许……她有什么迫不得已的原因？”

“怎么会？她被暗药师抓走之后，肯定受到非人的对待。她肯定盼星星盼月亮盼着有人救她出来。”

马染尘摆手道：“好好好。她刚被抓走的时候肯定是盼着有人救她出来的。”

“什么意思？”药引姑娘问道。

“你想想，现在离你姐姐被抓走已经有多少年了？”

“十多年了。”

“十多年，很多事情都改变了，对有的人来说，可以说是沧海桑田都不为过。这十多年里，你不知道在她身上发生了什么事情。”

“能发生什么事情，让她连我都躲着？”药引姑娘不高兴了。

马染尘将心一横，说道：“如果……她也成了暗药师……”

“不可能！”不等马染尘说完，药引姑娘就立即站了起来，大声道。

“我说的是万一……”

“万一也不可能！”

“我是假设……”

“不可能的！当初就是暗药师把她抓走的，她怎么可能会成为抓她走的那样的人？不可能不可能！她肯定是被当年抓她的暗药师带到别的地方去了。”

“好吧好吧。”马染尘自知无法让她认同这个假设了，只好放弃。但他心想，万一那个女人就是她姐姐，那么她姐姐目前的处境特别为难——既要躲避仙爷的追查，又要躲避亲人的寻找。毕竟亲人是白药师，而她不知经历了什么变故之后竟然成了与亲人为敌的暗药师。

甚至，他从心里觉得那个女人是药引姑娘的姐姐的可能性越来越大。

药引姑娘见马染尘不再坚持她姐姐变成暗药师的假设，不自觉地吁了一口气。仿佛马染尘说她姐姐是暗药师，她姐姐就会真的变成暗药师。

“下次你出去可不可以带上我。我天天闷在这里，无聊死了。”药引姑娘说道。

马染尘有些意外。她应该知道仙爷是不会让她轻易出去的。

“你可以跟仙爷说，要是担心我跑掉的话，多派几个人跟着我。”药引姑娘深吸了一口气。

马染尘耸耸肩：“我跟仙爷说一下。如果仙爷同意，我当然没问题。”

第二天，马染尘找到仙爷，说想带着分给他的姑娘一起出去逛逛。

仙爷正提了一个浇水壶在窗台边上浇盆景。

他以为仙爷会坚定地说不。

出乎意料的是，仙爷想都没想就点头道：“可以。”手里的浇水壶都没有停顿一下。

“您答应了？”马染尘不敢相信。

仙爷这才放下浇水壶。

一个下人赶紧托着放了干净毛巾的盘子递了过去。

仙爷拿起毛巾，擦了擦手，“嗯”了一声。

“您就不怕……”

“她不会跑的。”仙爷将擦过手的毛巾扔进盘子里。

马染尘不知道仙爷为什么这么自信，但仙爷都这么说了，他就不好再问什么。他也希望药引姑娘可以去外面走走，不要做一只关在笼中的鸟。

这时，霞姑刚刚撞了进来。

“哎哟，我说染尘哪，仙爷不是相信那姑娘，而是相信你呐！”霞姑笑着说道。

马染尘知道，仙爷不是因为相信他才答应的。他知道，霞姑嘴上这么说，但心里不是这样想的。

仙爷嫌弃地瞥了霞姑一眼，不耐烦问道：“你来做什么？”

霞姑尴尬地笑了笑，说道：“仙爷，我给您报喜来了。”

仙爷淡淡问道：“报喜？不报忧就不错了。”

霞姑凑上前，强行挽起仙爷的手，用身体轻轻碰了碰仙爷，娇声道：“看仙爷说的！我这次真是报喜来了。”

“说。”仙爷道。

“汉口那边送了三十多个药来了。”霞姑说道。

马染尘知道，霞姑口中的“药”指的是被暗药师养做药的人。

仙爷眼睛一亮，问道：“三十几个？”

霞姑道："本来是三十六个的……"

仙爷甩开她的手，愤愤道："我看你就是给我报忧来了！什么叫做本来是三十六个？路上出了什么岔子？"

马染尘听不懂"汉口那边"指的是什么人或者东西。他不知道该站在这里还是溜开。或许仙爷真的把他当做自己人了，并没有要他先离开的意思。在往常，若是说到一些与"药"有关的事情，仙爷都会让他先离开。

"仙爷不要急。听霞姑说完嘛。"马染尘插话道。他出声并不是真的想帮霞姑说话，而是为了提醒仙爷和霞姑——他还在这里，要不要他出去。

"好吧。你说说看，到底是怎么回事？"仙爷斜了马染尘一眼，并没有要他避讳的意思。

霞姑低下头，一副认错的样子，回答道："为了避免从汉口来长沙的路上出现意外，我特意交代他们走水路，在湘江边上下来的。可是没想到千防万防，一下船就被白药师伏击了。好在白药师人数很少，听口音不是长沙本地的，也不是湖南的。应该是北方人。脱险之后清点人数，少了一个。"

"少了一个？是跑了，是死了，还是被抢走了？弄清楚了吗？"仙爷对霞姑含糊的说法很不满意。

"不……不知道……"霞姑恐惧不已。

马染尘看到霞姑的袖子仿佛被风吹得抖动，而房间紧闭，四面无风。可见她的双手哆嗦到了什么程度。

霞姑十分熟悉仙爷的脾气，她吓成这样是因为知道仙爷要大发雷霆了。

果不其然，仙爷一把抓起刚才浇过盆景的浇水壶，狠狠地朝霞姑扔过去。

浇水壶砸在霞姑的脑袋上，水洒了出来，将霞姑的头发淋湿，身上也湿了许多地方，狼狈不堪。可她仍然站在原地，一动不敢动。

马染尘没见过仙爷发这么大脾气，这样有失斯文。

仙爷歇斯底里呵斥道："蠢驴！这是报喜吗？要是暴露了，还不如不要这三十多个药！你知道吗，这些药是要送给伊藤大佐的！"

仙爷说完，自知失口，难得一见地露出了一丝慌乱，迅速瞥了马染尘一眼。那是心虚的一眼。

马染尘的心本来静止如水，但仙爷那一眼如过水的蜻蜓，虽然是轻轻一点，但已经在马染尘的心里留下了波纹。

伊藤大佐？这不是近日频频见诸报端的日本侵华军官吗？《湘报》《长沙日报》上登过伊藤大佐的照片。照片几乎占据半个版面。马染尘没有买过报纸，但从报摊旁边经过，瞥一眼就能记住。在马染尘看到的报纸上，那个伊藤大佐有一副穷凶极恶的嘴脸，言论之中早已对长沙城蠢蠢欲动，垂涎欲滴。

仙爷怎么跟伊藤大佐有联系？马染尘大为意外。

伊藤大佐也是暗药师吗？还是也有吃想肉的瘾？马染尘疑虑重重。

但他不敢问仙爷。

被淋得落汤鸡一般的霞姑哆哆嗦嗦地说："仙爷，是我办事不力。都是我的错，我愿一人承担。"

仙爷大跨步走上去，抡了她一个大耳光。那一耳光打得响亮。

马染尘听了都忍不住脸上又热又痒。仿佛他帮霞姑承受了部分力量。

霞姑被这一耳光打得站立不住，跌倒在地。

仙爷指着倒在地上的霞姑骂道：“你一条贱命，能承担什么？最后还不是害了我？”

马染尘虽然讨厌霞姑，但看到霞姑被如此虐待，终于忍不住了，发声道：“仙爷……何必动这么大的火？少了的话，我们去找回来就是了。万一找不到，再找一个顶替就是了。总之会有办法的。”

看不下去是一方面，另一方面，马染尘插言是想了解这背后到底有什么秘密。

送三十多个养成了药的人给一位日本高级军官，这事情绝对不简单。

仙爷听了马染尘的话，沉静了下来，略作思忖，转头对马染尘道：“你说得对！我气得都失了主意了！不该，不该！丢了的话，先去找。找不到，就偷梁换柱，换一个替上！”

倒在地上的霞姑没有因为仙爷打她而置身事外，她赶紧说道：“仙爷，找肯定是找不到了！也不能找啊！”

仙爷眯起眼睛，沉吟片刻，又摇头说道：“对，不能找。这一找，我们就暴露了。那些白药师就是希望我们去找他们。这样的话，暴露的就不止一个了。剩下三十五个都难办。那就……换一个替上。”

“仙爷，我早想过了找人顶替。可是伊藤大佐肯定能看出真假，没那么容易糊弄过去的。”霞姑喉咙里咕嘟了一下，继续说道，“要是能顶替的话，我就直接找人顶替了，就不会来告诉仙爷，让仙爷您生气了。”

仙爷冷冷地看着她，嘴角扯出一丝笑，说道：“你真是为我着想！这么说来，我还要感谢你对我不隐瞒？”

霞姑低了头，不说话。

忽然，仙爷走到马染尘跟前，盯着马染尘的脸看。

马染尘心中一凉。莫非仙爷要把我算到那三十六个“药”里，送到日本人手里去？

仙爷将鼻子凑近他，嗅了嗅，像是一只好奇的猫嗅着它感兴趣的食物。

在那一瞬间，马染尘有一种前所未有的感觉。他感觉自己在仙爷面前就是一道食物，只要仙爷愿意，他马染尘便会沦为嘴下美食。强食弱肉，他第一回真真切切在自己身上感受到了这个词语的残忍。

仙爷不过是嗅了嗅他而已，他就感受如此深刻。他想不到那些沦为暗药师的药的人，在被吃的那一刻有多么惶恐，有多么绝望。

“伊藤大佐能看出真假吗？”仙爷眼睛仍然看着马染尘，问道，“他怎么能辨别我送去的药里有没有马染尘这样的人？”

马染尘汗毛倒立！仙爷果然有送他去顶替的心思！

霞姑爬了起来，整理了一下粘在脸上的湿头发，姿态不失优雅，仿佛刚从沐浴间出来。刚才发生的一切仿佛没有发生过。她走到仙爷身边，贴近仙爷，说道：“仙爷呀，伊藤大佐是什么人？那眼睛跟鹰的一样！鼻子跟狗的一样！耳朵跟蝙蝠的一样！尤其那嘴巴，什么东西没有吃过？天上飞的，地上走的，水里游的，见什么吃什么！沦陷区有他吃人的传言，吃男人吃女人吃老人吃孩子，这都不算什么……”

马染尘心想，这都还不算什么？

“他还没有入伍之前，就吃掉了他心爱的妻子。因为这个，他被抓了起来，本来是要关终生监禁的。恰逢日本战线拉长，需要大量青壮男子，他就被安排到部队了。没想到几年间居然从一个杀人犯转身变成了大佐。有人问他，你当初那么爱你的妻子，为什么要吃掉她。他说，他曾经看到了中国古典中有一句话——鲜肤一何润，秀色若可餐。简约地说就是‘秀色可餐’。他是很爱他妻子，可是那天与妻子温存的时候，想起了这句话，忽然没了肉欲，却起了食欲，越看他妻子越觉得可口，口水都流了出来。”霞姑干咽了一口，继续说道，“所以……他把他妻子吃掉了。”

马染尘目瞪口呆。

他自然认为这个伊藤大佐不正常，可是他自己现在面对药引姑娘的时候，也常常忍耐不住食欲。他想起药引姑娘说的关于食指的话，心想，若是切掉伊藤大佐的食指，是不是就可以让他断了这种念想呢？

仙爷是暗药师的头领，吃人就是他的本行，听这种吃人的话自然无动于衷。他干巴巴地说：“哦。看来他对想肉比我们还熟悉。我们蒙骗不了他。”说完，他将目光从马染尘身上收回。

马染尘暗松一口气。

“仙爷，冒昧问一句，我们为什么要送药给……侵略我们的人？”马染尘问道。他实在忍不住了。

仙爷斜睨了他一眼，冷冷道：“不能问的别乱问。”

“仙爷这是为你好。”霞姑顺便又拍一下仙爷的马屁。

“不能顶替的话，那你说怎么办？”仙爷的目光落在了霞姑身上。

霞姑一愣。她没想到这么快问题又回到了她身上。

“假的不能顶替，真的可以顶替啊。我们找一个真药来，凑到三十五个人里面送过去。伊藤大佐就算能分辨真假，但从没见过这三十六个人，只要这三十六个是真药就行。”霞姑说道。

仙爷笑了，责备道：“你怎么不早说？”

霞姑咬了咬嘴唇，说道：“我没说……是因为我们一时之间拿不出真药……”

“去年不是还有些结余吗？怎么会拿不出？”仙爷惊慌地问道。

霞姑道：“仙爷您真是贵人多忘事。今年开春就送了一批给伊藤大佐。之前留着的都用完了。”

仙爷这才想起来，不禁仰天长叹。

“又不是只有我们给他送药，他怎么用得这么快？”仙爷抱怨道。

马染尘心里又咯噔了一下。原来这送药不是第一次，看来以前已经成惯例了。伊藤大佐就算能吃，也不能吃这么多药吧？就算是吃补药，可是这样大补特补，身体恐怕承受不住。伊藤大佐既然熟悉中国的文化，应该知道这些常识才是。

霞姑接下来的话勉强解答了马染尘的疑惑。

霞姑说道：“仙爷，我们只送了药，却不知道他是如何用药的，是一个人用，还是好些人用，是真的当做药用了，还是当做别的东西用了。”

在他们的语气里，那些被当成药的人仿佛真的只是从药铺抓来的一味药而已。

仙爷点点头，沉思了一会儿，然后朝马染尘招招手。

马染尘赶紧走上前。

“染尘，你也都听到了。仙爷我是没有办法了。你得帮我这个忙。”仙爷语重心长地说道。

马染尘心中忐忑，心想，莫非仙爷还是要我顶替？

仙爷说道：“我不是让你去找那个消失的女人吗？”

马染尘点头。

“其实我知道她在哪里。”

马染尘一惊。

“我没有告诉你，是想锻炼你们的能力，以及试试你们的忠心。现在情况紧急，我就不跟你绕圈圈了。那个女人在梅溪湖一带出现过。我想她就住在梅溪湖附近。具体住在哪里，我还不知道。你想办法，去梅溪湖那一带，尽快把她和她的药找出来！”仙爷神色凝重。

马染尘知道仙爷的意思了。仙爷是要用那个女人的药来补眼前这个缺。

可是他不明白仙爷为什么叫他去找，而不叫能力在他之上的小飞去找。

“仙爷吩咐我办的事，我自当尽心尽力去办。可是我的能力远不及小飞。现在情况这么紧急，仙爷为何不叫小飞去办呢？”马染尘问道。

仙爷摇头摆手，说道：“这事情不能跟他说。他要是知道我找药是为了送给伊藤大佐，必定会反对。小梵也不能说，她要是知道了，就不会认我这个爹了。你一定要给我保密！”

马染尘只好应诺。

仙爷又说道：“她的行踪是在梅溪湖放烟花的时候被发现的。这几天据说那边又要放烟花了。你可以去打听一下到底是哪天。放烟花的那天，是你下手的最佳时机！”

马染尘来长沙城的时间不长，但是他知道放烟花是最近才开始的。以前并没有。放烟花的目的并不是为了庆祝，而是为了制造天下太平的假象，安抚长沙城里百姓的心。去看烟花的绝大多数是女人。她也是女人，竟然也忍不住要去看烟花，从而暴露了自己的行踪。

“可是……放烟花的时候，观看的人难以数计，我又不知道她长什么模样，怎么抓得到她？”马染尘犯难道。

仙爷道：“你不是找过给她搬家的劳工吗？你让他们画一幅像给你不就可以了？”

仙爷说得风轻云淡，仿佛随口一提，漫不经心。

但马染尘听得鸡皮疙瘩都起来了，这句看似随意的话，在他听来，无异于一个人悄悄躲在门后，半天默不作声，趁他不注意时突然跳出来大喝一声，吓他一跳。

原来找搬家劳工了解情况的事情，仙爷一清二楚！

马染尘一直以为自己行事缜密，没想到仙爷就如同随行的影子……不，应该说是如同附身的鬼，一双冷冷的眼睛无时无刻不跟在他身后。影子虽然随行，却不能看着他。

他不知道仙爷除此之外还知道什么，是否知道他与溥先生在朋友的药铺说的那些话，是否知道溥先生的真实身份。他有太多的事情不知道。

仙爷就如一潭浑水。让马染尘不知深浅。

“仙爷说得是。我找劳工了解情况之后，认为她已经离开了长沙城，所以觉得画像也没有什么意义。根据了解的情况，我原来推测她是去了湘西，原本想等合适的时机请仙爷派我去湘西寻找她的。现在仙爷既然肯定她就在梅溪湖一带，那我自当按照仙爷的想法去寻她出来。”马染尘一边脑子里想着那些事情，一边赶紧回答仙爷。他不敢隐瞒，因为有些事情显然仙爷已经知道，隐瞒的话只会引起他的猜忌。他也不敢完全透露，因为有些事情他不确定仙爷是否掌握，说得过多只会暴露自己。

仙爷满意地点点头。

马染尘放下心来。看来仙爷并不了解全部事实。不然仙爷不会有这个态度。再想想，仙爷虽有能力得知失踪的她在梅溪湖，却不能得知她具体藏身之处和藏药之处，可见仙爷眼线虽多得吓人，但还有些触及不到的地方。

仙爷的眼线能发现他去找溥先生，能发现溥先生来到了他朋友的药铺，可是他与溥先生闭门而谈的时候，外人是没有办法看到的。

或许仙爷的眼线就在朋友的药铺里。他在脑海里将朋友药铺里的伙计过了一遍，想猜出哪个是仙爷的眼线，可是一时之间猜不出来。

仙爷道：“我知道你会认为她离开了长沙城，去了湘西。很多暗药师都这么想，所以至今没有哪个暗药师找到她。在你来我这里之前，已经有好些暗药师去了湘西那边，以为找准了方向，却发现目标突然消失了。她聪明得很哪！”

仙爷的语气之中竟然有几分欣赏的意味，脸上浮现出微笑。

霞姑忍不住说了一句：“仙爷喜欢她从小就有这一股子机灵劲儿！”

马染尘惊讶了。霞姑居然也夸她！并且她说的话里有“从小”二字，可见那个偷偷养药的女人跟仙爷的关系非同一般！

从小？莫非……仙爷就是当年抓走药引姑娘的姐姐的那个人？马染尘不禁联想到十多年前。

仙爷一把捏住了霞姑的嘴巴，让她的嘴巴闭不上。仙爷低头看了看她嘴里，说道：“你知道我为什么留着你吗？因为你的舌头味道挺好的。”

霞姑虽然被他捏得不舒服，也不知道仙爷为什么突然说这些话，但听了这情意绵绵的话，她还是忍不住红了脸，眼神羞涩。

接下来，仙爷话里透着寒意说道：“多好的一条舌头啊，但是话太多了。我想煮烂了的舌头味道既好，又不多话。你想不想尝尝自己舌头的味道？”

他意识到霞姑透露了过多的信息。

霞姑吓得脸色煞白。

仙爷摇了摇头，松开手，在霞姑的脸上拍了拍，说道：“可我怎么舍得现在就吃呢？先留着吧，我还有别的用处呢。你比别的女人在我身边留得久，就是这条舌头比她们强。”

马染尘听得脸上发热。

马染尘跟在她身后，对她升起一股怜悯之情。

“染尘。”仙爷突然喊了他一声。

马染尘站住，转过身来。

“梅溪湖那个女人，就靠你了。不然我向日本人交不了差。”仙爷已经瘫坐在沙发里了。

“嗯。”马染尘应了一声。

“我知道你不会一直留在这里。”仙爷闭上了眼睛，说道。

马染尘一惊。

“你不用害怕。我也不想留在这里。”

马染尘讶异。

“人在江湖，身不由己。”

马染尘不知该如何应答。他不确定仙爷说的是真心话还是再次试探。

“梅溪湖那个女人你能找出来，帮我渡过这次难关，我就放了你，让你重归自由。”仙爷说道。

马染尘一言不发。

仙爷睁开眼，也不看他，说道：“好了，该说的都说了。你去吧。”

马染尘微微含腰，跨门而去。

离开了仙爷的房间，马染尘决定带着药引姑娘去一趟朋友的药铺，一方面是让药引姑娘出去透透气，另一方面是询问梅溪湖下次放烟花的时间。

药引姑娘得知仙爷同意她出门后，惊讶地问道：“他真的同意了？”

马染尘点头。

“他什么都没说吗？就这样同意了？”药引姑娘问道。

马染尘道：“你到底想不想出去？同意了还不好吗？难道你希望他不同意？”

即使出了大楼的门，药引姑娘还是心神不宁，频频回头，小声对马染尘说道：“没有人跟着我们吧？他就不怕我跑了？”

“他倒是不怕。怕你跑掉的人是我。”马染尘说道。

药引姑娘侧头瞄了他一眼，问道：“你怕我跑掉？”

马染尘皱皱眉，说道：“当然了。”

“有多怕？”她问道。

马染尘觉得她莫名其妙，但还是耐着性子回答道：“非常怕。你跑了我怎么跟仙爷交差？”

药引姑娘大失所望，不高兴道：“原来你不是怕我跑掉。”

马染尘挠挠头：“我是怕你跑掉啊。”

药引姑娘冷冷说道：“算了，说了你也不懂。好好走路吧。”说完，她脚步加快，走到前面去了，让他一个人落在后面。

到了朋友药铺，朋友见他带了一个女人来，问道：“这位姑娘是来抓药的吗？”

“抓你这里的药恐怕治不好病。”药引姑娘眼珠子一转。

“怎么说话的呢？”马染尘觉得她这样说太伤朋友的面子。

“这里的药至少掺了三分假吧？”药引姑娘直视马染尘的朋友。

朋友搓着手看了看周围，生怕别的顾客听到，然后上下打量药引姑娘，说道：“姑娘在我店里抓过药？要是没有真凭实据，姑娘这么说就……”

药引姑娘打断他，一副天不怕地不怕的样子说道：“还用抓药试？我一闻这药味就知道正宗不正宗。”

“哟？姑娘的鼻子这么厉害？”朋友脸色已经有些不好了。

对于药引姑娘的话，马染尘还是有几分相信的。她是白药师里的女儿，又是药引，自然从小就对药材非常熟悉，说用鼻子就能闻出药味正不正宗，应该不至于夸张。

朋友将马染尘拉到一边，凑到耳边问道：“这姑娘什么来头？”

马染尘瞪眼道：“你真卖假药啊？”

朋友咂嘴道：“什么叫假药？我这药里还有七分真呢！”

“药是用来救人的，你这么做太缺德了吧？”马染尘愤怒道。

“你小点儿声！我也为难啊！你想想，现在战争这么频繁，很多运药的线路都被切断了，能运到长沙城来的药已经比以前少了一半。再说了，伤兵这么多，军方也抢药啊，这一路上损耗无数。要是不这样做，一则我的店铺开不下去，二则有些人连七分真的药都抓不到了。兄弟我还算有良心的，长沙城里大部分药铺只有三四分真药。有的干脆全是假药。”

马染尘哑然。

“你快把她带到后面去，她再这样咋咋呼呼，我这里客人都要跑了，去只有三四分真药的店铺抓药！”朋友一边说一边将他往后面拽。

到了后面坐下，朋友换了一副态度，殷勤地给药引姑娘倒茶，又摆上干果盘，笑眯眯地说道：“姑娘是哪里人啊？医药世家的吧？”

药引姑娘看着马染尘，意思是询问他该如何回答。

马染尘心想，看你多嘴，现在知道麻烦了吧？于是，他装作没看见，伸了手去拿干果盘里的杏仁吃。

药引姑娘知道马染尘故意让她自己收拾烂摊子，便收回目光，张嘴说道："我是陕北府谷人，我家里……"

马染尘见她毫不掩饰，赶紧咽了杏仁，打断她说道："她家里以前也开药铺的，从小耳濡目染，所以能闻出药的气味。"

马染尘瞪了她一眼。

她得意地抬起下巴，露出得逞的微笑。

朋友拍手道："我说呢！原来是同行啊！难怪鼻子这么厉害！姑娘千里迢迢从陕北来长沙，难道是为了采办药材不成？"

马染尘刚刚听朋友说了，长沙城的药材吃紧，他们的同行应该早就知道了。若是此时药引姑娘说是来采办药材的，那就漏了馅儿。于是，他抢在药引姑娘回答前说道："采办什么药材！她是来拜访亲戚的。"

"你怎么这么清楚？你才来长沙多久？才认识她几天？"朋友狐疑地问马染尘。

马染尘干咳一声，摸了摸下巴，说道："我都问过了。"

这时，一个人推门而入，走到朋友身边，凑到他耳边说了几句悄悄话。

马染尘认得那人，那是药铺里的伙计。

朋友点点头，说道："我知道了。你先回去做事吧。"

那伙计走开的时候瞥了药引姑娘一眼。眼神里充满了怀疑，甚至有些敌意。

马染尘心中一惊，即刻料到药引姑娘的身份应该是暴露了。至于为什么这么快暴露了，又为何会引起伙计的敌意，他不知道。

药引姑娘也发觉那伙计的眼神异常，紧张地看了马染尘一眼，想向他求助，却不敢言语。

那伙计走到门口，又回头看了一下药引姑娘，嘴角不自觉流出了口水。他慌忙抬起袖子擦掉。

伙计刚走，朋友就邪笑着靠近马染尘，说道："你来就来嘛，干吗还带吃的！"

"吃的？没带吃的啊！"马染尘假装镇定地回答道。其实他心里已经十分恐慌了。他知道朋友指的就是药引姑娘，朋友不但知道药引姑娘不是普通人，还知道她是"用来吃的"。十有八九，朋友已经知道了药引姑娘在白药师中的身份。

朋友不过是一个药铺老板而已，如何在这么短的时间里知道药引姑娘的所有秘密？马染尘迷惑不已。

朋友拍了拍马染尘的肩膀，说道："你呀，什么都不懂。我可算知道你为什么这么清楚这位姑娘的情况了。她这是在诱惑你啊。"

"诱惑我？"马染尘不自觉地看了药引姑娘一眼。

药引姑娘局促不安。

朋友笑道："她不是普通人，她是来诱惑你吃她的！在这一行当里，她被叫做'药引'。引你上钩！"

"什么？还有这种事？"马染尘假装听不懂。

"亏得你遇到我，不然你发现不了。"朋友脸上露出难以掩饰的得意之情。

“你……是怎么发现的？”马染尘早就知道药引姑娘的底细，自然不用朋友提醒。他关心的是朋友怎么发现药引姑娘身份的。

朋友指着前面，说道：“你们刚进来，外面就跟进来了两个鬼鬼祟祟的人。那两个人说的是一口外地话。他们不知道，早在一个月前，长沙城所有药铺的人都知道从西安来了一些白药师。有人暗中提醒我们，不要卖药给他们，也不要给他们透露任何药行的信息。”

马染尘暗暗吃惊。暗药师和白药师都是隐秘行事的人，不能泄露身份。这陕北来的白药师却不知道自己的身份早已暴露！不难想象，交代长沙城所有药铺提防白药师的人必定是暗药师。这暗药师的来历也必然不简单。长沙城里有这种实力的人，除了仙爷恐怕想不出第二个。

当然，仙爷是不会亲自出面的。这些事情是他让手下人做的。

“这种白药师最擅长的，莫过于螳螂捕蝉黄雀在后。她引诱你吃她，然后借机反将你拿下。”朋友说道。

“你……想多了吧？”马染尘说道。

“想多了？她刚进店就说我的药味有假。我还诧异呢。她是白药师的人，自然对药极其敏感。前后联系起来一想，这就明白了！她家里不是开药铺的，而是做白药师的！”朋友嘴角扯出一丝冷笑。

“我……”药引姑娘想要说话。

马染尘立刻抬手示意她不要说话。他问朋友道：“我初来乍到，什么都不懂。可是从字面来看，黑白两道，白道不是好的吗？你说她是白药师的人，白药师有什么不好吗？”

朋友摇头道："什么是黑？什么是白？没那么容易的！如今鱼龙混杂，黑白颠倒。谁知道白道就是好？黑道就是坏？总之，染尘，她接近你是不怀好意的。"

然后，朋友走到药引姑娘身边，叹了口气，说道："姑娘，无论你是黑是白，都请你离开这里，离开我的朋友。乱世之中，我开个药铺是为了糊口而已，卖点假药也是迫不得已。我不想卷入你们黑白相争的漩涡里。黑白两道，对我来说孰是孰非不重要，但都得罪不起。"

药引姑娘双手抓在椅子的扶手上，正要起身。马染尘见状，赶紧走了过去，一手按在药引姑娘的肩膀上，让她坐在椅子上起不来。

"不过是来了两个白药师而已。或许是路过呢？你怎么就这么肯定她是白药师的药引？"马染尘说道。他的手药在引姑娘的肩膀上抓了一下，暗示她静观其变。

他担心的倒不是朋友认出她的身份来，而是一旦她从这里走出去，刚才进来的店铺伙计就知道她的身份了。谁知道那伙计是不是别人的眼线？倘若她的身份暴露，那就危险了。因此，马染尘决定无论如何都不能承认她就是药引。

药引姑娘明白了马染尘的意思，坐在椅子上说道："我不明白你什么意思。什么黑白两道黑白颠倒？"

"行了行了！都到这个程度了，你还装什么装？请你出去吧。我这里不欢迎你。"朋友不耐烦地挥手道。

"哎，你这样可就不太好了。毕竟她是我朋友。你这样就是不给我一点儿面子？她来找我，不过是想要我带她去梅溪湖那边看看烟花而已。你怎么想这么多乱七八糟的？你再这样我可要翻脸了！”马染尘站了起来，摆出生气的样子。

“要看烟花，大后天晚上去看就是。梅溪湖嘛，又不是很远，随口问问就到了。我不是不给你面子，我都说了，有人提前交代过了，不能接待这些人。不然我这药铺就在长沙城开不下去。”朋友颇为无奈道。

他就这样问到了放烟花的时间。

“谁啊？这么大能耐，说让你开不了你就开不了？”马染尘试探问道。

朋友却只摆手。

马染尘清楚，朋友害怕到不敢说那个人的名字。

“是不是仙爷？”马染尘问道。

朋友一愣，惊讶地看着马染尘。半晌，朋友才结结巴巴道：“你你你知道仙爷？”

马染尘笑道：“不但知道，还认得。前几天他还请我吃过饭。”然后，他转头对药引姑娘说道：“对不对？”

药引姑娘附和道：“对。”

朋友大为诧异，不敢置信。

“你是怎么跟仙爷认识的？他他他还请你吃饭？”朋友问道。

马染尘卖关子道：“机缘巧合。饭还不止吃了一顿。”

“你怎么早没跟我提起？”

“仙爷是什么人，看来你是知道的。我能随便跟你提吗？要不是猜到是仙爷不让你与白药师接触，我也说不到这件事情上来。”

马染尘道。

“哎呀，你这小子走了什么狗屎运？居然能结识仙爷！我以后可有靠山了！”朋友立即嬉笑起来。

马染尘道：“看你这嘴脸！”

朋友丝毫不害臊，说道：“染尘哪，你是没有做过生意，不知道我们这行有靠山和没靠山的区别！没靠山的太难了！不论白道黑道，有一道作靠，就容易得多！”

朋友走到药引姑娘身边，嬉皮笑脸道歉：“实在抱歉了，姑娘。你是染尘的朋友，染尘又是仙爷的朋友，那你就是仙爷的朋友。刚才语言冒犯，还请多多包涵！”

说完，他又“嘶”地吸了一口气，挠着后脑勺，自言自语道：“如今白药师怎么跟暗药师混在一起了？”

“如今世道，哪里分得清黑白？”马染尘说这句话，只是为了不让朋友细想。

可是朋友深以为然，说道：“你说得对。现在哪里分得清黑白？那些保安团的人，名为保护百姓安全，却要吃要喝，横行霸道，欺凌百姓。那些黑帮的人，却在危难之时行侠仗义，路见不平拔刀相助。当然了，保安团里也有好人，黑帮里还是恶人居多。”朋友说着说着，又摇起头来。

马染尘听着朋友的话，想起了小飞和小梵。在暗药师里，也有这样的人。那么在白药师里，说不定也会有败类吧？

“就是嘛。”马染尘拍拍朋友的胳膊说道。

朋友的兴趣已经转移了，他挑眉问道：“染尘，你是怎么认识仙爷的啊？下回跟仙爷吃饭的时候能不能把我带上？”

“你可知道他吃的是什么吗？”马染尘露出诡异的笑。

“还能是人肉不成？”朋友打趣道。

药引姑娘用手捂住嘴笑。

马染尘则哈哈大笑。

看来朋友只知道暗药师白药师的称谓，却不知道他们是什么人。想来也合情合理，朋友是开药铺的，避免不了与这些人接触，道听途说也能听到这些称谓。但暗药师白药师都极力掩饰身份，想要知道这种身份之下到底有什么样的真相不是那么容易的。

朋友知道药引是诱惑别人来吃的人，但不知道其中有更深的秘密。就如普通人知道和尚念经，道士捉鬼，却不知道也或许是懒得了解和尚还要做什么功课，道士还要信哪些讲究。

马染尘适时转移话题，问朋友道：“大后天晚上你有没有空？要是有空的话，你跟我们一起去看烟花吧？”

马染尘知道，执行暗药师的任务最好不带朋友一起去。可是他对长沙不甚熟悉，梅溪湖那一带从未去过，人生地不熟。带上朋友，至少算是多了一个向导。

朋友开玩笑道：“本来没空的，你现在不一样了啊，是仙爷的座上宾，我能没空吗？”

“果然是无奸不成商啊！你以前可没有这样狡猾！”马染尘指着朋友的鼻子说道。

“我以前不是这样吗？”朋友自嘲道。

“不是。你以前厚道多了。”马染尘道。

两人由此聊到小时候共同的经历，暂且将刚才的事情抛诸脑后。

药引姑娘坐在旁边，听他们俩说那些遥远的事情，非常感兴趣。尤其是他们说到上树掏鸟蛋，下河捉鱼虾的时候，药引姑娘不禁露出神往而羡慕的表情。

马染尘见她如此，却心生怜惜。一个出生于白药师家的，从小就身负寻找姐姐的使命的女孩，可能无法像平常人家的小孩一样享受童年乐趣。她听到他们说起这么多小时候的趣事，难免会心生羡慕。

“喂，你小时候有什么好玩的事情，给我们也讲讲啊。”朋友说得一时兴起，口无遮拦地问药引姑娘道。

“我啊？”药引姑娘一惊。

“对啊。”朋友点头。

“我小时候喜欢躲猫猫，不论有没有人跟我玩，我都喜欢找一个一般人发现不了的地方躲起来。”药引姑娘想了想，说道。

“躲起来？”朋友不理解。

“因为我怕自己被吃掉。”药引姑娘挤出一丝笑，耸了耸肩。

朋友后知后觉道：“差点忘了，你是药引，从小就练习怎么让人对你有食欲吧？”

马染尘阻拦道：“不说这个行不行？”他知道，对于药引姑娘来说，那些记忆里大多都是痛苦和恐惧。

“哦哦，不说了不说了。”朋友讪笑道。

他们三人有一搭没一搭聊到了吃饭的时间。马染尘和药引姑娘便留在这里吃饭。

上菜的时候，朋友对药引姑娘说道："姑娘，我有一个拿手的菜，不知道你想不想尝尝。"

房间里只有他们三人。伙计们都在别的房间吃。菜都是朋友去厨房端过来的。

马染尘意外道："哟？你还有拿手菜？"

药引姑娘礼貌道："湖南人吃辣的厉害，你做的应该也是辣味十足的湘菜吧？可惜我吃惯了北方的面食，不太能吃辣。再说了，怎么能劳烦你亲自动手？"

朋友见被拒绝，仍不甘心，装模作样地说道："我拿手的这道菜，并不是湘菜，更没有辣味。并且我可以肯定，姑娘你以前绝对没有吃过！"

马染尘的好奇心被吊了起来，问道："什么菜啊？"

药引姑娘也好奇地问道："你就这么肯定我从来没有吃过？"

朋友卖弄道："我能用几种普通常见的菜按不同比例拼在一起，做一道与人肉味道一样的菜。"

马染尘心中一慌，要是药引姑娘细究起来，说不定就要扯到溥云身上来。他在桌子底下捶了朋友一拳，然后对药引姑娘说道："别理他，他逗你玩呢。"

朋友知道马染尘的意思，便闭了嘴。

吃过饭后，马染尘带着药引姑娘又在周边他勉强熟悉的地方逛了逛。

他发觉他们被跟踪了。跟踪他们的，便是在药铺里就暴露了的两位白药师。

“要不……你跟他们回去算了？”马染尘斜了斜眼，说道。

药引姑娘道：“不。我回去了，你怎么跟仙爷交差？”

“那……你要不要去给他们打个招呼？”马染尘问道。

“不了，谁知道这里有没有仙爷的人？万一被发现，仙爷就知道你不是药引了。”药引姑娘没有回头去看那两人一眼，神态自然，一会儿对这边小摊上的布娃娃爱不释手，一会儿被那边的吆喝声吸引，就像许久不下绣花楼的大家闺秀一样对这个热闹喧嚣的集市表现出极大的兴趣。她做了这么多年的药引，自然不会轻易露出任何破绽。

药引姑娘确实考虑周到。马染尘不一会儿就发现那两个人早就被人跟踪了。螳螂捕蝉黄雀在后。谁也说不清自己到底是螳螂还是黄雀。也许那两个白药师知道自己已经暴露了，在跟踪他们的暗药师的身后，或许还有跟踪暗药师的白药师。

马染尘想搜寻到隐藏更深的白药师。身边任何一个人都可能是“黄雀”，就如身边的看似完全普通的药引姑娘一样。

擦肩而过的路人，吆喝叫卖的小贩，街边吃米粉的食客，等待生意的黄包车力夫，茶楼上依窗而望的贵人等，他们都可能是“黄雀”，亦或是“黄雀”身后的“大黄雀”。

很快马染尘就意识到，他不可能发现隐藏在这里的所有“黄雀”，就像以前的自己不可能发现药引姑娘与常人不同一样。不是在生命攸关的时候，他们都跟常人没有任何区别，或者说，他们就是常人。倘若他主动去寻找“黄雀”，暴露的首先是自己。

他想起小时候玩过的“木头人”游戏，所有参与游戏的人都不能动，谁先动一下谁就输了。此时也是这样。

眼前的药引姑娘就是这个游戏的资深玩家。

马染尘决定放弃。

走马观花地逛了一圈之后，马染尘和药引姑娘回到仙爷的大楼里。

那两个跟踪的人便消失了。

第三天，马染尘一大早就带着药引姑娘到了梅溪湖。他要提前看看那边的情况，熟悉一下环境。

一个猎人要上山打猎，那他必须比山上的兔子还要熟悉山上的地形。一旦一枪未中，猎人要知道该抄哪个捷径截住逃跑的猎物。

这是他小时候听一位打猎的叔叔说的道理。

他要去看看他今晚的“猎场”。那个女人便是他的“猎物”。不过马染尘心里清楚得很，谁是谁的猎物还不一定。那个女人能在这里隐匿这么久，必定是有原因的。这里是她的主场，是马染尘的客场。

除了她之外，还不知道有多少人会来这里“打猎”。暗药师与白药师的斗争向来不简单。暗药师在“打猎”的时候，白药师也在“打猎”。

马染尘的脚踏上梅溪湖的土地的那一刻，他就意识到，今晚必定是艰难凶险的夜晚。在烟花绽放的同时，有人会哭，有人会笑；有人会死，有人会生。烟花过后，有的人的世界从此万劫不复，有的人的世界一切如旧。

“你看起来心事重重，不就是看烟花吗？”药引姑娘说道。

马染尘没有告诉她今晚要来这里的真正目的。

“我们现在不是以前那样的身份了，出门就要凡事小心谨慎。”马染尘答非所问。

问到了放烟花的具体位置，马染尘和药引姑娘看了看周边情况，药引姑娘问道：“湖呢？湖在哪里？”

马染尘笑道：“这梅溪湖怪就怪在这里，此地无梅无溪也无湖，却叫做梅溪湖。”其实马染尘自己对长沙的一切都不甚熟悉。以前初次听到这个地名的时候，也以为是有湖的。湖水边放烟花，人们既可观湖水又可看烟花，多好！

梅溪湖地理位置算是比较偏了。烟花之所以安排到这里放，马染尘猜测官方是为了防范火灾。

因为早就有谣言传出来，说是长沙城近年必有一难，是火光之灾。

马染尘则认为这是空穴来风，并不是毫无根据的。东北几个省已经陷落在日本人手里了，战线从北往南快速挪移。国军节节败退，几乎没有还击之力。因此，国军这边每从一个地方撤退，就将那个地方的所有物资撤走，撤不走的便烧掉，包括田地里的农作物。

如果日本人打到长沙来，说不定整个长沙城便会付之一炬。

战火尚未烧到长沙来，官方必定不敢提前透露坚壁清野的决心。但消息还是走漏了，便变成了长沙会有火光之灾的预言谣传。

不属于军方核心的官员或许被这种谣传迷惑，为了谨慎起见，才将放烟花的地点选在了梅溪湖这个地方。

就在边走边聊的时候，马染尘感觉到身后有个人一直尾随着。

那人在他们刚到梅溪湖的时候就跟上了。马染尘之前没有警觉，是因为那个人跟得太明显，不加掩饰。因此马染尘认为那人恰好也是来梅溪湖办事。

作为跟踪“药”的暗药师或者跟踪暗药师的白药师，都会尽量避免被目标发现。可是那人在马染尘回头去看他的时候，他竟然回视马染尘。

“我们好像被人跟踪了。”马染尘拿不定主意，便跟药引姑娘说道。

他想看看药引姑娘是不是跟他感觉一样。

药引姑娘微微一笑，点头道：“我早就知道了。不过这么笨的跟踪者还真是少见。”

“你就不怕他要吃你？”马染尘见她如此轻松，便故意吓唬她。

药引姑娘撇嘴道：“哪有这么多想吃人的人！说不定他跟着我们并不是因为犯了想肉的瘾。”

马染尘逗她道：“不是想吃你，那就是看上你的美貌了！也对，长得这么好看的姑娘走在路上，怎么会不吸引别人的目光？”

药引姑娘听了，脸上一红，羞涩道：“我又长得不好看！”

马染尘一本正经地胡说八道：“吃的东西要想勾起人的食欲，那必须讲究三个东西，色香味。吃起来味道要好，闻起来要香，看起来要好看哪！你既是……嗯……那种身份，要吸引那些人出来，除了看起来好吃，还要看起来好看吧？”他没将“药引”二字说出来，怕别人听到。

“那……你觉得我好看咯？”药引姑娘的声音更低了。

“当然。”马染尘毫不犹豫地说道。

“那你上次想吃我，是因为觉得好吃，还是好看？”药引姑娘问道。

“有……有……区别吗？”马染尘一愣。

“当然有区别了。”药引姑娘情不自禁地提高了声音。

马染尘问：“有什么区别？”

药引姑娘却不说话了。

马染尘停下脚步，转过身，对那个一直跟在后面的人大声道：“朋友，跟了我们这么久了，我想问问你，你是觉得这位姑娘好吃还是好看？”

那人大吃一惊，转身想要逃走。

马染尘三步并作两步，赶到他身前，拦住他的去路。

“朋友，你为什么跟着我们？”马染尘问道。

这人一看就不是什么善良之辈，身材粗壮如牛，一脸的蛮横之气，脸上的三道疤痕更是加深了这种给人的印象。他穿了一身青布褂，看起来非常干净板正，像是有身份的人。脚上一双老布鞋，鞋底周边磨损严重，要不是平时做的是脚力功夫，就是手中拮据，连买双新鞋的钱都没有。

根据这几点，马染尘很快就猜测出了这个人的身份。他必定是黑帮的人。因为黑帮的人讲究衣冠整洁，所以衣服都是整洁如新，但底下的人没什么钱，又多跑腿的气力活儿，所以鞋子要穿舒适便捷的老布鞋，且磨损严重。

黑帮的人大多是亡命之徒，霸道凶狠，不讲道理。往往被人多看了一眼，他们都会如红了眼的牛一般鼓起眼睛呲出牙齿呵斥

“看什么看？”

可这人虽是黑帮的人，被马染尘一问，却心虚地想要溜之大吉。

“我哪里跟着你们了？恰好同路而已。”那人浑身不自在地辩驳道。

“恰好同路？那为什么我一问你，你就不同路了？”马染尘问道。

那人毕竟是黑帮中人，很快就从惊慌中恢复过来，不屑地朝马染尘看了看，冷笑一下，说道：“我突然想起还有其他事情要办，不行吗？你是保安队的，还是多管闲事的？我想走到哪儿就走到哪儿，我想什么时候不走了就不走了！”

他抬起下巴，摆出了原本就有的地痞气。

药引姑娘走了过来，拉了拉马染尘，说道：“走吧，走吧，管他干什么呢？”

让马染尘感到奇怪的是，当药引姑娘走过来时，那人又变得不安，脸上不自然，双手一会儿环抱胸前，一会儿放下，一会儿揣裤兜里。眼睛中的痞气又不见了，眼皮眨得比刚才快了许多。

马染尘心中疑虑重重。这人怎么这么害怕药引姑娘？

药引姑娘拽着马染尘要走。那人却突然问道：“敢问姑娘叫什么名字？”

这下药引姑娘也迷惑了。

那人感觉到这样问不妥，不等药引姑娘回答，又说道：“不说也罢，打扰了。”说完，他朝他们两人拱拱手，然后快步离去。

“这人真奇怪。”药引姑娘喃喃道。

“我要问他，你又要拉我走。”马染尘说道。

“一看就不是什么好人，能少惹就少惹。”药引姑娘道。

“咦？这不像你啊。”

“怎么不像？”

“你不是……什么都不怕的吗？一个人就敢去饭馆里把想吃你的人引出来，舍身作饵。现在怎么说出能少惹就少惹的话来了？胆子变小啦？”马染尘问道。

“说你笨你还真是笨。以前我舍身作饵，一点儿也不惧怕，是因为还有垂钓的人啊。现在就你我两人，万一出什么事儿，叫天天不应，叫地地不灵。”药引姑娘说道。

马染尘不服气道：“你的意思是我保护不了你？”

药引姑娘抿嘴一笑。

可是她的笑容很快就消失了，转而一脸惊愕！

马染尘问道：“你怎么了？”

药引姑娘抬手一指。

马染尘朝她指的方向看去，只见刚才跑掉的那人又回来了。那人走得飞快，手里拿着一把沾了血迹的刀。那刀有常人小臂那么长，形如柳叶，是一把杀猪刀。

马染尘吃了一惊，以为那人是寻仇来了，赶紧拦在药引姑娘身前。

那人见马染尘挡住药引姑娘，恶狠狠道：“走开！我这刀可是没有长眼睛的！”

“你这是干什么？”马染尘惊恐问道。他两手空空，一旦动起手来就处于劣势。但刚才药引姑娘还表达出他保护不了她的意思。

他反倒希望那人先动手，给他表现男子气概的机会。他知道自己这样想是不理智的，却无法抑制这种想法。

难道我已经喜欢上她了？马染尘不禁自问。

那人却不理他，踮起脚来往他后面看，然后问药引姑娘道："这位姑娘，我不想杀你，我只在你身上割一块肉就走。"

那人说得好像"割一块肉"不算什么一样。

"不然你和你的情人都会死在这里。"那人吹了一个口哨。

四周突然出来了好几个跟他一样穿着青布褂的人。

"大哥想割哪块肉？我给大哥挑一挑？"其中一人色眯眯地看着药引姑娘，嘴角流出涎水。

拿刀的那人摇头道："不要欺负人家小姑娘。她愿意给哪块，我就割哪块。"他说得好像这样就不是欺负一样。

马染尘后退一步，靠紧药引姑娘，问那人道："这位大哥是犯了吃想肉的瘾？"

马染尘有些担心，双拳难敌四手，何况他们有好几个人。这时他倒希望之前跟踪药引姑娘的白药师出现。可是他们该出现的时候反而不在。

"吃想肉？什么是想肉？"那人不明白马染尘的话。

"没有吃想肉的瘾，那怎么要割人的肉？"马染尘又问道。

"治病！"那人简单明了地回答。

"治病？治什么病，需要人肉？"马染尘问道。

那人说道："什么病我不知道。医师说，我娘患的病是慈安太后一样的病。当年慈禧太后听闻，割自己身上的肉给她做药引，治好了慈安太后的病。所以我娘也需要人肉做药引治病。”然后他又对药引姑娘说道：“姑娘，往日里我杀人都不眨眼，但吃人还是心有不安。刚才跟踪姑娘，便是为了药引而来。望姑娘舍弃一块肉给我。待我治好了我娘，以后为姑娘做牛做马，赴汤蹈火，在所不辞！”

马染尘听说过慈禧割肉给慈安治病，并由此获得慈安信任的宫廷秘史。但他对医师诊断不出什么病，却认定病人的病与慈安太后一样深感疑虑。再说了，哪怕真是要用人肉作药引，这蛮横之人为什么不取别人的肉，非得跟踪药引姑娘，要她的肉？

色眯眯的那人抹了抹嘴角流出的涎水，急不可耐道：“大哥，要割肉，割便是了。往日里白刀子进红刀子出的，我们怕过谁？”

拿刀的人呵斥道：“你懂什么？打架杀人，心狠的人都做得出来。但是吃人，不是人能做出来的事情。要不是我娘无药可治，我也不会做这样的事。何况若是我娘因此好了，这位姑娘就是我娘的救命恩人，也是我的大恩人。怎么可以对我的恩人如此粗鲁无礼？”

马染尘知道他为什么刚才跟踪他们的时候会有那样矛盾的表现了。原来他虽是黑帮中人，生性蛮狠，但“吃人”这种事情仍然让他惴惴不安。

马染尘心生一计，说道：“这位大哥，她既是你恩人，你怎么可以持刀相向，威胁恩人呢？”

那人道：“割肉之前，她还不是我恩人。割肉之后，她才是我恩人。”

马染尘又问：“以人肉做药引，我也听说过，可是从未听说过非得割某个人的肉。你为何不割别人的肉，非得割她的肉？”

那人道："给我娘看病的医师说，别人的肉治不了我娘的病，非得等到今日，在此地卯时遇见的女子才可治我娘的病。"

"医师当真这么说的？"马染尘迷惑不已。哪有医师这样治病的？

"我骗你做什么？"

"医师还说了其他的吗？"马染尘问道。

"没有。"

"没说要割哪里？"

"没有。"

"没说要割多少？"

"没有。"

药引姑娘在身后给了他一拳，狠狠道："马染尘你什么意思？你害怕了，要让他们割我的肉，是吧？"

拿刀的人也以为马染尘害怕了，笑道："你不用害怕，我随便割一些，不会要了她的命。你让开吧。"

其他几个穿青布褂的人跟着笑了。

"怂包！"其中一人嘲讽道。

马染尘见他们笑了，也挤出笑，说道："大哥，你弄错我的意思了。我有朋友是开药铺的，天天听他们讲，耳濡目染知道一些基本的开药常识。这但凡开药啊，就要看病人的情况而定。即使是同样的病，根据病的程度，开的方子也不一样。有的重一点，有的轻一点。有的要加配药，有的要减配药。开轻了，治不好，开重了，不治反伤。对不对？”

“啰里吧嗦！你什么意思？到底让不让开？”拿刀的人瞪眼道。

“大哥，我的意思是，您还得问一问医师，问清楚到底要哪里的肉，要多少。大哥你想想，乌龟身上各个部位都可以入药，但是壳是入壳的药，肉是入肉的药，治不同的病症。”马染尘拦住那人说道。

药引姑娘又打了他一拳：“你才是乌龟！”

马染尘不跟她分辨，继续劝那人道：“大哥你既不知道要割什么地方，又不知道要割多少。万一有什么不对，不但救不了令堂，反而可能害了令堂。是不是？”

那人犹豫了。

一个青布褂人问道：“大哥，怎么办？”

色眯眯的那人抚掌笑道：“这还不简单？既然不知道割哪里，不知道割多少，那就把这位姑娘先捉起来，关在房间里，等大哥问清楚了，再割就是了！”

其他几个青布褂纷纷点头。

色眯眯的那人又说道：“依我看哪，很可能根本不用割这位姑娘身上的肉。”

“不用割肉？为什么？”有人问道。

那人瞥了药引姑娘一眼，那目光仿佛刀子一般，仿佛要从药引姑娘身上挖一块肉去。他舔了舔嘴唇，说道：“去药店抓药，大多是用来熬药汤的，喝药汤而不吃药。我看哪，大哥就别想着割哪里割多少了，弄口大铁锅，放上水，烧热，然后把这姑娘放到大锅里，熬出汤汁来让大娘喝了，说不定药到病除！”

其他几个青布褂大笑。其中一人道：“你是色心不改，想看姑娘洗澡啊！”

药引姑娘紧张得在马染尘身后抓住他的衣服，马染尘感觉到她的手在颤抖。

马染尘也担心拿刀的大哥听从这个人的建议。他虽然可以折返到仙爷那里喊人来救她，但怕到时候药引姑娘已经成了一锅药汤。

想到这里，马染尘忍不住有些好奇。药引姑娘若是被煮了，会不会散发出一股浓烈的药香味儿？

拿刀的大哥给了那人一耳光，大骂道：“你他妈是要我娘喝洗澡水？啊？”

那人吓了一跳，忙解释道：“不不不，大哥，我不是这个意思。”

拿刀的大哥踹了他一脚，将他踹飞了出去，又啐了一口。

此时路上行人稀少，远远见了黑帮的人就避开了，生怕惹事上身。

拿刀的大哥回到马染尘跟前，说道：“你说得有道理。但我也不能放你们走。两位就请到寒舍坐一坐。等我找那医师问清楚了，再从姑娘这里讨点肉入药。”

他说得倒是客客气气，可半点由不得马染尘他们不同意。

跟他去了他的“寒舍”，那就如关进了笼子里的鸡，要杀要宰都只能由着他来了。

马染尘笑了笑，对那大哥说道：“大哥，我们已经知道你要做什么，我们怎么可能跟着你走？你非要这样的话，那我们只能拼个你死我活了。我看不如这样，我给你留个名字，我叫马染尘，住在新开铺的‘万福药铺’。大哥你去仔细问问那个医师，倘若医师能开出具体的数量，大哥你再来找我。”

“万福药铺？”拿刀的大哥吃了一惊。

马染尘非常意外，万福药铺这四个字居然能让这位凶悍的黑帮中人如此惊讶？马染尘甚至从他的眼神里看到了一丝难以掩饰的惊恐。

“万福药铺的老板不是马万福先生吗？”拿刀的大哥问道。

马染尘连忙解释：“哦，我与他是从小一起光着屁股长大的，不是亲兄弟，比亲兄弟还亲。我初来乍到，借住在他那里。”说这话的同时，马染尘心里嘀咕，这小子怎么成“马万福先生”了？

平日里马染尘从来没有听人叫过那朋友做“先生”，在老家，他被叫做“福仔”，在药铺，他被叫做“老板”。接人待物，他都是唯唯诺诺，一副天生就该受人欺负的样子。怎么在黑帮人的嘴里，他就成“先生”了？

拿刀的大哥立即收起了刀，拱手道：“不知兄弟是万福药铺的人，多有冒犯了！”

马染尘更觉得诧异。

“我回去找那医师问清楚，然后去万福药铺找兄弟帮忙。如果马万福先生问起，还请兄弟说清楚，是我娘亲无药可治，只能用这种偏方。孝字当先，还请兄弟和马万福先生理解！”他说道。

说完，他朝另外几人一招手，他们就匆匆离去了，留下马染尘和药引姑娘面面相觑。

“就这么走了？”马染尘望着他们消失的方向，喃喃道。

药引姑娘回过神来，掐了他一把，咬牙道：“难道你希望他们回来？”

“痛！痛！”马染尘喊道。

药引姑娘松了手，问道：“你那个卖假药的朋友不简单啊。没想到这些亡命之徒还怕他！”

马染尘道：“我也觉得蹊跷。在我记忆里，他就是个窝囊废。之所以开药店，也是因为家里人给他弄好了进货渠道。他以前做过其他许多种生意，没有一次不是赔的。家里那边人谁都认为他是个软柿子。”

“士别三日当刮目相看。你看看你，刚来长沙的时候就是愣头青一个。现在你都是让人闻风丧胆的仙爷面前的红人了！那时候你听说要吃人，吓得像见了鬼一样。现在你跟那些鬼称兄道弟。”药引姑娘说道。

“你嫌弃我了？”马染尘问道。

“哪里敢啊？我还要依仗你才能保留性命呢。”药引姑娘故意酸不溜秋地说道。

马染尘长叹一声，说道：“是啊。我不知道我那朋友这些年在长沙城里经历了什么。他也不知道我这些日子经历了什么。”

药引姑娘道：“现在世道混乱。这长沙城就是一个深不见底的水塘，里面都是浑水，鱼龙混杂。谁也不想蹚浑水，可是进来了谁都身不由己。”

“是啊。就因为是浑水，大家都藏了起来，分不清强弱，分不清好坏。你看，我连我最熟悉的朋友都认不清了。既然蹚了浑水，那就蹚到底吧。走，我们再往前看看。”马染尘说道。

马染尘带着药引姑娘继续熟悉了一下周边情况，然后找了一个饭馆坐下。这个饭馆很小，总共就四个桌子。除了他们两人之外，再没有其他食客。一是因为周边本就没什么客源，二是因为此时吃饭尚早。

饭馆里就一个女老板，长得还有几分姿色。她正无聊地听着唱片，抽着烟。倒不像是饭店老板，却有几分富贵太太的风范。

马染尘坐了片刻，那女老板仿佛没看见他们似的，仍然听着唱片，跟着节奏点头。

“老板？”马染尘敲了敲桌子。

女老板这才转过头来看他们。

“点菜。”马染尘说道。

女老板将烟放在桌上，让烟头悬空，离桌沿有一小段距离，然后扭着腰走了过来。

“想吃什么？”女老板问道。

“给我菜单看看。”马染尘道。

“这么小的店，哪有菜单？”女老板说道。

“那我怎么点？”

“你想吃什么，我做什么就是了。”女老板不以为然。

“那来一个辣椒炒肉，一个米豆腐吧。”马染尘犹犹豫豫地说道。

女老板点点头，问药引姑娘：“你要吃什么？”

药引姑娘说道：“两个菜够了。”

马染尘试探问道："这两个菜都能做？"

女老板微笑道："十分钟都给你上桌。行了吧？"

说完，她去了后面。

马染尘听到烧柴火噼里啪啦的声音，又听到炒菜的声音。他忍不住悄悄问要药引姑娘："是她自己在做菜？"

药引姑娘挑眉道："怎么啦？不是她还会是谁？"

马染尘道："她那么好看，怎么会……"

药引姑娘鄙夷地看着他，讥讽道："怎么啦？好看的女人就不能做菜？好看的女人就只能当花瓶？没想到你这么怜香惜玉！以前没看出来呀！"

"不，我的意思是，她脸上身上干干净净的，不像是会下厨做菜的人。"马染尘解释道。

"得了吧。"药引姑娘不听他的解释。

在他们两人说话的时候，有两个人走进了饭馆，坐在旁边那桌。马染尘的注意力集中在散发出呛人的辣椒味的后厨，因此没有在意进来的客人。

但是药引姑娘的怪异表情吸引了马染尘的注意。

药引姑娘的眼神中流露出马染尘以前从未见过的恐惧。她的脸色变得煞白，好像刚才她突然给自己打了一层厚厚的粉。甚至她的嘴唇泛出乌青色，像是数九寒天冻伤了一般。她的手紧张得颤抖，仿佛桌面上有钢琴的键，她要弹出音来。

马染尘被她这样的反应吓了一跳，问道："你这是怎么了？像见了鬼一样！"

药引姑娘干咽了一口，张开了嘴，却只蹦出了一个字："鬼！"

在药引姑娘的瞳孔里，马染尘看到了两个人的影子。那两个人正从药引姑娘的瞳孔里朝他看。

那两个人果真如鬼一般。

马染尘赶紧扭头朝那两人看去，他看到了一张刀疤脸，还有一个人正在揉手指，那手指只有半截。

马染尘顿时头皮发麻。他们两个不是在荒废的庙里时就被小飞的吸血雀吸干了血吗？他们怎么会还活着？怎么会这个时候出现在这里？

刀疤脸正看着他，见他看了过来，居然嘴角一歪，露出轻蔑的笑，并没有说话。似乎他对今天的见面早有预料。断指男还在揉他的手指，连头都不抬一下。但马染尘心里清楚，他们两人在进这个饭馆的门的时候就看到了他和药引姑娘。断指男不抬头来看，是在故意表示不屑。

马染尘将头转了回来，见药引姑娘还是那副面孔，于是在桌子底下踢了踢她。

她回过神来，看着马染尘。

马染尘给了她一个微笑，示意她放松，不要这么紧张。

"老板！老板！"刀疤脸拍着桌子喊道。

女老板从后面走了出来，身上穿着溅了许多油星的围裙。

马染尘心想，果然是她自己在做菜。

"来了。后面炒菜的声音大，不知道又有贵客来了。"女老板赔笑道。

“你就是老板？”刀疤脸将信将疑地问道。

女老板点头，说道：“也是厨师。”

“你这里都有什么菜？”

“您随便点。”她的回答跟面对马染尘的时候差不多。

“有猪脸吗？”

“有。”

“有猪手吗？”

“有。”

“那给我来一个猪脸，一个猪手。”刀疤脸说道。

“好嘞。”女老板应了一声，又回到后面去了。

马染尘不说话，静待其变。他不知道这两个冤家是冲着他和药引姑娘而来，还是恰巧碰到。毕竟今晚这里会有烟花大会，他们又是吃人的人，极有可能先来看看，方便晚上捕捉落单的人，就像他们上次在悦来饭馆捕捉药引姑娘一样。如果是这样，他就没必要惹他们，等以后有机会再调查清楚他们为什么没有死。

倘若他们是冲着药引姑娘和自己而来，那也先看看他们有什么动作，伺机而动。如果自己先动，容易让对方看出底细。如果不动，对方可能反而不敢轻举妄动。

上次他们尝到了“黄雀在后”的厉害，这次必定更加小心谨慎。虽然上次的“黄雀”并不是药引姑娘等来的“黄雀”，但刀疤脸和断指男不清楚其中区别。

马染尘心里一咯噔。莫非刀疤脸今晚要抢药引姑娘？刀疤脸知道他们今晚会来这里看烟花？甚至知道他们来这里的真正目的不是看烟花？不然他为什么说得如此肯定？难道有人走漏了消息？

女老板端着马染尘要的菜走了出来，对着那刀疤脸说道：“今晚这里有烟花看，又不是有豆腐卖！”

刀疤脸撕咬了一口生猪蹄，狂妄道：“烟花要看，豆腐也要卖！”

女老板皱起眉头，将菜放在马染尘面前，看似无心却是有意地说道：“看来今晚想看烟花的人不少啊，人挤人，有些人就看不到了！”

马染尘心中不安。前有狼后有虎，今晚恐怕比想象中的要凶险太多！

马染尘和药引姑娘赶紧狼吞虎咽地吃完饭，然后起身离开。

刀疤脸和断指男没有阻拦他们。等药引姑娘经过他们桌边的时候，刀疤脸拧着脖子看着她，舌头伸了出来，发出哧溜哧溜的声音，舔舐嘴巴上的油光和血丝。

“你看起来很好吃哦。”刀疤脸邪笑着说道。

马染尘认为他这是在挑衅，攥紧了拳头，想要一拳将那张油腻而血腥的嘴巴打得门牙飞掉。

药引姑娘看出了他的想法，一把抓住了他的手，将他拉走。

刀疤脸和断指男在他们身后肆无忌惮地狂笑。他们没有跟上来。马染尘知道，他们没有追来是因为他们知道马染尘和这位看起来很好吃的姑娘今晚必定会回到这里。仙爷的人里必定有他们的内应。

出了那个小饭馆，又匆匆走了一段，药引姑娘终于忍不住问马染尘道：“他们怎么会在这里？他们不是被小飞的吸血雀吸干了血吗？”

马染尘哪里知道？他摇头道：“我也不知道。或许他们只是失血过多晕厥过去了吧。等小飞小梵带着我们离开那里之后，可能又有人来了，把他们两个救走了。”他只能胡乱猜测。

“他们既不是真正的暗药师，又不是白药师，谁会救他们两个？”药引姑娘不认同马染尘的猜测。

“会不会跟踪你的白药师被小飞暗算之后，你其他的同伙找来了，救了他们两个人？”马染尘问道。

药引姑娘道：“怎么会？如果是来找我的人，绝对不会救要吃我的人！”

马染尘想了想，觉得药引姑娘说得有道理。他们本来就是为了引出吃人的人，才有“药引”这个职业身份。若是救了吃人的人，岂不是自相矛盾？再说了，如果他们是白药师收服了的人，他们就不会对药引姑娘那样的态度。

难道是其他人到了那个庙里，救了他们？可是那个庙非常偏僻，一般没有人去。

“会不会刚好有人经过那里，把他们救了？”马染尘问道。

药引姑娘摇头道：“他们是被小飞的吸血雀所伤。吸血雀在造成伤口的时候带有独特的病菌，一般人是治不好的。你看那个脸上有伤疤的人，伤疤那么长，其实很可能最初只是被吸血雀啄了一下，伤口也就绿豆那么大，但是由于病菌感染，即使治好了也会留下那么长的伤疤，看起来像刀疤一样。”

马染尘记得刀疤脸刚看到吸血雀的时候恐惧的样子，他也说了，他脸上的疤痕就是吸血雀留下的。

在那之前，马染尘确实把他脸上的疤痕当做刀疤。

“那晚他被那么多的吸血雀啄了，除了白药师和暗药师里的高手，恐怕没人能救他们。”药引姑娘补充道。

“总不会是小飞又救了他们吧？”马染尘耸肩道，“不可能的，小飞和小梵可能会对善良之辈手下留情，但绝不会留这两个人活口。”

“不会是小飞他们。”药引姑娘也摇头道。

“不是白药师，又不是暗药师。难道他们是自己诈尸了不成？”马染尘想不通。

“怪就怪在这里。刚看到他们的时候，我还真以为闹鬼了。”药引姑娘说道。

“哎，对了，你的脸不是也被小飞的吸血雀啄过吗？怎么没有留下什么疤？”药引姑娘忽然想了起来，一手捏住马染尘的下巴，在他脸上找痕迹。

马染尘任由她捏住，说道：“上次小飞的吸血雀先吸了刀疤脸他们的血，早就吸饱了，可能啄我的时候就没有扎那么深吧？”马染尘还记得被吸血雀扎的时候脸上的疼痛感，不由自主地抬手摸了摸脸上被扎过的地方。

“这么说来，你还要感谢那两个人，不然你脸上也有一道疤了。”药引姑娘松了手，然后她吸了一口气，继续说道，“你脸上没有疤说得过去，可是刚才他们两人的脸上也没有多出一条疤啊？”

“对哦！”马染尘被药引姑娘这样一提醒，也大为诧异。

“会不会是小飞又返回去救了他们？”药引姑娘问道。

马染尘摇头道：“不可能。难道你忘记了？当时他连我们两个都想灭口，怎么可能回去救那两个人？”

“除了小飞，还有谁可能救他们并治好吸血雀造成的伤口？”

“不知道。”马染尘毫无头绪。

“总之救他们的人非同一般，我们可得小心。”药引姑娘忧心忡忡地说道。

马染尘点头。这两个人早不出现，晚不出现，偏偏在这节骨眼上出现，必定是经过精心安排的。他们两人放言要在今晚吃掉药引姑娘，必定是从别处得到了今晚他要捉那个消失的女人的信息。能得到这个信息的人，必定藏身在仙爷的身边，并且试图破坏仙爷的计划。

是谁要坏仙爷的事？马染尘将仙爷身边的人挨个儿想了一遍，想不出答案。

这时，一辆黄包车迎面跑了过来，在马染尘面前停下。

拉黄包车的是一位尖嘴猴腮的中年男子。

“先生……”

马染尘摆手打断他，说道：“不用，谢谢。”说完，他领着药引姑娘绕过黄包车，继续往前走。

没想到黄包车跟在了他们后面。拉车的人一边小跑一边神秘兮兮地说道：“我知道你们来这里是要找什么。我可以带你们去。”

第五章
夺 药

马染尘狐疑地看着拉车的人，拉车的人小声道：“老鹫叫我来的。”

马染尘点头，和药引姑娘上了黄包车。

很快，黄包车来到了一个小镇上。

拉车的人停下黄包车，领着他们进了一个小楼房。拉车的人没带他们上楼，却领着他们往地下室走。

老鹫和一位陌生女人在地下室里等着他们。见了马染尘，老鹫谄笑道：“马爷，您可算是来了！”

“你知道我今晚的计划？”马染尘问道。

老鹫道：“何止马爷一个人的计划？”

马染尘心想，消息走漏得还挺快。

“那好，今晚你跟我一起去放烟花的地方，我也不知道今晚会发生什么，你帮我照顾好她就行。”马染尘指着药引姑娘说道。他巴不得老鹫说这样的话，虽然他对老鹫不怎么放心，但多个人手总归比没有人手强。

让老鹫帮忙照顾药引姑娘，马染尘有自己的考虑。刀疤脸和断指男已经放话今晚要对药引姑娘动手。他既要寻找药引姑娘的姐姐，又要照顾药引姑娘，首尾难顾。而老鹫在这个地方出现，显然跟吃想肉的人比较熟，哪怕不熟，应该见到了不会觉得面生。说不定老鹫认得刀疤脸和断指男。

“要我照顾她？我还以为你要我帮你完成仙爷交代的任务呢。”老鹫觉得自己被小瞧了，有些不乐意。

马染尘不是没有考虑让他帮忙找人，但是仙爷手底下那么多人，找了那么长时间都没有找到药引姑娘的姐姐的藏身之处和藏药之处，他不相信老鹫能帮上什么忙。再说了，这长沙城里鱼龙混杂，黑白混淆，谁知道老鹫到底是什么身份？万一老鹫是别人安插的是眼线，暗中帮助其他人，反而会坏了大事，而老鹫还不一定会泄露身份。

照顾药引姑娘就简单多了。没照顾好就拿他是问。

“我这是为你好。要是今晚任务失败了，仙爷不但会怪我，也会怪你。你一心帮我照顾好她就够了。要是连她都没照顾好，我可饶不了你！”马染尘说道。

老鹫问道：“你是药引身份进入仙爷麾下的，你该担心自己才是。这位姑娘本不是道中人，无论是白药师还是暗药师，都不会对她怎样。你担心她做什么？”

马染尘道：“她确实是无关之人。但这些日子同我在一起进出仙爷府邸，那些人早把她当做跟我一样的人了。”

老鹫皱眉道：“那好吧。”

马染尘想了想，还是不太安心，要是老鹫身份有问题，万一让药引姑娘陷入危险境地，那就糟糕了。他决定跟老鹫说得更加明确。

“老鹫，今晚人多混杂，你只要防备两个人就可以了。”马染尘说道。

“两个人？哪两个人？”老鹫感到意外。

“一个人脸上有一道疤，像刀疤。另一个人是断指，食指少了半截。”马染尘说道。

“这两个人是一起的吗？”老鹫眼睛一亮，问道。

“你见过？”马染尘已猜到老鹫可能认识，所以不是特别惊讶。

老鹫看了看四周，又瞥了一眼药引姑娘，然后拉马染尘到一边，窃窃说道：“马爷，他们怎么可能会对她下手？”

“你认识他们？”

“不认识，但见过。他们是仙爷的人，是自己人，怎么会对自己人下手？要真是这样，那就是大水冲了龙王庙了！”老鹫摇头道。

“自己人？”马染尘难以置信。刀疤脸和断指男怎么可能是自己人？

“对呀。”老鹫毫不犹豫地回答道。

“你不是骗我？”

“马爷，我怎么会骗您哪！有两次仙爷派我跟他们俩秘密联系过。他们俩是仙爷的眼线。”老鹫说道。

马染尘大吃一惊，又问道：“那小飞和小梵不认识他们吗？”

老鹫怪笑道：“所有隐秘的眼线都是仙爷自己掌握的，怎么会告诉小飞和大小姐呢？何况小飞和大小姐的很多意见跟仙爷冲突。”

马染尘感觉有些眩晕。既然刀疤脸和断指男是仙爷的眼线，那他们为什么至今还对药引姑娘穷追不舍？不过这倒是解释了刀疤脸和断指男为什么没有在那个荒废的庙里毙命。能救他们的，仙爷毋庸置疑排名第一。吸血雀是小飞养的，而小飞听命于仙爷。仙爷把小飞的吸血雀当做家禽养，养了还吃，应该对吸血雀造成的伤口也有治疗之法。

可是，小飞和小梵去了哪，仙爷必定掌握得清清楚楚。那么仙爷必定知道刀疤脸和断指男是被小飞所伤。就算不知道，仙爷看到刀疤脸和断指男的伤口，也应该知道这是小飞所为。

仙爷为何要救被小飞所伤的人？

马染尘想不明白。

“他们在仙爷手下多久了？是最近吗？”马染尘问道。

“好多年了，比我资历还老。”老鹫说道。

老鹫加入仙爷的阵营已有三四年，这个马染尘听说过。比老鹫资历还老，说明仙爷不是在那个夜晚偶然决定救的他们。

马染尘瞄了不远处的药引姑娘一眼，心中忽然冒出一个奇怪的猜测——药引姑娘假装失策被抓进药贼内部，而仙爷早已知道她要潜入内部，故意请君入瓮？仙爷早已看穿白药师的计划，而假装不知不觉？

这个想法让马染尘不寒而栗！

“你是什么时候联系过他们？”马染尘想到了问题的关键。

“那也有两三年了！你不说起这两个人，我都快忘了。”老鹫说道。

“时隔多年，看来仙爷也忘记了你曾经联系过他们。”马染尘不禁说道。

“什么意思？”老鹫眨眨眼。

马染尘在心里说道，所以仙爷没有让你远离我，以免我从你这里获得这些信息。

“没什么。贵人多忘事。”马染尘敷衍道。

联系这么多年，可见刀疤脸和断指男是仙爷眼线中的心腹大将。安排他们两人来引诱白药师潜入药贼内部，是最放心不过的了。白药师以为药引姑娘被抓是按照他们的计划进行的，却不知是仙爷将计就计。

可是，仙爷为什么不直接杀掉白药师或者药引姑娘，而要让白药师的计划如愿以偿顺利进行呢？马染尘无法给出能让自己觉得合理的解释。

尤其是今天，刀疤脸和断指男的出现让他严重分心，这很不利于他去寻找那个消失的女人。此前他还以为是仙爷的对手故意为之。

仙爷一方面迫切期待找到那个女人，一方面却打扰他去找那个女人，似乎担心他找到。这又是为何？

马染尘刚将思维捋清楚一些，瞬间又变成了一团乱麻。

“快带我去见仙爷！”马染尘决定亲自去问问仙爷，到底是要他找那个女人，还是不找。

老鹫说道：“马爷，这里快要放烟花了。你还回去？”

“我有问题想问仙爷。”

“明天再问吧。今天你回去也见不着仙爷。我出来之前，仙爷已经出去了，据说明天才能回来。不然我也不敢跑到这里来。”老鹫说道。

马染尘暗暗感觉到仙爷是故意要躲开他。

仙爷到底是什么意思？马染尘脑海里萦绕着这个问题。

老鹫说道：“我带你去个地方。”

老鹫带着他们走到一扇门前，老鹫打开门，马染尘看到门后挂着许多衣服，花花绿绿的。

“衣柜？”马染尘问道。

老鹫身边的女人终于开口说话了：“这是我的衣柜，请进吧。”

他们走进了衣柜里。

马染尘忽然有种回到小时候的感觉。他曾躲在衣柜里玩藏猫猫的游戏。只不过小时候的衣柜里有一股樟脑丸的气味，而这个衣柜里散发着香气。

推开衣柜门，竟然是一间红罗帐闺房，看起来像是大家闺秀居住的绣花楼。但外面欢笑声不断。

“这是什么地方？”马染尘问老鹫。

老鹫指着身边的女人说道：“是她的房间。”

“哦。家里还蛮热闹，是在办喜宴吗？”马染尘问那姑娘。

老鹫哈哈大笑，说道：“马爷，她家里天天办喜宴！”

“天天办喜宴？这么多喜事，家里亲戚很多吧？”马染尘问道。

那姑娘也笑了，笑得直不起腰。

老鹫道：“马爷，她家里亲戚很多，天天有来串门的。尤其姐妹多，每个姐妹都要接客。霞姑的娘家就是这里。”

马染尘醒悟过来。原来这里是青楼。

马染尘要出去，老鹫拦下他，说道："马爷，您就在这里待着吧。我叫两个姑娘进来陪陪你。"

马染尘摇头道："我还是出去走走吧。"

"咳，我的好马爷！您就别出去添麻烦了！耳目最多的地方，就是这种地方了！什么人都有！您要是从这里走出去，盯着今晚的所有人就都知道您在这里了！不但您暴露了，我也暴露了。您说我还怎么偷偷保护您心爱的姑娘啊？"老鹫就差跪地上求他了。

"你说什么呢？不要乱说！"马染尘不自觉地看了药引姑娘一眼。

药引姑娘目光闪躲，假装没听见。

"哎呦，我说您就别伪装了。到了这个时候您不要我帮您，却让我照顾她，不是把她看得无比重要吗？"老鹫快言快语道。

马染尘脸上一阵发热，说道："贩药的地方都去了，还担心在这里被人看见？"

老鹫道："那地方不是什么人都能进去的，但是这里只要有钱都可以进来。咱们能少一点危险，就避免一点。要是早碰到您，我说什么也不会答应您去刚才那地方露面。"

马染尘觉得老鹫说得有道理，回想在饭店里遇见刀疤脸和断指男的一幕，忽然觉得刀疤脸断指男的出现都太意外且太"及时"。这让马染尘觉得幕后是同一个人指使的——仙爷。

无论是暗药师还是药贼亦或是贩药师等，其实都是暗药师。看起来水火不容，但是谁知道背后是不是紧密相关？

马染尘在房间里坐了，老鹫出去点了几个小菜，又弄了一罐酒来。四个人便在桌子边上消磨时光，只等天色暗下来。

老鹫搂着那个女人，不时开着黄段子的玩笑，夹了菜往她嘴里塞。两人打打闹闹，卿卿我我，旁若无人。

药引姑娘脸上红一阵白一阵。

忽然，那女人从老鹫怀里挣脱，大喊道："有东西咬我的脚！"

老鹫一惊，掀开桌布往下面看。

果然一个东西从桌下蹿了出来，跑到了墙角落里。

马染尘看去，居然是一只吸血雀！

就在这时，马染尘听到了敲门声。

"谁？"老鹫警觉地问道。

马染尘看着那只吸血雀，说道："还能是谁？小飞呗。"然后起身去开了门。

小梵站在门前，身后是小飞。

小梵斜了马染尘一眼，嘲弄道："紧要关头了，你还有心思来这种地方寻欢作乐啊？"

老鹫连忙上前拍马染尘的马屁道："大小姐，马爷这是诸葛亮啊。"

"运筹帷幄之中？"小梵问道。

"马爷是司马懿带着大军来了，还能坐在城楼上弹琴的诸葛亮！"老鹫说道。

"你还挺会说话。"小梵道。

老鹫连忙说："谢谢大小姐夸奖！"

小梵走到桌子旁，挨着药引姑娘坐下，看了看桌上的小菜，冷冷道：“就这几个菜啊？寒不寒酸？”

老鹫含着腰跑到小梵跟前，给自己脸上抽了一个耳光，说道：“是小的不对，怠慢了马爷！我这就去加菜。”

小梵抬抬手，说道：“不用了。”

马染尘道：“你错怪老鹫了。我们吃过了来的。”

小梵摆摆手，示意他不要帮忙解释，然后说道：“你今晚打算怎么做？”

马染尘一愣。他还真不知道该怎么做，只能先去放烟花的地方，走一步看一步。于是，他诚恳道：“我来长沙城的时间不长，对这里比城里还要不熟悉些。那个暗药师我也没见过，只知道是女的。只能瞎鸡啄米，碰到一颗是一颗。”

药引姑娘听到“瞎鸡啄米”时，忍不住“噗嗤”一笑。

老鹫带来的女人也捂住嘴笑。

小梵也忍不住嘴角一抽，很快又恢复一张冰冷的脸，说道：“瞎鸡啄米？要是没啄到怎么办？你怎么跟仙爷交差？要是你交不了差，你喜欢的这位姑娘可就要被一帮老头子当做盘中餐吃掉了。”说完，小梵看了药引姑娘一眼。

药引姑娘恐惧地往后缩。

马染尘为难道：“我也没有办法，只能这样。我资历没有你们任何一个人老，懂的没有你们任何一个人多。仙爷把这个任务交给我，本就强人所难。”

这时候小飞开口说话了：“仙爷本意就在于此。他就是要找一个很可能完不成任务的人去做任务。”

“让我做这个任务就是为了让我完不成任务？仙爷……这是要故意刁难我吗？是不是仙爷后悔把她给我了？想要回去？”马染尘问道。

小飞笑了笑，摇摇头，说道：“这么多年来，没人能找到那个女人，并不是没人能找到，而是仙爷不希望有人找到。”

小飞和小梵说这些话的时候并不避讳老鹫和其他几个人在场。

马染尘心想，或许小飞和小梵顺便告诉老鹫，让他今晚也不要太费心费力。小飞和小梵不知道老鹫今晚的任务是照顾好药引姑娘，应该是认为老鹫参与其中了。

小梵叹了口气，说道：“仙爷不是故意刁难你。他要是想要为难你，能把你折磨死，何必这样不痛不痒？依我看哪，他是对那个女人有了感情。他怕那个女人受到伤害，可是他在长沙城的药贼里占据了老大的位置，不能对此不闻不问，更不能偏袒一个身为暗药师并且养着药的女人。”

马染尘想起当初接这个任务的时候，霞姑就在仙爷身边，她说了一句：“仙爷喜欢她从小就有这一股子机灵劲儿！”那时，马染尘就感觉到要找的女人跟仙爷的关系不一般。仙爷当时的反应也很奇怪，他说霞姑的舌头好吃，就是话多。显然是责备霞姑说漏嘴的意思。

再想得仔细一些，得知那三十多个要送给伊藤大佐的药少了一个之后，仙爷先是问能不能用以前留存的药顶替，甚至用假药冒充。是霞姑有意识地引导仙爷想到这个消失的女人，让仙爷给了马染尘这个任务。

当时霞姑被水壶砸头，浑身淋水，却态度不改，似乎也不是为了迎合仙爷，而是她有目的尚未达到。

莫非，霞姑表面迎合仙爷，实际上是胁迫仙爷这么做？

马染尘不敢将这样的疑问说出来，转而问小梵道：“霞姑事事顺着仙爷，为什么不帮仙爷处理这个左右为难的事情呢？”

这话果然起到了作用。

小梵哼笑道：“她帮仙爷？你倒是真把她当好人了！她可是日本人的眼线，专门监视仙爷的。别看她平时打落牙齿往肚子里吞，仙爷也就打落她的牙齿泄泄气罢了，真打出问题来，伊藤大佐饶不了仙爷。那可是他的老相好，霞姑还在这楼里的时候，伊藤大佐就是她的老顾客。”说完，小梵看了看房间里的摆设。

老鹫马上给马染尘解释道：“霞姑以前就住这间房里。”

“原来是这样！”马染尘恍然大悟。之前的所有迷惑顿时解开。或许伊藤大佐根本分不出药的真假，而由于霞姑，仙爷不得不让他来找真药。霞姑之所以这么做，也许是为了给伊藤大佐办事，也许是为了故意为难仙爷，为自己平日里的待遇找个泄愤的出口。

仙爷留着霞姑，并不是他自己说的那样因为霞姑那条舌头，而是霞姑背后的伊藤大佐。

“那我是找到那个女人比较好呢，还是不找到比较好？”马染尘理清了仙爷和霞姑之间的谜团，但对自己接下来要如何做完全不清楚。

“说得好像你想找到就能找到一样。”小梵毫不客气地讽刺道。

话虽然难听，但马染尘明白，小梵带着小飞来到这里不是为了来嘲讽他的，而是有着他们的目的。不管他们处于何种目的，他们应该是来帮助他的。若是不想帮助他，就不用来这里，不用说这些话了。

“如果你是来气我的，那么你的目的已经达到了。”马染尘摊手道。

小飞应该是猜到了马染尘说这话的意思，说道：“如果是来气你，我们真是吃多了撑着。我们来是想帮你。”

“你们帮我？是帮我找到她，还是帮我不找到她？”马染尘见话都说开了，便也不再掩饰。如果帮忙找到那个女人，那么他们就是来破坏仙爷计划的。如果来干扰他，那么他们就并不是来帮他，而是帮仙爷的。

马染尘想要明确的答案。

“我们只能尽力帮你，但是最后能不能找到，还看你自己。”小飞是聪明之人，见招拆招，不暴露自己。

马染尘猜到小飞不会轻易暴露此行的目的，所以不再追问，回身到桌边，给老鹫和小飞倒了一杯酒，说道：“那就有劳了！”

别人都喝了，小飞没有喝。老鹫身边的女人主动讨要了一杯，一饮而尽。

小飞接了酒，放回桌上，说道：“任务当前，喝酒误事。还是不要喝了。”

老鹫大大咧咧道：“喝点酒误不了事的。这是我珍藏的邵阳老酒，味道好得很。来来来，喝一点。”

老鹫从马染尘手里夺过酒罐，又给喝酒的人每人倒了一杯。他要给药引姑娘倒酒，药引姑娘不要。小梵接了半杯便说“好了”，陪着喝了。

小飞还是不喝。

酒过三巡，老鹫有了一点醉意，非得要小飞喝酒。

小梵直言道：“小飞哥哥喝不得酒，一杯倒。”

老鹫怕小飞面子上挂不住，帮忙解释道：“飞爷不是喝不得，是他喝了酒的话，酒到了血液里，吸血雀就不能吸他的血啦。”

小飞听了这话，脸色煞白。

老鹫身边的女人脸颊泛红，眼神迷离，摇着老鹫的胳膊问道：“为什么飞爷喝了酒，吸血雀就不能吸他的血呢？”

老鹫大笑，说道：“那样的话，吸血雀的体内也会有酒。”

老鹫身边的女人抿嘴道：“听说仙爷挺喜欢吃醉酒鸭，那样的话，仙爷吃吸血雀的时候就有醉酒鸭的味道？”

小飞凑到马染尘耳边，问道：“我不在的时候，你跟老鹫开我的玩笑了？”

马染尘摇摇头。

小飞掏出手枪，对着老鹫连射三枪。

老鹫身边的女人吓得滚在地上，失声尖叫。

药引姑娘对小飞突如其来的举动迷惑不解，看到被击毙的老鹫，也吓得不轻。

枪声一响，外面就乱了，奔跑声，叫喊声不绝。吓到的不止屋里这几个人，还有整个青楼的顾客和妓女。

小飞对着枪口吹了吹，收起来，然后冷静地说道："他是潜伏在我们里面的特务。吸血雀吸我血的事情，我只在戴胜那里暴露过一次。除了你我，还有逃走的戴胜，再没有人知道。"

马染尘想起了小飞在戴胜面前让吸血雀吸他的血那一幕。

小飞看着马染尘，说道："看来……戴胜也来梅溪湖看烟花了。"

马染尘知道，小飞的意思是戴胜也会参与到今晚的"夺药大战"中来。

小飞将扑在桌子上的老鹫推倒在地，说道："都说了喝酒误事。你偏不听。"

马染尘心有余悸，他差点将药引姑娘交给老鹫照顾。戴胜逃走之后，必定对他恨之入骨。把药引姑娘交给老鹫照顾，那简直是把羊羔交给饿狼照顾。

这一次他深深地相信了朋友马万福的话——长沙城是一潭浑水，不知深浅，谁也不知道谁是人是鬼。

"此地不宜久留。趁着混乱，我们快走吧。戴胜既然让他来了，就会安排其他特务在附近呼应，等其他特务发觉，我们想走也走不了了。"小飞说道。

马染尘看了看老鹫带来的那个女人，问道："那她怎么办？"

小飞将房门打开一条缝，看了看外面的形势，头也不回地说道："卖身到这里的，大多是穷苦之人。卖身是迫不得已，为别人办事也是迫不得已。留她一条生路吧。"

小梵听了这话，眼神里对小飞充满赞许。

"走！"小飞打开门，朝他们招手。

马染尘带着药引姑娘跟着他们快步离开房间。

外面还有许多人在奔跑。大厅里站着两三个站在原地观察情况的人，马染尘不知他们到底是哪方势力的人。看了一眼，马染尘就低了头，跟着混乱的人群往外跑。

到了街道上，他看到有一队保安团的人远远地跑过来了。

小飞立即调转方向，说道："走这边，别让他们看到脸！"

马染尘赶紧掉头。

他们四人走到几乎听不到喧闹声的安静巷道才停下来。

"累死我了。"小梵抱怨道。

小飞见旁边有一堆瓦片，应该是旁边人家留着修房顶的。他脱下外套，铺在了瓦片堆上，说道："你坐着歇一会儿。"

小梵还没坐下，巷道的两边突然闪出好几条身影。

"跑得了和尚跑不了庙。跟我们去见戴先生，还是在这里见阎王？"其中一人狂妄道。他的手里有枪。身后的人也每人一杆枪。

来者是戴胜的人。

他们四人中只有小飞一杆枪，并且前后都被堵住，左右是墙壁。或许小飞凭着自己的本事可以突围，但是他们三个就要被打成筛子了。

"好久不见啊，兄弟。"小飞对着那个狂妄的人说道。

马染尘惊讶不已。小飞跟这个头目认识？他心中升起一线希望。如果是这样，那么他们尚有一线生机。

那个头目将枪口对准小飞，笑了笑，说道："好久不见！当年你反对我去南京，我还以为你去了延安呢，没想到在长沙城遇到你。

怎么样？当年你的那些理想已经被磨灭了吧？”

马染尘心中一凉。看来他们不是旧相识，而是死对头。

小飞将手伸到腰间。

那个头目厉声道：“放下枪！”

小飞松开手，举了起来，说道：“你怎么知道我在这里就不是为了理想？”

马染尘听不太懂他们的对话。

那个头目问道：“这么说来，你还是执迷不悟！”

小飞笑了笑，说道：“难怪能跟到这里来，原来是你。”

马染尘从他们的对话中大概听出了些眉目——他们虽然是死对头，但曾经是好友，因为理念不同而分道扬镳。因此，那个头目十分熟悉小飞，一眼就能认出小飞，才能跟到这里来。

“说来还要感谢兄弟你，多亏了你，戴先生才重用我。”那个头目冷笑道。

小飞道：“你迟早要后悔的。”

那个头目说道：“你现在就应该后悔没有跟我一起去南京。”他回头对手下人说道：“去，把他的枪收了！”

一个小喽啰跑了过来，要收缴小飞的枪。

小飞迅速控制住那个小喽啰，用枪抵着小喽啰的头，想要用小喽啰要挟他们。

那个头目毫不犹豫扣动扳机。

“砰——”

枪声在这巷道里显得尤为震耳。

马染尘吓了一大跳，心想小飞速度再快，恐怕也难躲开子弹。

小梵则吓得大哭起来。

马染尘知道，小梵不是被子弹的声音吓哭，而是为小飞哭。

小飞的声音传来："你怎么这么胆小？没听过子弹声吗？"

小梵立即止住了哭声。

原来那颗子弹不是对着小飞射出的，中枪的是那个被小飞控制的小喽啰。小飞的脸上溅了许多血。

小飞的手也在抖。

那个头目斜嘴一笑，说道："兄弟，别想拿人质要挟我。你还是乖乖跟我走吧。下一枪，我就不知道会打中你们哪位了。我看那个哭的姑娘挺在意你的，要不……我先打死她？"他将枪口转向小梵。

小飞扔掉手里的枪。

"你已经不是我认识的你了。你连自己人都下得了手。"小飞放开了脑袋开花的小喽啰。

那个头目仰天大笑。

"你笑什么？"

"你连人都可以吃，还有什么脸面说我？"

小梵立即反驳道："你知道什么！你看见过吗？"

小飞对小梵说道："不要跟他争论。"

马染尘很意外。照着小梵的意思，小飞是没有吃过想肉吗？他身在仙爷的组织里，是得力干将，还养着吸人血的吸血雀，怎么会不吃想肉？

马染尘又想了想，小梵的话也有几分可能性，比如我自己不就是这样过来的吗？药引姑娘曾以为我吃了想肉，但我并没有吃。难道小飞也是这样？不过，他若不是为了想肉加入仙爷这里的，那为什么要给仙爷卖命？

那个头目又示意一个小喽啰过来，将他们几个人的手反绑在背后。

小飞没再反抗。

见小飞他们被绑住了，那个头目才走过来，在小飞的肩膀上拍了拍，说道："多谢兄弟体谅。既然是兄弟，就帮忙帮到底。是你让我得到重用，再让我在戴先生面前立个功，谋个一官半职。兄弟我忘不了你的。"

小梵咬牙切齿道："无耻之徒！"

那个头目抬手给了小梵一个耳光，呵斥道："给我闭嘴！"

小飞急得大叫："不要打她！你欺负一个女人，还是被你捆住的女人，你好意思吗？"

那个头目回过头来，邪笑着对小飞说道："听说你们这种人最喜欢吃的正是这个年龄的女人，还取名叫什么'不羡羊'，比最好吃的羊肉还要好吃。你这么生气，是因为你喜欢她呢，还是因为护食，怕我弄坏了你的食物？"

"你不要太过分了。"小飞气得脸上肌肉抽搐，可又无可奈何。

马染尘心想，这下完了，四个人都被捆了起来，毫无反抗之力。要是小飞还有办法，绝对不允许别人这样打小梵。上回已与戴胜交恶，到了戴胜那里，戴胜绝对不会给他们留下活口，尤其是自己和小飞。

“你从来没想过你会栽在我的手里吧？”那个头目得意道。

马染尘走到药引姑娘身边，垂头丧气道：“对不起，本来想着带你摆脱仙爷，没想到要死在戴先生手里。”

小梵走在他们前头，听到了马染尘的话，转过头来，说道：“呵，就你这点能耐，还想逃离仙爷的五指山？少在美女面前充英雄了。”她的脸上有巴掌印。但她既不怒，也没有急。

那个头目听到他们说话，凑到药引姑娘面前来，看了看药引姑娘，不自觉地咽了一口口水。

头目旁边贼眉鼠眼的小喽啰说道：“老大，这姑娘长得……怎么很好吃的样子？我多看两眼就感觉饿了。”

那个头目踢了小喽啰一脚，呵斥道：“你还想吃人不成！”踢完小喽啰，回过头来，他不自觉地抬手摸了摸嘴巴。

那个被踢的小喽啰还不甘心，又凑到头目身边，说道：“老大，我听说戴先生以前就是干这行的。他以前绑走过一个大财主的女儿，好像是把大财主的女儿养成了药，后来熬了药，把剩下的药渣送回去当骨灰。那骨灰有一股浓烈的药香味。”

“还有这事儿？”那个头目显然不是长沙本地人，没有听过这种传说。他感兴趣地端详药引姑娘。他已经意识到小喽啰接下来要说什么了。

马染尘心中一慌。他也猜到他们要干什么了。

小喽啰说道：“这事儿很多人听说过。您随便问问老长沙人，没有一个不知道的。所以呀，戴先生应该也是吃过人的。据说人肉又叫做想肉，吃了之后想了又想。我们看了她都觉得口舌生津，您要是把这个姑娘送给戴先生，戴先生肯定高兴！您节节高升了，记得提携一下我。”

马染尘感觉背后一凉。

马染尘知道，她是听到那些人说看到药引姑娘的时候觉得饿而感到奇怪，她甚至可能因此推测出当初是马染尘冒充了药引的真相。身在药贼窝中，见多了“药”反而认不出“药引”，但一般人是能感觉到差别的。

小梵虽然惊讶，但没有说话。她应该清楚，这时候把药引姑娘的真实身份说出来，只会对药引姑娘更为不利。

马染尘从小飞的侧脸看到他嘴角有一丝笑意，好像不以为然。马染尘根据那个笑意猜测，也许小飞早就知道了，甚至在那个荒废的庙里时就看出他坚称自己是药引是在说谎，只是一直没有说破而已。

看着小飞嘴角的笑意，马染尘忽然心生感动。

这时天色渐晚，天边已经能看到一两颗星星。马染尘心中叹息，今晚的烟花恐怕是看不到了，明天的太阳说不定也看不到了。

这时，巷道旁边的屋顶上传来了“咕咕咕”的叫声。

马染尘大喜。他已经听过好几次这样的声音了。那是吸血雀的声音。由于此时较为安静，吸血雀又站得高，那声音听起来比以前更为响亮，更为阴森。

那个头目也听到了声音。他走到小梵身后，将枪口对着她的后脑勺，淡淡说道：“听说你小飞哥哥喜欢养家禽，家禽还挺凶猛的。戴先生叫我出来之前再三提防。我可不管家禽凶不凶猛，它们要是出来惹我，我就一枪先崩了你。”

小飞赶紧吹了一个奇怪的口哨。

“咕咕咕”的叫声消失了。

那个头目笑道：“算你识相。”

马染尘刚看见的一线希望又泯灭了。

他们刚刚走到巷道口，正要出去，突然一个声音响起，如炸雷一般。

“居然敢抢我娘的药！给我往死里打！”

紧接着，数十个黑色的身影跃了出来。刀刃的寒光让人心惊。那些人不由分说，举起刀就往押着他们的人身上砍。

戴胜这边的人虽然有枪，但近身相接，反而不如刀那么好使。前面几个更是猝不及防，很快就被切菜一般砍倒。

后面的人慌乱之中开了枪，有命中对方的，也有命中自己人的。

马染尘赶紧往药引姑娘扑去，将她扑倒，压在身下，怕不长眼的流弹落在她身上。小飞也急忙用身体将小梵推到墙壁上，将她护在身后，两脚踢翻两个试图上来抓他们的人。

那个头目举枪打倒了一个黑影，大喊道：“胆敢抢我们的人！知道我们是什么人吗？”

又一个黑影从他身边跃身而过。

寒光一闪。

那个头目愣了一会儿，然后像被砍断的树一样直挺挺地往后倒下。脑袋磕在地上，发出“咚”的一声。

那黑影自言自语道：“管你什么人！”

刚才喊打的声音就是这个人发出来的。马染尘一听就知道他是谁。他是那个要用药引姑娘的肉给母亲治病的人。

前后不过一分钟时间，戴胜的人全部倒在了地上。

来者也损失一半。

那黑影来到药引姑娘身边，说道：“恩人，我从来都是有仇报仇有恩报恩的人，我还没有问到医师，但先给你报恩了。等我问好了剂量，我会去万福药铺找你的。希望你到时候不要吝啬。”

药引姑娘被这突如其来的砍杀吓得有些发蒙，听他这么说，赶紧点头。

“这些人都配了枪，来头不小。你们要赶紧走。”他一边说，一边将药引姑娘身上的绳子割断了，然后将手中的刀递给了她。

“走！”他命令道。

他们互相扶的扶，扛的扛，抬的抬，迅速从这里撤离了。

药引姑娘握着刀抖抖瑟瑟。

“快帮我们割开绳子，再不去放烟花的地方就晚了！”马染尘喊道。

药引姑娘回过神来，赶紧用刀将他们都解了绑。

马染尘发现小飞的胳膊受了伤，不知道是被刀划的，还是被子弹擦过的。血已经将衣服染透。

小梵从自己衣服上撕下一条布，绑在小飞受伤的胳膊上。

“早知道你会受伤，我们就不来了。”小梵抹着眼泪说道。

小飞道：“死里逃生，这点伤算什么！别哭，该笑才是！”

小梵点头，却哭出声来。

这时候，南面的天边升起了一阵流星雨一样的光。

马染尘顿时着急大喊："快快快！烟花已经开始了！"

他们四人急忙往烟花腾起的方向奔跑。

烟花一阵阵升起，将马染尘眼前的路照得清清楚楚，如同白昼。烟花的声音越来越强，越来越密，很快头顶的天空就如有战斗机飞过一般，轰隆隆的响声中伴随着炮弹的呼啸声。

马染尘心中有种不祥的预感。这看似天下太平的烟花中已经有了战争的预兆。他还没有到目的地，就有种置身于硝烟战场的错觉。他回头看看小飞小梵和药引姑娘，感觉他们四人不是努力要奔赴某地，而是要逃离。

我们何尝不都是为了逃离而奔赴的人？小飞小梵向来与仙爷意见不和，我自己更是为了摆脱仙爷的控制而来到这里。在不了解药引姑娘之前，我还想着带着她逃离。马染尘一边奔跑一边想着七七八八的东西。

等到跑到放烟花的地方时，那里已经是人山人海。

白天来这里的时候还冷冷清清，这些人好像是突然之间从地下冒出来的。在距离放烟花一段距离的地方有观看台，那里已经站满了人。附近的树上也有不少人爬了上去。在这些人后面，一些人来这里就不是完全为了看烟花。有的人摆了小摊位，卖各种各样的东西，俨然赶集。有的人推着单车，车后是售卖的东西，然后在人群里穿梭吆喝。

马染尘一头扎进人群里，目不暇接。

他不认识仙爷要他找的女人，可是除了这样寻找之外，他想不到还有其他办法。总不能站在人群之中等对方走到自己面前来，承认她就是他要找的人吧？

小梵也在人群里找来找去。

小飞抓住她问道：“你找谁呢？”

“我找她啊。”她回答得理直气壮。

“你知道她长什么样吗就找？”小飞问道。

小梵眉头皱起，说道：“我……我……”

“你都不知道她长什么样，怎么找？”小飞说道。

小梵拽住马染尘，问道：“你告诉我她长什么样啊。什么脸型？多高？长头发还是短头发？”

马染尘摇摇头：“我也不知道她长什么样。仙爷没告诉我她长什么样。”

小梵忍不住翻白眼：“你……那怎么找？”

药引姑娘突然插嘴说道：“我知道怎么找。”

“你认得她？”小梵诧异道。

这时天空炸开一朵漂亮的烟花，周围的人们发出惊叹，欢呼雀跃。

药引姑娘也忍不住朝天空看了一眼，然后收回目光，摇头道：“我不认得。”

马染尘心想，时间这么久了，失散这么多年，纵使相逢应不识。

小梵失望道：“你也不认得，那怎么找？”

药引姑娘迟疑了片刻，说道：“你们一边走一边喊一句话。”

“什么话？”小梵迫不及待。

药引姑娘张口说了三个字。

小梵没听懂，迷惑地问："你说什么？"

马染尘却一下就懂了。他知道药引姑娘名叫王腾玄，而她发出音的那三个字中，恰恰有两个字的音跟"王腾"二字非常接近。毋庸置疑，那三个字就是她姐姐的名字，是她姐姐被暗药师带走之前常被人呼唤的名字。

小梵听不懂，是因为药引姑娘用她那里方言发的音。小梵不知道药引姑娘的名字，所以猜不到药引姑娘到底说的什么。

"你一边走一边这样喊就是了。如果有人听到之后惊慌，那就是你们要找的人。"药引姑娘说道。

马染尘理解她的意思了。她的姐姐突然在这里听到有人用方言喊她的名字，自然会非常惊诧。听不懂的人自然不会有所反应。

"可是……"

"你就照她说的做。"小飞打断小梵说道。

小梵见小飞这么说，便不再问了。为了加快搜寻速度，马染尘和药引姑娘一起，小飞和小梵一起，分头去找。

药引姑娘一边走，一边呼唤她姐姐的名字。

马染尘则在人群里快速搜寻可疑的人。

不一会儿，三个不怀好意的人靠了过来，挡住他们的去路。为头的人嘴里叼着一根筷子，牙齿缝里还有黑色的豆腐渣，应该是刚刚用筷子戳了小摊上的臭豆腐吃了。纵使周围各种气味混杂，那臭味马染尘还是能闻到。

药引姑娘想绕开他们，可是她往哪里走，那个人就移步到哪里，堵住路。

“你要干什么？”药引姑娘怒道。

为头的人咧嘴一笑，咬着筷子说道：“我听到姑娘叫我，我才过来的呀。怎么？叫哥哥来了又生气？”

药引姑娘羞怒道：“我哪里叫你了？”

为头的人拿掉筷子，回头问身后的两个人：“你们听到她叫我没有？”

那两个人自然附和道：“听到了，听到了，叫得可欢了！”

旁边人来来往往，没有一个敢站出来打抱不平。

马染尘没有立即上去，他不清楚这几个人是恰巧碰到的街头无赖，还是背后有人指使。

“我没有叫你！让开！我不认识你！”药引姑娘着急道。

为头的人不让开，说道：“没叫我？怎么可能？难道我们听错了？要不你再叫一声，我看看是不是叫我。”

药引姑娘叫了一声。

那人一拍巴掌，笑道：“对嘛！我就叫这个名字！你就是在找我嘛！”

他后面两人道：“就是，就是。”

就在这时，一个身穿绸缎长袍的中年人从人群里走了出来，径直走向那人。

马染尘猜不准那个中年人是干什么的，但见他目光囧囧，短发抖擞，就知道他不是平凡之辈。

那中年人在药引姑娘身边站定，铿锵有力地吼道：“滚！”

为头的人横眉冷对，用筷子指着中年人，凶巴巴地说道：“别没事找事！不认得梅溪湖的烂仔张吗？”

中年人居然掏出一把毛瑟手枪，指着烂仔张：“认得这是什么东西吗？”

烂仔张手一抖，筷子落地，赶紧抱头鼠窜。

白药师？药引姑娘的父亲？马染尘脑袋里冒出两个猜测。

马染尘刚要抬脚上前询问，中年人已经一头扎入了人群里消失了。

“他是谁？”马染尘走到药引姑娘身边问道。

“不知道。”药引姑娘回答道。

马染尘心中一凉。药引姑娘并没有把他当做自己人。自己的付出都是一厢情愿，徒劳无功。

马染尘不说话了，默默跟在药引姑娘身后。

药引姑娘走了一段路，但没有喊她姐姐的名字。

马染尘正要问她为什么不喊了，她回过头来，看着马染尘。那眼神里充满了痛苦和不舍，仿佛此刻就要与他分别。

“你这是……”马染尘不知道她为什么这样。

“我不告诉你，是为了你好。如果找到我姐姐之后，他们要杀你，你就可以毫不留情反击他们，没有心理负担，不会下不了手。”药引姑娘说道。

马染尘心中一震。看来药引姑娘已经意识到她的目的暴露了。紧接着，他心中一暖。药引姑娘没有因为她是白药师的人，而将他视为敌人。她若是告诉他，刚才那人是她的亲人或者同伙，一旦针锋相对，他真的可能犹豫。因为他既要自保，又不想让她难堪失望。而有这种顾虑的人，自然很可能死在对方的枪口之下。

她不告诉他，就是为了让他免除这种顾虑。

她宁可牺牲自己人，也不愿他在今夜的夺药之战中遭遇危险。

她已经意识到了，今夜的烟花之下将有一场大战。这里就是战场。在这喧闹的人群里，有无数的眼睛暗暗观察着他们，等待他们发现她姐姐。

那些暗中观察的人就如一个等待绽放的烟花，而药引姑娘的姐姐就是这个烟花的引信，一旦点燃，那些人就会如烟花一般在这黑暗的夜里乍然出现。那些人无论是白药师，还是药贼，还是暗药师，抑或是军统的人，目标都是为了药引姑娘的姐姐。而要夺走药引姑娘的姐姐，马染尘是最主要的阻碍，对他们各方势力来说都是。因此，他是在危险中心的人。

马染尘自己明白这一点。他相信药引姑娘也明白这一点。

也许药引姑娘认为我今晚必死无疑，才同情我，才说这样的话。马染尘心中这样认为。

药引姑娘又开始呼喊她姐姐的名字。马染尘看到她的眼眶湿润，看到她假装不经意地抹眼角。

她是为我即将到来的死亡而哭泣吗？马染尘心想。

这时，马染尘注意到有几个人一直不远不近地跟随着他们。那些人一手扒开人群，另一只手插在衣服里。应该是藏着武器。

几乎就在同时，他看到了那些人身后有一个女人朝他这边看着，那女人跟药引姑娘一样眼眶湿润，充满了惊喜，又充满了担忧。

马染尘打了一个激灵。这个女人应该就是药引姑娘的姐姐！她听到了妹妹的呼喊声，知道妹妹来到这里找她，也知道周围危机重重，所以不敢出来回应，只能隐藏在人群里，远远地看着失散多年的妹妹。

作为一个白药师的女儿，作为一个养人为药的暗药师，她太清楚身边的危险了。可是毕竟姐妹血缘，离乡太久，她能隐藏身份，却难抑制奔涌的情绪。

虽然她的容貌跟药引姑娘不太像，但眉眼之间还是有些药引姑娘的影子。

“她在那里！”马染尘大喊道。

她发现自己暴露了，吃了一惊，赶紧转身就跑。

马染尘拔腿就追。

这一声不但惊到了药引姑娘，也惊到了许多潜伏在他们周边的人，如一条鱼在水中跃起，激起了一层浪花。

马染尘用眼睛的余光就看到左右两边有数十个人和他朝同样的方向快速奔跑，想要在他之前捉住那个仓皇逃跑的女人。

不知是谁在混乱之中开了一枪，惊了人群。人们听到枪声，却不知道是哪里开的枪，于是到处乱跑。

马染尘心想，这一枪应该是哪方势力的暗号，告诉同伙发现目标了。这样追下去可不行，就算我抓到了她，后面的人也会从我背后将我打成窟窿眼。往常药贼与暗药师和药之间是螳螂捕蝉黄雀在后的游戏，眼下是螳螂捕蝉一大群黄雀在后的危险游戏。对螳螂来说，捕到蝉已经没有了任何意义。

想到这里，他迅速猫下腰。这里人潮拥挤，一猫腰就能避开大多数人的目光。然后，他躲到路边的一棵树后。

几十个人还在往那女人逃跑的方向追。

人多得像蚂蚁窝里的蚂蚁一般，从人们身后看去，一个个黑色的后脑勺就如春天池水里密集的蝌蚪一般，分不清谁是谁。那些潜伏的人恐怕也难分辨哪个到底是马染尘的后脑勺。他们没想过马染尘会停下来，所以毫不犹豫地按照既定的方向拼命追赶。

马染尘记住了那个女人的大概模样，自认为再看见一定会认出来。但是能不能再看见她，他也不确定。听了小飞和小梵的话之后，他才明白仙爷不一定是真心要他抓住那个女人，所以此时他也不是很担心难以给仙爷交差。

待那些追赶的人几乎都从他身边跑过之后，他从树后走了出来，想要去找药引姑娘。

走到原地，他没找到她。

在那女人逃走的方向响起了一阵密集的枪声。他听得心慌。该不是白药师跟那些人打起来了吧？药引姑娘会不会受伤？

他想要过去，可又想，她是白药师的人，有白药师保护她，我去了也没有用。

在他犹豫不决的时候，一个惊喜的声音响起。

“染尘，可算找到你了！”

他往声音传来的方向看去，居然是朋友马万福！马万福身后跟着几个药铺里的伙计。

“你怎么也来看烟花了？”马染尘十分惊讶。朋友是怕烟花炮仗的，小时候被马染尘用鞭炮吓过。

头顶的烟花仍然有序地绽放，偶尔会有炮衣和灰渣落在身上。

“看烟花？我是来看你的。下午听到有人说你来了这里，就知道你会有危险，我就赶紧带上药铺的伙计们赶来了。”朋友说道。应该是先前想要从药引姑娘身上割肉的黑帮大哥将消息传给他了。他们之间应该是有联系的。这从马染尘在那位大哥面前说出“万福药铺”四个字的时候就猜出来了。

“你知道我有危险？”马染尘问道。这个信息他不知道朋友是从哪里得来的。

朋友笑了笑，说道：“我可是开药铺的。”他把“药”字说得特别重。

马染尘顿时明白了。养人为药，他这个药铺怎么会置身事外呢？

“你胆子也太大了，刚来长沙城就敢插手到夺药的事情中来。你这是要在老虎嘴上拔毛！你还不告诉我！咱们是不是兄弟？”朋友搂住马染尘的肩膀。

“我是怕你知道后给你带来麻烦。”马染尘说道。

“没事就好。我来得匆忙，还没来到这里就听到了枪声，以为你凶多吉少呢。要是你在我这里出了事，我以后回去怎么跟你家里交待？走，我们回去。”

“不行。”

“你想干吗？你不会真想从老虎嘴上拔毛吧？”朋友惊讶道。

马染尘摇头，往枪声响起的方向看了一眼，说道：“不是。是上回跟我一起去你药铺的那位姑娘去那边了。”

“那个说我卖假药看不起我的姑娘？”朋友问道。

马染尘点头。

“她这种说话伤人的姑娘，你救她干什么？”朋友一脸的不情愿。

马染尘道：“我就是因为她才接触到什么药，什么暗药师，什么白药师，什么药贼之类的。”他本来想说个要去救她的理由解释给朋友听，可是话一说出来，觉得没有什么理由去救她。这一切都是她和白药师设计好的，包括现在的危险境地。她要找她的姐姐，有没有他马染尘，她都会去找，都会这样去做。

“是她把你拉下水的？那你还去救她干什么？其他时候还好说，今天牵扯进来的势力实在太多，其中任何一方势力往日里都能闹得整个长沙城不安宁。他们都不是好惹的主儿，我们还是走吧。”朋友劝道。

一起来的药铺伙计附和道：“是啊，马老板说得对。要是遇到几个小烂仔，我们三下五除二，把他们干掉。今晚这些人在往日里遇到，我们都得绕着走。跟马老板回去吧。”

其他几个伙计也点头称是。

马染尘叹了一口气，点点头。

“这就对啦！”朋友非常高兴，“不就是一个姑娘吗？我带你去找更好看的姑娘。”

马染尘道：“她不是好看，她是看起来很好吃。”

“菜人嘛，都能引起你的食欲。吃什么不好，偏偏要吃人？”朋友说道。

“菜人？”马染尘听到朋友这样评价药引姑娘，心中十分不爽快。

“对啊，有人将这种人叫做药引，也有人叫做菜人。哎，我们那里不是有句话吗？走多了夜路总会碰到鬼的。药引这样的白药师，最终总会碰到一个暗药师或者药贼把她吃掉。”朋友一边往回走一边说道。

马染尘跟在他后面慢慢走。

一个药铺伙计说道：“打死犟嘴的，淹死会水的。一样的道理。”

另一个药铺伙计说道：“所以说，就算你救得了她这一次，但你救不了她下一次。”

马染尘站住了。

他们还在絮絮叨叨地说着，把马染尘落下一段之后才发现他没有跟上来。

“喂，你是缠了小脚吗？怎么走得这么慢？”朋友回头喊道。

“我还是要去救她！”马染尘说道。

“都说了你救不了她！你是不是傻？她是药引，就是这个命！今晚不被人吃了，明晚就会被人吃了。明晚不被吃，总有一个晚上会被吃！”朋友忍不住恨铁不成钢地吼了起来，面色狰狞。

“就算她要被吃掉，那也应该由我来吃！”马染尘的声音比朋友还要大。

朋友愣住了。

良久，朋友喃喃道：“完了完了，你这不是老虎嘴上拔毛，你这是要虎口夺食啊！比拔毛还要吓人！”

马染尘深吸了一口气，缓缓吐出，然后说道：“可我舍不得吃掉她。”

朋友摇摇头，撇嘴道：“你是着了她的魔了。”

这时，天空的烟花熄灭了。刚才响起枪声的方向又响起了一阵枪声。每一声都似乎命中的是马染尘。让他心慌，让他恐惧。

“你们走吧。我要去找她。”马染尘赶紧往枪声传来的地方去。

朋友一挥手，伙计们纷纷掏出枪来。

“既然你要去，我们就跟你一起去！”朋友铿锵有力地说道。

马染尘两眼一热，抓住朋友的胳膊说道：“我没认错你这个兄弟！但是那边确实太危险了，你们就在这里等我吧。”

朋友道：“那你就认错我这个兄弟了！作为兄弟，我怎么可能让你孤身犯险！”

“你还有药铺要管，还有……”

“别废话了！再磨磨蹭蹭，你那心爱的姑娘说不定就就不回来了！”朋友推着他往前走。

马染尘不再啰嗦，他奋力奔跑起来。

这一片房屋稀少，多的是树木。因为草木多且湿气重，蚊虫到处都是。马染尘一跑起来，那些蚊虫就纷纷撞脸。

跑了大概四五里路，马染尘认为差不多到了，可是四周没有人影，也没有喧闹声。树影重重。

“应该是这里吧？”朋友问道。

“也可能追到别的地方去了。”马染尘环顾一周，不知道该往哪里走。他期待再听到枪声，这样的话，他就知道要往哪个方向去。他又害怕听到枪声，他担心其中某一枪命中药引姑娘。

“不会是结束了吧？但愿你喜欢的那个菜人没有中枪。”朋友也看了看四周。

“你不是还怪她说你卖假药吗？现在担心她的安全了？”马染尘问道。

朋友蠕嘴道：“谁替你担心她的安全？我是怕她中了枪，就不是好药了。”

“不是好药？”

“当然了！你知道什么样的人参最贵吗？每一根细须都完好的人参才叫好人参！原模原样！少一点儿都不行！少一点儿，那价格就大打折扣！”朋友说道。

在朋友的眼里，药引姑娘还是一味药。

这时，枪声突然大作。

朋友赶紧拽着他往树影里跑。

子弹在他们身边呼啸而过。

“妈的，中埋伏了！”朋友骂道。

伙计正要还击，朋友命令道：“别开枪！别暴露自己！蹲下！隐蔽起来！”

伙计们纷纷隐蔽在树影里，马染尘都看不到他们了。

马染尘惊讶不已。这些伙计居然这么会隐蔽！

更让马染尘觉得不可思议的是，这些常年卖药的伙计听到枪声居然不慌不乱！

“你的伙计们身手都这么好？”马染尘小声问道。

朋友靠树坐下，笑道：“他们可都是在延安接受过特训的。”

马染尘一惊，问道：“你认识小飞吗？”他不知道小飞真名叫什么，只能这样问。

“小飞？”

“嗯。”

“不认识。”朋友摇头。

“他好像跟你们……”

朋友打断他，说道：“在长沙城里，我们有很多志同道合的人，见了面也不认识。他们都有其他的名字。”

马染尘听不懂朋友的话。

朋友见他迷茫，拍拍他的肩膀，说道：“有些事情，只有你我这样的兄弟，是很难改变的。我们需要更多的兄弟一起完成。”

马染尘想问“有些事情”到底是什么事情。这时远处的树影里又鸣了一枪，吓得他一颤。

那边有人喊道：“你们是什么人？”

朋友滚到了另一棵树后，大声回道：“自己人！”然后又滚回马染尘身边。

马染尘知道，他这是为了避免暴露自己的位置。

然后，朋友给暗处的伙计打了一个手势。

暗处一个人影爬了起来，蹑手蹑脚往别的地方去了。

“戴先生的人？”那边大声问道。

看来埋伏在这里的就是与戴先生有联系的人。

朋友又滚到之前的地方，大声反问道："你也是戴先生这边的？"然后又滚了回来。

"妈的，这些特务怎么都对药感兴趣了？他们也想修仙不成？"朋友抱怨道，拍了拍身上的泥土和草屑。头上的草屑却没有拨掉。他不知道马染尘已经跟戴先生打过交道了，更不知道戴先生就是暗药师出身。

那边人似乎感觉到这边人可疑，又大声问道："一二三四五！"

这下朋友回答不上来了。

毋庸置疑，"一二三四五"是他们内部之间的暗号，对得上才是他们自己人，对不上就不是。

朋友从树后探出头，焦急小声道："怎么还没有动静？"

朋友话音刚落，那边又传来三声枪响。

"得手了！走！"朋友从树后一跃而起。其他隐蔽在树影里的伙计纷纷走了出来。

马染尘明白了，朋友故意跟那个躲起来的人对话，让对方暴露位置。一个伙计偷偷摸到对方附近，将暴露的对方击毙。

找出了这个潜伏的人，也就大概找到了继续前进的方向。显然这个人是留下来殿后的，以便狙击后面跟来的"黄雀"。在死者身边有一挺机关枪。这让马染尘毛骨悚然。刚才要是他们几个一起闯过来，估计都要躺在这里了。

朋友踢了一脚那挺机关枪，吐了一口唾沫，说道："这是正规军才有的货色！看样子他们是下了血本啊！"

一个伙计问道："他们怎么只留一个人在这里？"

朋友道："他们也知道今晚有多方势力争夺，需要很多人手。留一个人在这里，但有一挺机关枪就相当于好几个人了。可惜这好东西我们带不走。"朋友嘶嘶地吸气，仿佛牙疼。

"走，我们要快点追上去。"朋友一边往前走，还一边频频后头看那挺机关枪，仿佛那是送别的爱人一般。

他们跑了许久，忽然听到潺潺的流水声。

马染尘往远处一看，居然已经跑到湘江边上了。这时回身去看，烟花都看不见了。再往前一点，在湘江的中间，是橘子洲。

这下他又失去了方向，不知道药引姑娘的姐姐是沿着江岸往北去了，还是往南去了。她是不可能渡江的，江上没有桥，也没有摆渡船。

到了湘江边上，朋友也不知道该往南走还是往北走。

这时，马染尘看到几具尸体从上游顺流而下。朋友也在同时看到了尸体。那些尸体在江水中浮浮沉沉，如同江中嬉戏追逐的江豚，有种诡异的氛围。

马染尘想从中辨认出里面有没有女人，但是辨认不出来。他担心药引姑娘。

"往上游走！"朋友和他异口同声道。

这尸体应该是在"夺药"过程中丧命的，说明他们都在上游的某个地方，这才会顺流漂到这里来。如果他们去了下游，尸体不会漂到这里来。

他们逆江而上，不久又发现了几具倒在江边的尸体。

朋友检查了一下尸体，然后对马染尘说道："手段太狠毒了。这些尸体的脖子上都有割伤。那些人离开之前防止留下活口，给他们每人来了一刀。"

"是怕后面追来的人问出线索吗？"一个伙计问道。

马染尘道："不是。这线索还需要问吗？看到这些人，就知道他们往哪个方向去了。"

"那为什么要赶尽杀绝？"伙计问道。

"他们都要隐藏自己的身份，不论是白药师还是暗药师。一旦泄露，自己遭殃是小事，还会殃及身边亲人。"马染尘想起药引姑娘的父亲泄露身份的后果。

朋友点点头，说道："再往前走就是银盆岭了。他们应该会在达到银盆岭之前一决胜负。我们必须再快一些，不然等我们赶到，他们都已经跑了。"

马染尘问道："你怎么知道他们会在银盆岭之前决定胜负？他们不会继续往前跑，越过银盆岭吗？"

朋友带着伙计一边快速奔跑，一边回答道："你对长沙不熟悉，这银盆岭在清末的时候叫做营棚岭。之所以叫这个名字，是因为曾国藩的湘军驻防在山岭上，建营棚两座。由于发音的关系，营棚岭渐渐变成了银盆岭。现在曾国藩的军队没有了，但地理位置还是很适合驻军，长沙守卫军有两个营在这里驻守。现在闹出这么大动静，军政府必定不能坐视不管，说不定已经在银盆岭附近布防，张开袋子只等他们钻进去。"

马染尘不知道这里还有驻军。

“可是夺药的势力在军政府里也有眼线，多多少少能得到一些消息，所以他们不会继续往银盆岭那边去。”朋友说道。

果不其然，他们大概又追了两三里路后，又听到了断断续续的枪声。这次枪声没有越来越远，反而越来越近。

朋友急忙下令道：“找地方隐蔽！”

马染尘跟着朋友躲在一块地界石碑后面。石碑上有三个字——桐梓坡。

马染尘小声问道：“他们怎么往回走了？难道胜负已分？”

朋友摇头道：“我也不知道。等他们过来，我们就知道了。”

马染尘从石碑后面探出头，往枪声传来的方向看，却不见一人。

朋友背靠石碑，安慰道：“别担心，会过来的。我们打他一个措手不及。”

“你们到底是什么人？”马染尘越来越觉得朋友不简单。

朋友擦了擦额头的汗，笑道：“我们不是什么暗药师白药师，也不是药贼特务，但我们比他们更要隐藏身份。”

马染尘还有问题要问，朋友将身子坐得更低一些，说道：“他们来了。”

马染尘又往那边看去，看到了十来个模模糊糊的人影。他们脚步极轻，几乎听不到什么声响。他们也极为安静，不言不语。

朋友从腰间抽出一把枪，递给马染尘，说道：“万一我们保护不了你，你用这个防身。”

“这枪哪里来的？”马染尘记得他们没有多余的枪。

“从刚才的尸体上搜出来的。”朋友说道。

马染尘看了看枪，上面有血迹。

等那些人走得近了一些，马染尘看到了两个熟人！

一个是断指男，一个是刀疤脸！

他们俩在前头开路。后面还有十来个人。

马染尘往他们两人后面看了看，又吃了一惊！

在他们两人身后的居然是宫先生！

“他们怎么会和宫先生在一起？”马染尘不禁自言自语。

朋友小声问道：“你认识他们？”

“认得其中三个，有两个是药贼头头的眼线，后面那个是……”

“后面那个是宫先生，日方间谍。”朋友说道。

“你知道？”这也正是马染尘的猜想。在贩药师的地下药市场看到宫先生的时候，他就觉得宫先生不简单。

朋友瞄了那边一眼，又坐了回来，一边等待他们走得更近一些，一边说道：“上头有消息说，最近长沙城有三十六个人要被送到日本军方做人体实验。这些人都接种了特殊疫苗，可以抵御细菌炸弹携带的病毒。这三十多个人就在药贼组织的控制中。宫先生来长沙就是为了保证运送任务的。”

“不是药吗？”马染尘有些迷惑。

“对。养人为药，这次三十六个人也是以药为幌子，实际上进行了疫苗实验。日军为了节约军火加快速度，并且减少自己的伤亡，可能使用细菌炸弹攻克长沙和其他城市。但是他们怕自己的士兵也感染，所以先给士兵接种特殊疫苗。这样的话，病毒会感染别人，但是感染不了他们。”

“那……他们保护那三十六个人就可以了，跟今晚那个女人有什么关系？”马染尘还是不明白。

朋友又看了一眼那边，坐下来说道：“那个女人养的药，就是这三十六个人中的一个。”

马染尘愣了。

“在给这三十六个人接种疫苗的时候，这三十六个人都不知道自己成为了‘药’。给他们接种疫苗的人不知道出于什么原因，有意放走了一个，弄了个假的在里面。后来可能假的被发现了。他们要把逃走的那个找回来，带到日方的秘密实验室去做最后的实验。”朋友说道。

马染尘万万没有想到背后还有这些故事。他疑问道：“就算少了一个，不是还有三十五个吗？他们用这三十五个人检验不就可以了？”

朋友道：“做实验是要一定样本数的。当初定的就是最少要三十六人。除了这个原因，还有一个重要原因是他们担心其他势力从放走的那个人身上获得疫苗信息和实验结果。”

马染尘想起仙爷提议找人替代而霞姑不肯的那一幕，他这才醒悟过来，仙爷和霞姑争执的不是药的真与假，而是样本的全或缺。难怪宫先生要亲自出马！

马染尘又从石碑后面朝宫先生那边望了一眼。他们走得非常缓慢，小心翼翼，离这边还有段距离。

马染尘坐了回来，说道：“这么说来，养药是假，做人体实验是真？”

朋友点头道："其实原来养人为药只不过是些江湖传闻。暗药师现在势力这么大，其实是人体实验造成的。有人想要样本，有人想破坏样本，有人想研究疫苗，有人想夺取疫苗，各有目的，各自为营。"

马染尘问道："各有目的，各自为营，所以分出什么白药师暗药师药贼之类的派别？"

朋友将食指放在嘴边，示意宫先生他们离得近了，不要再说话。

马染尘试图起身看看他们离这里还有多远。朋友将他摁住，小声道："不用看，让他们过去。"

马染尘颇感意外，小声道："让他们过去？"

朋友凑到他耳边说道："你看到你要找的人没有？"

马染尘摇头。他确实没有看到药引姑娘和她的姐姐。

"他们是往回走的，说明最后是他们得手了。其他争抢的人恐怕都被他们杀了。"

"那她……"

"不要担心。再等一等。相信你听烂了一句话——螳螂捕蝉，黄雀在后。他们比你更懂得这个道理，所以他们先来探路，看看身后是不是还有黄雀。"朋友说道。

马染尘将信将疑，难以平静。朋友说得对，这些人开始往回走，说明他们是最后的胜利者。如此说来，药引姑娘她们的白药师们已经失败了，戴先生的人也失败了，其他背景明朗或不明朗的参与者都失败了。药引姑娘成为了"螳螂"。她找到了她的姐姐，也成为了"黄雀"的目标。"黄雀"胜利归来，"螳螂"恐怕是葬身雀腹了。

就在马染尘这样胡思乱想的时候，那边传来了“呃”的打嗝声。

也许是周围太安静，也许是那人确实吃得太饱，那打嗝声在马染尘听来显得非常响亮。

“不要出声！”是刀疤脸的声音。

“不好意思，刚才吃得太多了。”是断指男的声音。

马染尘感觉一只无形的手插入了他的胸腔，在他的心脏上狠狠地揪了一下，疼得他差点叫出声来，眼睛里顿时涌出许多泪水。

难道刀疤脸和断指男已经把药引姑娘吃掉了？马染尘一手抓住石碑，恨不能将石碑捏碎。

“叫你不要吃那么多，总是吃相难看。”是刀疤脸抱怨的声音。

“老习惯了，一吃就容易吃撑。不好意思。”断指男说道。

这时候宫先生说话了：“够了，怕黄雀听不到你们的声音吗？”

刀疤脸和断指男闭嘴了。

马染尘想要起身，被朋友按住。

再近一些，马染尘就听到了他们轻微的脚步声。他们的防范意识确实很高，能做到如此谨慎，恐怕那些人也不是乌合之众。

“我要撒尿。”断指男又说道。

“懒人懒马屎尿多！”刀疤脸骂道。

根据脚步声，马染尘判断断指男是往他这边走来了。接着，他听到了撒尿的声音，闻到了一股冲鼻子的骚味。

宫先生身后的人似乎也闻到了骚味，忍不住说了一句话：“八嘎。”

马染尘吃了一惊。这些人居然是日本人！能跟宫先生来到这里的，必定不是一般的日本人，而是日军里面的精干。难怪他们能得手！其他参与进来的势力，基本都是帮派势力，本领再强，也是杂牌军，甚至杂牌军都算不上。在这些正规军出身，且是正规军里的精干面前，那些势力如何抵抗？

以前马染尘认为只有在前线才能遇到这些人，没想到他们已经渗透到长沙来了！

断指男撒完尿，回到队伍里，继续往回走。

等他们经过之后，马染尘又想起来，朋友再次把他按住，说道：“再等等。”

果不其然，很快他就听到了杂乱的脚步声。

不一会儿，有二十来个人影从远处过来了。他们远没有刚才宫先生带领的人那么谨慎，并且边走边小声说话，没有太多顾忌。

马染尘听出里面有几个人的声音比较熟悉，是他在仙爷那边的时候听到过的声音。

“是仙爷的人。”马染尘小声对朋友说道。

朋友点点头，问道：“他们枪法怎样？”

马染尘道：“平时难得摸到枪，都不怎样。”

朋友将手中的枪插到腰间，从背后抽出两把匕首，小声说道：“那就用刀吧。”

马染尘知道朋友是担心枪声会将宫先生的先遣队吸引回来。

朋友学猫头鹰的声音叫了一次。

黑暗里藏着的药铺伙计纷纷向那些人靠拢。

此时天空挂着残月，马染尘看到伙计们手里的武器都换成了刀。

朋友学猫头鹰叫，应该是叫他们换刀行动的暗号。刀刃偶尔反射月亮的光，仿佛是草丛里梭行的白蛇。

马染尘想帮他们，但是自知潜行的能力不如他们，要是自己暴露了，反而牵连他们，于是坐在石碑后面偷偷观察周围，免生其他意外。

他看到伙计们先潜行到那队人马的后面，跟着他们走了一小段，然后将走在后面的几个人捂住嘴巴，抹了脖子。

很快他们发现了异常，转过身来要与突然出现的伙计搏斗。其中一人掏出枪来，一个伙计赶紧上前抓住那人的手腕，让他的枪口无法对准。

砰——

那人对着地面开了枪。

接着，他又接连开了两枪。

马染尘心想，糟糕了，宫先生他们一定能听到枪声。

见朋友已经掌握了局势，马染尘赶紧跑了过去。如果不出意外，药引姑娘的姐姐应该就在里面。

“药在这里吗？”马染尘一时心急，把养药的人说成了药。

朋友正在用一块布擦拭匕首上的血迹，听马染尘问他，四下里看了看，说道：“好像没有。”

这时一个伙计说道：“在这里！”

马染尘和朋友赶紧过去看，只见一个被割破的麻布袋里有一张惊慌而又俊俏的脸。麻布袋是那个伙计割开的。

马染尘学着药引姑娘呼唤的声音唤了她一声。

麻布袋里的人警觉地看着马染尘，问道："你怎么知道我名字？"紧接着，她又说道，"你是跟我妹妹一起的那个人？"

马染尘也认出她来了。她就是那个逃跑的女人。

"你妹妹呢？"马染尘心急地问道。

女人"哇"的一声哭了起来。

"怎么啦？你妹妹的人呢？"听她一哭，马染尘更是心急如焚。

女人哭着说道："是我害了她！她想救我，却被那些人吃了！"

马染尘早就有了心理准备，听到她这么说，还是血往头上涌，顿时有些站立不住。

朋友在旁扶住他。

"都怪我！都怪我！我早就知道她来长沙城找我了，但是我一直躲着不见她！都是我的错！"女人自责痛哭。

朋友说道："事已至此，节哀顺变。我们要赶快离开这里，那些人听到枪声，必定会回来。"他示意伙计将她扶起来。

"不，我要回去，把妹妹的骨头捡回来。我不能把她丢在那里。"女人挣扎着站了起来。

突然枪声响起。

药铺伙计接连倒下两三个。

朋友大惊，喝道："怎么还留了活口？"

剩下的伙计慌张四顾，却没有看到一个活口。

枪声又响起。

又有一个靠前一些的伙计倒下了。

不远处的黑暗里走出一个人来，那人哈哈大笑，说道："老子撒尿的时候看到你们了，就等你们跳出来！”

说话的不是别人，正是断指男。

女人惊恐道：“就是他！就是他吃了我妹妹！”

朋友举起枪来要还击。

断指男说道：“我劝你们不要做无谓的抵抗和牺牲了。刚才的枪法你们也见识到了，我身后这个枪手在战场上是杀过上百人的狙击手。要不是马先生是仙爷要留的人，你们都已经躺在这里了。”

马染尘清楚，狙击手之所以没有继续朝他们开枪，并不是因为他是仙爷的人，而是怕误杀药引姑娘的姐姐。要是她死了，他们就没有办法找到最后一个样本。仙爷的人算什么？在宫先生眼里，他们都不过是为了样本而存在。

马染尘估摸朋友也明白这个道理。

但朋友为了避免更多不必要的伤亡，缓缓放下了枪。

“对嘛，留得青山在，不愁没柴烧。”断指男得意道。

刚才遇到的那些日本军人从他身后的树影里走了出来，对马染尘他们形成半包围。

不远处一群乌鸦在呀呀呀地叫，听起来非常诡异。不一会儿，那群乌鸦飞了起来，马染尘抬头看到它们在残月下的影子。

马染尘心想，难怪人们要把乌鸦当做不祥的预兆。

那群乌鸦忽然收了翅膀，纷纷从空中坠落。

马染尘一惊，这是什么怪异现象？

那些乌鸦落在了日本军人身上。很快，那些军人发出嚎叫声。

“吸血雀！”断指男吓得喊破了音。他被吸血雀吸过血，一朝被蛇咬十年怕井绳，何况这还不是井绳！

马染尘这才反应过来，刚才看到的影子并不是乌鸦的影子，而是吸血雀的影子。

朋友见状大喊：“卧倒！开火！”

伙计们立即扑倒在地，开枪射击。

那个躲在暗处的狙击手应该也被这突如其来的变故吓到了，没能及时开枪。走出来的军人自顾不暇，虽然立即开枪还击，但在吸血雀的影响下，几乎是闭着眼睛开枪的。

宫先生大喊：“撤退！撤退！”

可是他们哪里撤得了？药铺的伙计们趁机连续射击，将他们一一击倒。

不过是十几秒的时间，对方便被一扫光。枪声停了，只听到吸血雀“咕咕咕”的叫声。

“小飞？”马染尘对着那群吸血雀喊道。

小飞从一棵树上跳了下来，对马染尘说道：“狙击手被我搞定了。你们起来吧。”

马染尘大喜过望，爬起来跑到小飞面前，激动地抱住他。

小飞说道：“好不容易才找到你。”

马染尘松开他，问道：“我刚才明明听到的是乌鸦的叫声，怎么会是你的吸血雀？”

小飞将手挡在嘴前，一边拍嘴一边发出乌鸦的叫声。刚开始是一只乌鸦的叫声，接着是一群乌鸦的叫声。

原来他会模仿乌鸦叫声的口技。

“刚才看到吸血雀的影子的时候，我还认成了乌鸦的影子。”马染尘说道。

“你听到了乌鸦的叫声，看到什么鸟雀的影子都会先想到乌鸦。这是你先入为主了。我学乌鸦叫，就是为了让他们放松警惕。”小飞说道。

朋友走了过来，看了看小飞，眯着眼睛问道：“我好像在延安见过你？你是……”

“海内存知己，天涯若比邻。叫我小飞吧。”小飞打断他说道。

朋友会意一笑。

马染尘明白小飞的意思，他既肯定了朋友的想法，又不想朋友说出他的真实姓名。“小飞”只是隐藏他身份的代号。

“小飞兄弟，你来得太及时了。”朋友感激道。

小飞微笑道：“作为药贼，最擅长的就是躲在黄雀身后了。”

“小梵呢？”马染尘问道。

小飞道：“已经安顿好了。”然后他对朋友说道：“让你的兄弟们把这些枪都收起来，不是说‘没有枪没有炮，敌人给我们造’吗？”

朋友哈哈大笑，点头道：“是，是。伙计们，快把枪都收起来。他们的枪可比我们自己造的要好多了！下回运药的时候一起运过去！”

马染尘听出来，朋友不但往某个地方运药，还往那里运武器。他知道他问了朋友也不会回答，便干脆不问。

这次虽然死里逃生，但马染尘一点儿也高兴不起来。他走到断指男的尸体旁，看了看断指男微微鼓起的肚子，心情复杂。

药引姑娘的姐姐走了过来，看到断指男，又大哭起来。

小飞提醒道：“我们快走吧。银盆岭的人随时会过来。”

药铺的伙计们每人抱了好几把枪，腰上插了好几把枪，然后聚集过来。

伙计询问道：“我们往哪里走？”

朋友道：“前面去不得，后面也去不得。我看只有渡江了。”

“渡江？可是我们没有船啊。”马染尘说道。

朋友道：“看看江边有没有竹子，快速做一个竹筏，然后过江。只有过了江，才不会有很多人追上我们。”

马染尘觉得朋友说得有道理。前面是银盆岭的驻军，自然是过不去的。后面不知道还有没有“黄雀”。刚才损失了不少兄弟，再遇到别的人马，或者遭遇伏击，恐怕一个人都走不掉。最重要的是药引姑娘的姐姐在这里，她若是落到了别人手里，那么样本也就危险了。思来想去，最好的办法莫过于渡江。

可问题是，湘江两岸甚宽，水也深，要游过去非常吃力，药引姑娘的姐姐也不知道会不会游泳。朋友说做一个竹筏，可是一个竹筏承载不了这些人和这些枪。做足够的竹筏又要浪费过多时间。

伙计们听了朋友的话，立即往江边走。

马染尘来不及说出自己的忧虑，只好跟着他们往江边去。

到了江边，选了一处水流相对平缓的地方，又在附近砍了一些竹子，一人扛了两根过来。

他们很快就做好了一个简易的竹筏，抬到了水中。

"上去吧。"朋友对马染尘说道。

药引姑娘的姐姐显然不会游泳，上竹筏的时候都战战兢兢。

马染尘和小飞也上了竹筏。朋友给他们每人一根竹竿，又将收来的枪仍在竹筏上，说道："这位姑娘和这些东西，就靠你们帮忙送到对岸了。"

马染尘小时候和朋友在水库里划过渔家的船，知道怎么用竹竿撑船。

"你们呢？"马染尘问道，然后看了看岸上还有为数不多的散乱的竹竿。

"不用担心我们。"朋友笑道。

朋友和伙计们将竹筏推向江中。

马染尘和小飞赶紧将竹竿伸入水中，撑动竹筏。

待竹筏行驶平稳后，马染尘回头一看，只见朋友和伙计们站立在水面上，每人手中一根竹竿，如同八仙渡海。

马染尘以为自己看花了眼。

药引姑娘的姐姐大惊小怪道："他们不会是神仙吧？"

小飞说道："没见过世面吧？你只看到他们手里有竹竿，看不到水里他们脚下还踩着一根竹竿。以一根竹竿的浮力支撑全身，再用手中竹竿作为船桨，便可在江上来去自如。这种绝技在江湖上叫做'一苇渡江'。"

"一苇渡江？"马染尘听过一种传说，说是达摩渡过长江时并不用坐船，而是在江岸折一根芦苇，立在苇上过江的。没想到江湖上还真有这门绝技。

小飞笑了笑。

马染尘一边撑竹竿一边问药引姑娘的姐姐："仙爷就是当年将你抓走的暗药师吧？"

她一怔。

马染尘说道："你妹妹跟我说过了，当年暗药师找到你们，你假装是妹妹，让暗药师带走了你，而不是她。"

她还是不说话。

马染尘继续说道："你应该特别恨暗药师吧，是他们让你远离家乡，姐妹分离。可是为什么你最后做了暗药师呢？"

小飞瞥了她一眼，继续撑他的竹竿，假装什么都没有听见。

这时候她说话了："以前只是家仇，哪里比得上国恨？"

"家仇国恨？"马染尘没想到她会说出这样的话来。

小飞看着江面，淡然一笑。

她低了头，摸了摸放在她身边的枪，说道："以前我是恨他，恨他带我离开家乡，来到陌生的城市，恨他对我严厉苛责，不把我当人看。他要把我培养成暗药师，教我怎样养人为药，他还要把我培养成药贼，去抢别的暗药师的药。他就是要把我变成与我父亲，与我妹妹对立的人，以此报复我的父亲。直到有一天，他要我去迎合一个人，并偷偷将他养成药。"

"这还不是一样的吗？还是让你成为与你家族对立的人。"马染尘问道。

她摇了摇头："他告诉我，那个人是疫苗实验里的一个样本，是三十六个样本中的一个，也是最关键的那一个。而那个人自己根本不知道这回事。我问他，是什么人做的疫苗实验。他不肯告诉我。我再三要求他说明情况。他就说，那个人算是日本来的暗药师偷偷养的药。后来我知道了，偷偷做疫苗实验的并不是什么日本来的暗药师，而是日本军方。他们在东北地区已经开始了人体实验，我们许多同胞惨死在他们手下。他们认为南方人的体质跟东北人不一样，所以偷偷在长沙城和别的南方地区选择了三十六个人作为实验样本。而那三十六个人毫不知情。情况就像我们暗药师偷偷养人为药，而被养成药的人毫无知觉一样。”

这个说法与马染尘从朋友那里听来的一模一样。

小飞还是一脸波澜不惊，安静地撑竹竿。看来他早已知道真相，所以不觉得新鲜。马染尘猜测，小飞很可能就是为了此事才留在仙爷身边的。毕竟他与朋友是一类人。

“我并不想答应他。但是他的一句话打动了我。他说，我和你父亲你家族说到底不过是家仇，但此事是国恨。你若能完成这次任务，我不但放走你，还保证以后再也不骚扰你们一家人的生活。一旦疫苗实验成功，他们就会肆无忌惮地发动病毒战争，战线上千千万万的爱国志士和无辜民众将痛不欲生，如堕地狱。前方一崩溃，我们后方也难以幸免。”她说道。江面起了微风，将她的头发吹乱，仿佛她是江中孤岛上的一棵弱柳。

马染尘没想到，这么重要的任务居然由一棵弱柳来负担。

“那为什么仙爷又派人到处找你抓你？”马染尘问道。

“我接受任务的时候，他就跟我说了，他不会让我安生，他是药贼，必须不停地寻找我的踪迹。这么做，表面是为了抓我，实际上是为了保护我，让我免于被日本间谍找到，也是为了考验我多年来从他那里学到的隐藏能力。有好几次我差点被日本间谍发现，是他派来的人救了我。但是救了我的人从此必须离开长沙城，以免伊藤大佐发现是他在保护我。”

“难怪他们说没有一个药贼能找到你！”马染尘恍然大悟。这也刚好印证了小飞之前说的话——仙爷不一定希望他抓到她。

“这都是他的安排。”她说道。

“仙爷到底是怎么想的？一方面迎合日本人，一方面破坏他们的计划？”马染尘问道。

她说道：“他说服我的话，应该也是说服他自己的话吧。在国仇面前，家恨可以暂且放下。”

小飞这时候插话道：“不完全是。仙爷之所以在一些方面听从日本军方的，是因为小梵的妈妈在日本治疗，国内治不好这种病。你们知道仙爷有多宠着小梵，就知道他有多爱小梵的妈妈。”

“小梵是他亲生女儿？”她大为诧异。

小飞见竹筏速度有点快，暂且提起了竹竿，说道：“是的。小梵自己都不知道，还以为是仙爷收养了她。仙爷保守这个秘密，就是担心日本军方对小梵下手，借此完全控制他。”

药引姑娘的姐姐不信，说道：“我在仙爷身边也呆过一些年头。仙爷若是如此深爱小梵的妈妈，他又怎么会跟霞姑好？”

小飞摇摇头道：“还不是为了让日本军方以为他是好色之人，让他们放心将霞姑安插在他身边？你们没有发现吗，这么大的药贼组织，居然长年吃不到想肉。这是为什么？”

马染尘点点头。

“因为仙爷并不是真正的药贼，他也不愿吃所谓的想肉。他这么做，也是为了迷惑监视他的宫先生和霞姑。”小飞看了马染尘一眼，说道，“在你被抓来之前，霞姑按照日本人的指示，已经让仙爷‘吃’过好几个人了。但事实上，仙爷当着霞姑的面决定吃想肉，转过身就将那些菜人放了。为了更好地迷惑霞姑和宫先生，仙爷研究出了一道菜，用各种配料混在一起，最后做出与想肉相似的味道。”

马染尘想起朋友在药铺后面的厨房里做出一道古怪的菜，说是跟想肉味道一样的情景。当时朋友说他是跟溥先生学来的。

不等马染尘细想，小飞对他努努嘴，说道：“你是不是见过那道菜？”

马染尘点头。

小飞笑了：“就连那个溥先生，也是仙爷安排好故意去见你的。那道菜并不是他自己研究出来的，而是仙爷教他的。包括你在悦来饭馆听到仙爷安排的两个人说话，那两个人把你抓来，都是仙爷的计划。你来长沙后不到两天，仙爷就盯上你了。不然，那两个人不会在你能听到他们说话的地方说出吃人的话。他们要吃的是那位白药师姑娘，所以打晕你之后没有必要把你也带到那个偏远的庙里去。这不是给自己添麻烦吗？随便把你扔进哪口井里或者没人的地方就行了。”

小飞说得确实有道理。要不是仙爷早有安排，他都不知道自己的尸骨此时是在一口井里，还是在一片荒草丛里！

这样一想，马染尘不禁头皮一阵发麻，后背一阵凉意。原来自己生命的存在或消失，全依赖于仙爷的一念之间！

“后来你和小梵来到庙里，也是仙爷叫你们带我们回去的？”马染尘问道。

小飞摇头道：“仙爷告诉我，根据内部消息，那里有白药师的‘蝉’和‘黄雀’，然后叫我带上小梵一起去，说是要让小梵长长见识。他让小梵去，就是因为知道小梵心地善良，不会让我对你们两人下手，会将你们两人都带回来。”

药引姑娘的姐姐惊讶地看了马染尘一眼，好像重新认识他一样。她才知道马染尘是这样跟她妹妹认识的。

马染尘不禁由衷感叹仙爷的心思缜密。他猜到药引姑娘是故意以身涉险进入药贼组织的时候，就够震惊了。他也猜过仙爷知道药引姑娘的真实目的而将计就计，但没有想到仙爷的部署从悦来饭馆的时候就开始了！

“别撑了。”小飞大声道。

马染尘陷入沉思，一直在撑竹竿，没发现已经快到岸边了，被小飞一喊才缓过神来。他赶紧将竹竿从前方戳进水底的泥土里，给竹筏减速。

竹筏触了岸，小飞先跳了下来，抓住竹筏，让马染尘和药引姑娘的姐姐下来。

朋友和伙计们也陆续上了岸。

这时候，对岸响起了枪声，接着是歇斯底里的叫骂声。由于距离比较远，马染尘听不清对岸的人骂的什么话，但可以确定那些人肯定是为了“夺药”而来。

朋友往对岸看了看，笑道："晚一些的话，我们就都要变成水鬼了。"

马染尘担忧地对小飞说道："小梵还在那边。"

小飞拍拍他的肩膀，说道："不用担心。她们有很好的藏身之处，比我们还安全。"

朋友说道："大家都累了。先找个地方休息一晚吧。"

马染尘过江之前没有觉得多累，可能是那时太紧张了，此时过了江，确实感觉浑身疲乏。

小飞问道："去哪里休息？"

朋友说道："我们的兄弟遍天下，还怕没有休息的地方？跟我走。"

众人跟着朋友走了不久，来到一户农家前。

此时已经是深夜了，农家屋里没有光亮，应该是已经睡下了。

朋友敲了敲门。

屋里有人问："是谁呀？"

"莫愁前路无知己，天下谁人不识君。"朋友回答道。

小飞笑了笑，见马染尘和药引姑娘的姐姐表情肃穆，其他伙计过江的时候打湿了裤脚，此时冻得抖抖瑟瑟，他赶紧收起了笑。

马染尘听到"呲啦"划火柴的声音，接着农家屋里点上了灯。

门开了，门后一个中年人手里提着一盏煤油灯。他看到马万福，微微一笑，又看到马万福身后的人，脸色一变，咳了一声，问道："这不是万福药铺的马老板吗？这么晚了有什么事？"

朋友摆摆手，说道："不用紧张。都是自己人。"

中年人脸上这才又松弛下来，一边招手让他们进来，一边说道："江那边的枪声我都听到了。我就猜测今晚你会来。"

"有吃的没？有换洗的衣服没？兄弟们都饿了，身上衣服也湿了。"朋友说道。

那人赶紧弄了吃的来，又抱了一捆衣服来，让大家换上。

小飞问道："你哪里来的这么多衣服？"

那人说道："我在这里就是等着给你们接应的，能不备着吗？我预估的人数比你们还要多很多呢。"

朋友看了看那些多出来的衣服，叹道："你预估的没错。我们在来的路上折损了许多兄弟。"

那人悲戚道："所以刚才看到你的时候，见你身后人这么少，还以为你被抓了。"

马染尘猜测那人是跟朋友单线联系的，所以其他人他都不认识。这是为了减少身份暴露之后的连带损失。

换了干净衣服，又吃了些东西，那人就安排他们到各个房间去休息。由于房间数量不够，马染尘和朋友住在同一间。

马染尘一夜无眠，脑海里都是药引姑娘的影子和药引姑娘被人吃时的呼救声。

朋友鼾声如雷。

马染尘蹑手蹑脚地离开了房间，来到客厅里，却发现药引姑娘的姐姐已经坐在客厅的太师椅上了。一般的农户人家是没有太师椅的，显然这里是备用的简易会议室。靠墙有个八仙桌，桌上放着一盏煤油灯。

“你也睡不着？”药引姑娘的姐姐抬头见他来了，轻声问道。

马染尘在挨着八仙桌的太师椅上坐下，点点头。

她看着他，眼睛里有煤油灯映照的光，说道：“因为我妹妹？”

马染尘挤出一丝笑。

“你是不是喜欢上我妹妹了？”

马染尘没有回答。

“她很讨人喜欢的。从小就讨人喜欢。”她说道。

“是吗？”马染尘想知道药引姑娘小时候是什么样子。

“你终于说话了。看来你对我妹妹的过去很感兴趣。只有一个人喜欢上了另一个人，才对她从哪里来感兴趣。”她说道。

昏黄的灯光照在她的侧脸，将她的影子投射在墙壁上。如果只看墙壁上的影子，马染尘几乎感觉坐在这里的就是药引姑娘。

难怪一个人像另一个人的时候，常说他身上有那个人的影子。马染尘心想。

马染尘心里又一阵难过。这种难过是与以前不一样的难过。他难过是因为觉得生活就如眼前一样昏暗压抑，且似乎再也没有好转的希望。他以前遇到过种种困难，却从未觉得看不到希望。纵然不小心卷入了白药师暗药师的纷争之中，被仙爷控制而无法摆脱，他都没有觉得多难过。

因为药引姑娘在他身边。

药引姑娘就是他在困境中的一线光明，如同黎明前的第一束光。马染尘感觉那束光照亮了他的生活。他的整个世界都要被照亮了。

对他来说，他从一个普通的世界突然进入了一个“吃人”的世界，这种变化确实太大了。可是这不及药引姑娘给他带来的变化大——之前是没有她的世界，后来是有她的世界。

现在，他又陷入了之前的世界。这比“吃人”的世界更加令他恐惧。

同样的世界，因为一个人的存在与消失，竟然有如此大的差别。而这种差别，只有在那个人消失之后才能深刻体会到。

“你怎么哭了？”药引姑娘的姐姐问道。

马染尘这才感觉到脸上有泪珠滑过。

她刚问过马染尘，自己就开始抹眼角了。

“小时候我常常吓唬她，说如果她不听话，就会被王二婆吃掉。她就会很听话。”她说道。

“王二婆是谁？暗药师？”

“不，就是一个普通的老婆婆，住我们家隔壁。那时候我们还不知道世上有什么暗药师，也不知道父亲的隐藏身份。我还跟妹妹说，你看王二婆门牙都没有了，那是啃骨头的时候崩掉的。妹妹后来看到王二婆就跑。她那么害怕被人吃掉，却为了寻找我，做了最容易被吃掉的药引。”她动情地说道。

“活要见人，死要见尸。她不一定死了。”朋友的声音忽然响起。

马染尘侧头一看，朋友披着衣服走了过来。

“你说得倒好。‘活要见人，死要见尸’在平时说来没有问题，可是被吃掉了的话……”后面的话马染尘说不下去了。

“他们有些人吃肉都不吐骨头的。”药引姑娘的姐姐接了他的话，说道。

朋友自知他的话不但没能安慰他们，反而让他们想起了更不好的事情，只好皱起眉头，恨不能打自己一耳光。他本想在这里坐坐的，说了这话后，觉得坐在这里更尴尬，于是抬手假装打了一个哈欠，说道："好困，我还是回屋里睡觉吧。你们……就当我没来过。"

说完，朋友赶紧回了屋里。

等朋友走了，马染尘问道："你养的那个人现在藏在哪里？方便告诉吗？"

她忽然变得很紧张，狐疑地问道："你们也对他感兴趣吗？"

马染尘怕她误会了他的意思，连忙解释道："我从来没有想过要从你手里夺药。你要是不想说，就不说。"

"我不会告诉任何人的。就算今晚你们没有来，我也绝不会告诉吃掉我妹妹的那些人。我若是告诉了你，他就多一分危险。你告诉了别人，他又多一分危险。我若是死了，就再也没有人知道他在哪里了。"她说道。

马染尘看得出来，她似乎并不把那个"他"当做药。

"你跟他……"马染尘小心翼翼地问道。

"对。我跟他是有感情的。这么些年，只有我陪着他，也只有他陪着我。"她说道。

果然！马染尘心里说道。

"你放心，我们这里没有一个人想要从你这里夺药，我们只是不希望他落到日本军方手里。"马染尘安慰道。

她稍稍放松一些，点头道："我知道你们是好人。但是除了我自己之外，我不确定谁能百分百保守秘密。"

马染尘想起范大财主遭遇暗药师的往事。要不是范大小姐心中已有了别人，戴胜可能一辈子都躲在郑州。或许很多暗药师开始是奔着养药去的，但日久生情，结局往往会偏离初衷。

“那就请你继续保守秘密，不要告诉任何一个人。”马染尘说道。

“我会的。我要去休息了。”她站了起来，回到了她的房间。

马染尘默坐了一会儿，也回到屋里躺下，一夜无眠。

第二天，朋友带着伙计们回药铺，小飞则和马染尘一起回仙爷那里。药引姑娘的姐姐暂且留在此处，等风头过去再说。

小飞和马染尘到了仙爷府前的街上，发现仙爷府门口站了很多军人和保安团的人。他们两人意识到情况不妙，赶紧掉头就走。

“仙爷已经暴露了。”小飞在街边的小摊上拿了两个鸭舌帽，然后给摊主扔了几张纸币。他自己戴上一个，将帽檐拉低，另一个递给马染尘。

马染尘接过帽子戴上。

对于这个状况，马染尘不是没有心理准备。这长沙城里势力众多，盘根错杂，仙爷能将眼线安插到各个角落，别人也可以做到。之前风平浪静，是因为大家都在等待时机，以免打草惊蛇。现在“蛇”都已经跑了，大家就没必要继续假装一团和气了。

至于军方和保安团为什么要将仙爷府围起来，马染尘也想得明白。从日常的报纸上能看到，军方一直以来就对战争抱有截然不同的姿态。一方坚持要打，一方认为反正打不过，不能打。只不过他弄不清封锁这里的军方是要夺取样品，防止被日方拿走的反日派，还是要将样品送给日方的亲日派。

走过了一条街，马染尘问道：“我们去哪里？”

小飞茫然。

马染尘道：“要不，我们去万福药铺吧。”

小飞摇头道：“不行，这个时候我们如果去你朋友那里，可能会让他们暴露。我是仙爷身边的人，仙爷已经暴露了，我自然也暴露了。你朋友那边隐藏得好，不一定会暴露。我就不要连累他们了。”

“那……你把小梵藏在哪里？那里应该安全吧？”马染尘问道。

小飞道：“那里也不能去，会增加小梵暴露的风险。”

“要不……”

“暂且找个旅店住下来。观察几天再说。”小飞道。

马染尘道：“我正要这么说。”

于是，他们两人找了一个较为偏僻的小旅馆住了下来。白天窝在旅馆里不出来，晚上才出来看看形势，听听风声。

有一天晚上，马染尘已经回到了旅馆，小飞还没有回来。等到十二点多，马染尘担心小飞出了事，正要出门去看看，恰好碰到小飞回来。

“你怎么才回来？”马染尘问道。

小飞没有回答他，却说道：“长沙城保不住了。我得尽快告诉他们，让他们做好准备。”

马染尘知道，小飞说的“他们”就是马万福他们那样的人。

“保不住了？”马染尘一惊。

“不是保不住，是不准备保了。前方战线屡屡败退，战火很快就会烧到长沙城来。军方知道打不过，但又不想留给日军任何补给物资，所以决定火烧长沙城，留一座没有任何战略物资的空城给日军。”

马染尘脑袋里“嗡嗡”作响。在他听来，这跟天方夜谭一样。

“怎么会败得这么快？”马染尘问道。

“人心不一。”小飞说道。

马染尘叹了一声。从这次夺药行动中，他清清楚楚看出长沙城已经四分五裂，各怀鬼胎。内耗尚且如此严重，如何抵御外敌？

“你以前犯的大案，是为了给我朋友他们筹备资金吧？”马染尘想起朋友和药铺的伙计们，心中又有了一线希望，一丝期待。

小飞一笑，算是默认了。

“要是城里的守军都像他们一样，其他地方的军队也像他们一样，何至于自毁长沙城？”马染尘痛惜道。

“谈何容易！”小飞叹道，“今晚好好休息吧，明天我们去把小梵接走，送到延安去。”

“送到延安去？”

“仙爷已经没有办法保护她了，我也不能照顾周全，只能把她送到安全的地方去。”小飞说道。

第二天，马染尘跟着小飞回到了梅溪湖。

走着走着，马染尘发现来到了与药引姑娘吃饭的小饭馆前。

马染尘心想，小飞不会是把小梵藏在这里吧？也许是小飞饿了，想在这里吃了饭再走？

小飞领着马染尘进了小饭馆，选了个位置坐下。坐下的时候，板凳磕碰地面，发出了声音。

厨房那边传来熟悉的女老板的声音："稍等，稍等，马上就来。"

很快，女老板出来了，一见小飞，眉飞色舞道："外面太平啦？你要接她们回去？"她又看了马染尘一眼，一点儿都不觉得意外，客客气气说道："你来啦。"那口气跟她料到马染尘会来似的。

马染尘只好点点头。

小飞道："她们人呢？"

女老板笑道："好着呢，急什么？"然后她拍了三下巴掌。

从厨房门那边走出来了两个人。

马染尘见了那两人，惊讶得站了起来，身后的板凳"哐"的一声倒地。

"你……"马染尘想说话，可是喉咙发不出声音了。

在小梵的身边，站着一个让马染尘看一眼就想咬一口的姑娘。那姑娘含笑看着他，眼睛里满是喜悦，却又带着一丝羞涩，好像她害怕别人看到她的心思。

小飞走到马染尘身边，轻轻碰了他一下，说道："我在找到你和你朋友之前，先救下了她。你发现目标之后，我和小梵就赶紧去追。很快我意识到这样不对。螳螂捕蝉黄雀在后。我们如果只盯着目标，就会成为别人的目标。因此我没有直接去抓那个女人，而是偷偷跟着她，趁乱将她救了下来，让小梵带着她躲到这里。"

马染尘干咽了一口，终于说出话来了："谢谢你，小梵。"

小梵摆手道："不要谢我，要不是这位姐姐在半路接应我们，我们也找不到这里来。"说完，小梵感激地看了女老板一眼。

马染尘又向女老板道谢。

女老板道："不要谢我。我在这里卧底了半年，天天就是做饭炒菜，终于接了一次任务。我还要谢谢小飞信得过我呢。"

小飞连忙对马染尘说道："你就别谢谢我了！再谢谢就要把这屋里的人都谢一遍了！"

女老板又道："昨天我的上级联络人来了这里，叫我做好撤离的准备，说是不久就要火烧长沙城。这消息确切吗？"

小飞点头道："确切。我就是为这个来的，不然我想让她们在你这里多呆几天。"

女老板对马染尘说道："我的联络人是你朋友，开药铺的那个。昨天他跟我说，你为这位姑娘急坏了，说什么她只可以被你吃，不能被别人吃。是吧？"

马染尘恨不能找个地缝儿钻进去。

药引姑娘别过脸，不敢看人。

"我还从来没见过喜欢一个人喜欢到要把她吃掉的。"女老板撇嘴道。

小梵打趣道："原来马先生才是真正的药贼！不养药，就想着吃药。"

小飞和女老板大笑。

女老板接着小梵的话打趣道："养什么不是为了吃啊？农家人养鸡养鸭养猪养兔，都是为了最后成为桌上一盘菜。马先生，你要是真心想吃这位姑娘，好歹养几天再吃。"

"不吃，不吃。"马染尘赶紧辩解道。

女老板道："你不吃，别人还想吃呢。"说完，她朝马染尘挤眉弄眼，示意他趁机给药引姑娘表露心意。

马染尘走到药引姑娘近前，由衷地说道：“你愿意做我的药吗？一辈子养着的那种。”

药引姑娘羞涩得抬不起头来，脸红得如熟透了的苹果。马染尘忍不住又口舌生津，咽了一口口水。

女老板见药引姑娘这样，反倒替马染尘着急了，说道：“答不答应，你给个痛快话呀！”

药引姑娘终于点了点头。

马染尘情不自禁抱住了她，心中充满感激。是她，让他的世界重新充满希望。

“谢谢你救了我姐姐。”药引姑娘在他的怀里说道。

看来她已经从女老板这里得到她姐姐被营救的消息。而这消息，应该是朋友马万福告诉女老板的，并顺带将夺药那晚决定去救药引姑娘时他脱口而出的话转述给女老板了。

“是他们救了你姐姐。我能力有限，要不是他们，我救不了你姐姐。”马染尘对朋友和小飞他们也充满感激。

药引姑娘摇头道：“不，我不在乎你能不能救我和我姐姐。你有这样的心，并且去做了，对我来说比什么都重要。”

小飞在旁道：“就是！成不成另说，有没有信念是很重要的。”

女老板推了一下小飞，责备道：“人家你侬我侬的，你插什么话？”然后，女老板又说道，“不过说得也对。我们不是神仙，算不到最后会怎样，能坚持信念，就非常难得了。”

小梵道：“小飞哥哥就是这样的人。马先生也是这样的人。”

小飞道："不止是我们，还有染尘的朋友马万福，以及许许多多的兄弟们。现在仙爷已经暴露，长沙城你不能呆了。我打算送你到安全的地方去。那里有很多我和马先生这样的人，会保护你，照顾你。"

小梵焦虑道："那你呢？你不跟我一起吗？"

小飞勉强笑了笑，说道："我还有其他的事情要做。等做完了该做的事情，我就去找你。"

"不，我就在长沙城里等你，然后一起去。"小梵着急道。

小飞劝道："整个长沙城随时会被烧成一片废墟。你不能留在这里。"

"整个长沙城？"小梵一愣。

女老板叹了一口气，说道："是的。很多人还不知道这个消息。你听你小飞哥哥的话，先去安全的地方。等我们的任务完成了，那时我们会再见面的。"

小梵双眼噙泪，小声问道："那我们还会跟仙爷见面吗？"

女老板道："你还惦记那个坏老头子干什么？"女老板不知道仙爷就是小梵的父亲。

小梵也不知道仙爷是她的父亲，但是仙爷一直以来对别人横眉冷眼，唯独对她没有半点脾气。小梵平日里对仙爷没有好眼色，但心底里对仙爷或多或少还是有感情的。所以马染尘听到小梵这时候提起仙爷，并不觉得奇怪。

"会见面的。我已经打听到了，仙爷被关在保安团的牢房里。我会想办法救他出来。"小飞安慰小梵道。

小梵不安地问："哥哥，我是不是不该让你去救他？"

小飞微笑道："你只看到他做了坏事，不知道他暗地里做了多大的好事呢。"

小梵歪头质疑道："他还会做大好事？"

小飞道："是的。以后你再看到他，可别像以前那样，要对他好一点。"

小梵用力地点头。

小飞转头问马染尘："你们准备去哪里？"

马染尘松开药引姑娘，手却依然牵着她的手，生怕一放开，她就会不见了。

马染尘问药引姑娘："你想去哪里？"

"我想见我姐姐。"她说道。

小飞说道："最近恐怕不可以。你先跟马先生回岳阳乡下避一避吧。等大家都安全撤离长沙了，我会安排时间让你们姐妹见面的。"

药引姑娘看了马染尘一眼，意思是要询问他的意见。

马染尘心中一暖。这个小小的动作证明药引姑娘已经决定跟着他了。

"行。我们先回乡下。"马染尘说道。

女老板拍掌道："好了。这下大家都有了安排。今天在这里将就一晚，明天早上大家按计划行动。你们饿了没有？我这就去后面弄两个菜。兵马未动粮草先行！"

女老板去了后面，接着响起了烧火炒菜的声音。

不一会儿，女老板就端着一盘菜出来了，还没有走到桌前就说道：“这一盘菜呀，叫做‘苦寒不失威风’。你们尝尝！”

马染尘惊得从座位上跳了起来，诧异道：“你也用人皮做菜？”

女老板见马染尘受到惊吓，茫然地看了看他，又看了看盘中的菜，说道：“烟花那晚之后，我这里断了供应好几天，没有什么菜可以下锅，只好用苦瓜炒了青椒。苦瓜性寒，所以叫‘苦寒’；青椒炒成虎皮青椒，虎皮嘛，所以叫‘威风’。合起来叫‘苦寒不失威风’。有什么不妥吗？”

她一边说，一边将盘子放在了桌上。

马染尘往盘子里看，果然是苦瓜炒青椒，顿时尴尬不已。

小梵捂住嘴笑。她知道马染尘是被仙爷那一道“苦寒不失威风”吓到过，一朝被蛇咬十年怕井绳。

小飞提起筷子夹了一块苦瓜，放入嘴里嚼起来，称赞道：“嗯，虽然炒法奇怪，但味道不错！”

“没有不妥，没有不妥。”马染尘赶紧坐了回来，还是不敢下筷子。

女老板又炒了一盘青菜，马染尘这才敢吃。

到了晚上，上桌的又是同样两道菜。女老板抱歉道：“怠慢各位了。要是明天还不走，我们连这个都没得吃了。”

第二天，天还没亮，小飞就将马染尘和药引姑娘送上了回岳阳的第一趟火车。

马染尘和药引姑娘刚到岳阳火车站，就听到火车站卖报的大喊：“号外！号外！刚到的震惊全国的消息！长沙军政府奉行焦土政策，半个小时前火烧长沙城！为赢得抗战时间，千年古城付之一炬！”

马染尘默然站立原地，许久，转身面对来时的方向，不禁浑身颤抖，泪如雨下。

他相信小飞能送走小梵，能救出仙爷，也能保药引姑娘的姐姐周全。

只是，他从长沙走一遭，就如做了一场梦。如今他从噩梦中挣脱醒来，那梦中的一切随之灰飞烟灭……

药引姑娘见他如此伤心，扶住他的胳膊劝道：“不要担心，小飞说得到就做得到。”

马染尘看着药引姑娘的脸，忍不住伸手去触碰她的额头，眼皮，鼻尖，害怕她像梦中人一样消失。

“你还在这里。”马染尘有种失而复得的惊喜。

药引姑娘点头道：“我会一直在你身边，做你的药。”

马染尘紧紧地抱住她。

这时，凌晨的第一束阳光斜射下来，落在他们身上……